BOSTON FAMILY

SAISON I
MANUEL BÉNÉTREAU

BOSTON FAMILY

SAISON I

Roman

ISBN : 978-2-8221-0018-2

Introduction

Tous les lundis, je faisais une promenade dans le jardin situé au milieu de Commonwealth Avenue. C'était une sorte de rituel qui s'était instauré quelques années plus tôt, conséquence d'une prescription de mon médecin comme cadeau d'anniversaire pour mes 60 ans. J'y rencontrais les voisins du quartier et des personnages plus inattendus. En effet, juste en face de la maison s'était installé un clochard du nom de Phil. Il était arrivé un jour sans que personne ne le remarque. Petit à petit, il était devenu l'ami de tous les chiens du quartier, car Phil avait une botte secrète : ses petits gâteaux. Alors qu'il ne mangeait pas tous les jours à sa faim, il n'oubliait jamais d'acheter ou de chaparder un paquet de biscuits pour les distribuer aux chiens qui passaient à sa portée. Sa technique était bien rodée. Les propriétaires ne pouvaient décemment lui refuser un dollar, ici ou là. Sa gentillesse et sa bonne humeur avaient amené la plupart des habitants du quartier à l'adopter. Chaque Thanksgiving ou fête de Noël, il recevait des cadeaux des voisins.

Puis un jour, alors que je faisais ma balade, je trouvais deux voisins devant le banc que Phil occupait habituellement. Mais il n'était pas là. Ce n'était pas son habitude et cela nous inquiéta. Après quelques jours de recherches, on apprit que Phil était décédé et que les services de la ville l'avaient emmené au funérarium du Massachusetts General Hospital. Beaucoup de voisins du quartier se cotisèrent pour qu'il ait une sépulture décente et décidèrent de monter une association pour continuer son « œuvre ». D'abord, on plaça une petite plaque au sol devant le banc, avec son nom et un message de remerciements. Ensuite, on investit dans une poubelle en tôle fixée à son banc. Nous y déposons à tour de rôle des gâteaux pour les chiens. Chaque fois qu'un voisin en promenade passe devant la poubelle, il peut se servir et donner un gâteau à son chien. Une des innombrables petites histoires de notre bonne ville de Boston, qui font chaud au cœur, dans un monde aussi troublé.

C'est en rentrant d'une de ces promenades que je tombais sur mes deux petits-enfants, accroupis dans la bibliothèque devant une boîte en carton qui contenait des photos. John me tendit une des photos.

— Je ne savais pas que tu étais un « Bad Boy » dans ta jeunesse, dit-il en souriant.

C'était une très vieille photo qui datait de mon adolescence. T-shirt et tennis blancs sur un blue-jean retroussé. Les cheveux gominés, je posais devant l'une de mes nombreuses voitures : une Ford 1932 cabriolet lourdement modifiée avec un moteur V8. C'était ma période Hot Rod à la fin des années 50.

— Tu as fait le Vietnam ? dit Valérie, en me tendant une autre photo où l'on me voyait en G.I.

Un tsunami de souvenirs me submergea. Même si ma vie avait

commencé de la façon la plus agréable qui soit, seuls les mauvais souvenirs resurgirent. J'avais enfermé tous les démons que je voulais oublier. Quelle naïveté! Quelle inconséquence! Si je voulais oublier tout ça, pourquoi avais-je gardé ces photos? Je n'en savais rien. Peut-être, au moment de les détruire, quelque chose m'avait retenu. Comment pouvais-je expliquer à John et Valérie que je ne voulais pas qu'on ressorte le passé? De grosses larmes commencèrent à couler sur mes joues. Valérie fut la première à s'en apercevoir. Elle se dressa d'un bond pour se jeter dans mes bras.

— Excuse-nous, Daddy! On ne savait pas, dit-elle sur un ton désespéré.

— Vous ne pouviez pas savoir... lui répondis-je, avant d'être interrompu.

John, avec son 1,98 m, avait mis plus de temps pour se déplier et nous avait percutés jusqu'à m'en couper le souffle, en nous prenant dans ses bras. Nous étions trois idiots, les uns contre les autres, en train de sangloter au milieu de la bibliothèque. Éléonore, ma femme, qui avait entendu quelque chose d'inhabituel, entra dans la pièce précipitamment. Elle vit le carton ouvert au sol et nous regarda d'un air ennuyé.

— Nous sommes désolés, dit John. On cherche des photos de mariage. Valérie ne sait que choisir comme robe de mariée. Elle cherche l'inspiration. On ne savait pas...

— Oui, eh bien, quand on ne sait pas, on demande, répliqua-t-elle.

— Ce n'est pas grave, leur dis-je. C'est que là, il n'y a pas de photo de mariage. Elles sont dans l'album beige, là, dans la bibliothèque. Il y a le mariage de vos arrières grands-parents et le nôtre. Celles de ton père, John, sont dans l'album rouge. Pour le tien, Valérie, c'est l'album bleu. Mais vous le savez déjà, pourquoi en chercher d'autres ?

— Je ne sais pas, avoua John. Je pensais à de vieilles photos de famille. Celles de nos aïeux.

— Nous n'en avons pas, répondis-je.

— Comment se fait-il ?

— Je n'en ai pas la moindre idée. Ils n'en faisaient peut-être pas à cette époque… Je ne sais pas. De toute façon, je ne me suis jamais intéressé aux histoires de notre famille.

— C'est vrai ce que dit votre grand-père, déclara Éléonore, il ne s'y est jamais intéressé. Mais je confirme qu'il n'y a pas de photo dans les livres de ta mère.

— Vous voyez ! Pas de photos !

— Et de mon côté, demanda Valérie ?

— S'il reste d'autres documents, ils sont dans la maison de Brookline.

John et Valérie étaient en train d'organiser leur propre mariage respectif. Le fait de fonder une famille les avait poussés à avoir un autre regard sur la nôtre. C'était touchant, mais je ne pouvais pas satisfaire leur curiosité. Il faut dire que nos histoires de famille étaient connues de tous dans la région. Surtout celles des quatre dernières générations. De plus, pour raconter l'histoire des enfants, il faut remonter dans des souvenirs très douloureux.

John est né en 1990. Il habitait avec ses parents dans la maison que nous occupons aujourd'hui à Boston, sur

Commonwealth Avenue. Mon fils avait préféré s'installer dans Boston pour des raisons professionnelles. Plus près des bureaux et de l'aéroport. Alors qu'ils se rendaient régulièrement à l'hôpital pour les cours de préparation à l'accouchement, ils avaient rencontré un couple, Jean-Christophe et Emma Montreal, voisins du quartier et qui attendaient eux aussi un heureux événement. C'est ainsi que Valérie vit le jour deux semaines après John. Les deux jeunes couples avaient sympathisé et, petit à petit, étaient devenus très amis. Même Éléonore et moi les apprécions énormément. Leur philosophie de vie était identique à la nôtre, tant du point de vue politique, religieux que culturel. D'une certaine manière, Jean-Christophe et Emma faisaient partie de la famille. Les deux couples étaient devenus parrains et marraines des deux enfants. Comme il fallait s'y attendre, les enfants passèrent pratiquement toute leur enfance ensemble. La même nourrice, les mêmes goûters d'anniversaire, les mêmes écoles. Les deux hommes s'étaient rapprochés professionnellement. Charles Avallon, mon fils, travaillait dans l'entreprise familiale et Jean-Christophe Montreal avait monté sa propre entreprise de consultant. Un jour, ils décidèrent d'aller passer un week-end ensemble à New York. Ils voulaient voir un spectacle à Broadway. *Le Roi Lion*, je crois.

Ma femme et moi étions tout excités à l'idée de passer le week-end avec les enfants que les parents nous avaient confiés. Ce n'était pas si courant à cette époque. Mon fils m'accusait d'avoir de mauvaises influences sur mon petit-fils. Passionné de mécanique, je m'amusais à retaper des vieilles voitures, et John adorait mettre les mains dans la graisse et bricoler avec moi.

Mon fils n'appréciait pas et trouvait cela dangereux. Le week-end s'était très bien passé pour tous. Avant de quitter New York pour l'aéroport, les jeunes parents étaient allés prendre un petit-déjeuner au restaurant panoramique du World Trade Center. C'était le 11 septembre 2001.

La haine. C'est le seul mot qui me vient à l'esprit quand je repense à cette période. Mais nous n'avions pas le temps. Les jeunes grands-parents que nous étions à cette époque se transformèrent en machine de combat. Des machines d'acier et de béton, recouverts du coton le plus doux. C'est ce qu'il fallait pour contenir la rage froide et le désespoir des deux bambins.

En ce qui concerne John, il nous fut confié immédiatement. En revanche, pour la petite fille, ce fut une autre histoire. Car Valérie n'avait pas de famille. Ses grands-parents, des deux côtés, étaient morts des années plus tôt. Les services sociaux de la ville ne trouvèrent personne pour s'occuper d'elle. Compte tenu de notre fortune, de notre position sociale et de quelques recommandations, ils finirent par accepter l'adoption. Les enfants s'étaient toujours considérés comme frère et sœur, et cela continue encore aujourd'hui, bien que, étrangeté des règles juridiques, Valérie soit légalement la tante de John.

Le dîner

Nos deux poussins étaient inséparables et faisaient presque toujours tout ensemble. À quelques mois d'intervalle, John avait rencontré Bridget Foldgan, jeune étudiante en littérature à Harvard, université où lui-même suivait un programme en économie. Fille d'un riche banquier de Boston, sa gentillesse et sa naïveté avaient séduit notre maniaque de service.

De son côté, Valérie avait craqué pour un bellâtre de plus de deux mètres, capitaine de l'équipe de basket à Boston University où elle suivait des études d'informatique. Godefroy Newhan suivait un cursus d'économie politique. Fils d'une famille de commerçants, il avait souscrit un prêt étudiant et, pour arrondir ses fins de mois, travaillait comme modèle pour une agence de mannequins.

Contrairement à ma femme, je ne fus pas surpris quand ils commencèrent à parler mariage. La disparition précoce de leurs parents les hantait et ils souhaitaient, à leur tour, créer un cocon familial. Je trouvais cela normal. En revanche, le fait d'organiser leurs mariages le même jour m'étonna beaucoup plus. Mais c'était leur choix et nous étions les dernières personnes au monde à souhaiter leur refuser quoi que ce soit.

La maison que nous habitons à Boston est un petit immeuble que nous avons prévu de séparer en deux appartements distincts. Les travaux sont en cours au sous-sol et au rez-de-chaussée. Une fois les transformations terminées, les enfants pourront y vivre comme ils l'ont toujours fait et préparer leur avenir. Nous vivons actuellement au premier étage pour mieux surveiller les travaux et préparons notre départ définitif pour notre maison de Brookline.

Ce soir-là, nous étions tous les six autour de la table et je sentais les enfants trépigner d'impatience. Je savais très bien que notre courte discussion de l'après-midi les avait laissés sur leur faim, et qu'ils brûlaient d'impatience de nous poser des questions au sujet de notre famille. John, rusé renard, ne put s'empêcher de contourner la difficulté.

– Dis-moi, Godefroy, sais-tu quand ta famille est arrivée à Boston ?

– Avant 1880, nous sommes originaires d'Angleterre. Il y a quelques incertitudes. A priori, nous venons de Brighton, une ville balnéaire du sud.

– Ah, oui ! c'est intéressant, ça ! dit Valérie. Et toi Bridget ?

– D'après ce que je sais, nous sommes arrivés avec les premiers pèlerins. Mais je ne me souviens plus exactement. Pourquoi ?

– Ah, oui ! reprit Valérie d'un air malicieux.

– Où voulez-vous en venir ? demandai-je.

– Nulle part, répondit John. C'est simplement que si l'on me pose la même question, je ne peux pas répondre. M. Avallon, d'où vient votre famille ? dit-il en simulant une interview.

– C'est si important ?

– Oui ! J'aimerais bien savoir.

– Moi aussi, dit Valérie.

– Excusez-moi, mais j'ai peut-être une idée, intervint Bridget. C'est probablement d'Angleterre.

– Qu'est-ce qui te fait croire ça, ma chérie ? dit John.

– Avallon, dans la légende arthurienne, on parle de l'île d'Avallon. Là où vivait la fée Morgane. Enfin, c'est une supposition, dit-elle timidement.

– Je croyais que *L'île d'Avalon* s'écrivait avec un seul l ? dit John.

– En fait, la plupart des récits ne permettent pas de savoir si *Avalon* s'écrit avec un l ou deux.

– Nous venons d'Angleterre ? me demanda John.

– Mais, je n'en sais rien, répondis-je, agacé.

– Et le livre ? rétorqua Valérie, en regardant sa grand-mère. De quoi s'agit-il au juste ?

– Oh, ma chérie ! répondit Éléonore en se levant pour retourner à la cuisine. Ce sont des cahiers qu'écrivait ton arrière-grand-mère Avallon. Je crois qu'elle y raconte leurs histoires. Ton grand-père n'a jamais voulu les lire. Ils sont dans la bibliothèque à Brookline.

– Eh bien, voilà ! dit John, Il y a sûrement les réponses que l'on cherche. Daddy, es-tu d'accord pour que j'aille les consulter ?

– Et moi, je pourrai fouiller le grenier à la recherche de documents sur les Montreal, ajouta Valéry.

– Non ! Non… c'est que… vois-tu… ces livres, je dois les lire en premier. Pour les Montreal… je ne sais pas…

Un silence tomba sur l'assemblée. Tout le monde se regardait. Je baissai les yeux et m'isolai quelques instants dans mes souvenirs. J'aimais profondément mes parents, mais je ne les avais pas épargnés. Je n'aimais pas l'idée de lire les pensées intimes de ma mère et j'avais toujours repoussé à plus tard la lecture de ces livres.

D'un autre côté, l'enfance des enfants avait été tellement difficile, tellement dramatique, que leurs demandes ne pouvaient trouver qu'une réponse favorable. Ils voulaient avoir des informations sur leurs familles et je ne me sentais pas le droit de leur barrer la route. Mais je préférais les lire d'abord. En un éclair, je décidai de m'attaquer à l'énorme besogne que je redoutais depuis tant d'années : aller fouiller dans le passé.

– D'accord, les enfants ! Vous voulez tout savoir ? C'est d'accord. Mais c'est moi qui m'en occupe. Je ne suis pas certain de pouvoir trouver toutes les réponses, mais je vous donnerai tout ce que je pourrai trouver.

– On pourrait t'aider, dit Valérie. On pourra commencer sur Internet ou aller à Ellis Island ? Ils ont les informations sur l'immigration depuis…

– 1892, et jusqu'en 1954 ! lança John. J'ai déjà fouillé. Je n'ai rien trouvé. Enfin, dans les registres de Boston, j'ai retrouvé Alexandre Avallon, né en 1874. Il y a la naissance de William en 1896 puis Daddy en 1936. Avant ça, il n'y a rien, ni à Boston ni ailleurs. La famille est forcément arrivée avant 1892. Mais quand ?

– Et les Mormons[1] ? dit Valérie.

– Rien pour le moment, répondit John d'un air sombre. Mais

16

il y a tellement de possibilités. Le problème, c'est que je ne sais pas par où commencer. Ils ont pu arriver par bateau dans n'importe quelle ville. Si les registres ne sont pas à jour…

– Écoutez, les enfants. J'ai dit que je m'en occupais. Arrêtez de faire des plans sur la comète. Vous avez vos études et les mariages à organiser. Je vous promets de vous livrer toutes les informations pour votre mariage.

C'est ainsi que je m'étais engagé à faire des recherches sur l'origine des deux familles. Les Avallon d'un côté, les Montreal de l'autre.

Comme disait un vieux monsieur, ami de mes parents, « pour commencer un travail, commencer par le début. C'est plus simple ». C'est exactement ce que je fis. Dès le lendemain, je me rendis avec Éléonore dans la maison de Brookline. Dans la grande bibliothèque, sur la dernière étagère du haut, trônaient les cahiers de ma mère, qu'elle avait fait relier. En sortant le premier volume, une bonne quantité de poussière tomba en virevoltant dans la pièce, comme autant de souvenirs que je redoutais.

---

1. Les institutions mormones sont connues aux États-Unis pour proposer une banque d'informations généalogiques exceptionnelle.

Mes parents

Le livre, où devrais-je dire « le cahier », commençait par des histoires concernant mon grand-père Alexandre Avallon. Il n'y avait pas beaucoup d'indications de date. Le texte que ma mère avait écrit était une succession d'anecdotes, racontant plus ou moins précisément les événements qui s'étaient déroulés depuis son adolescence dans les années 20. Je me mis à lire…

Mon grand-père avait fait fortune dans l'immobilier. C'était l'un des plus gros promoteurs de Boston et de sa région. Avec la société Avallon Cie, il construisait de riches maisons dans la ville et tout autour, mais également de nombreuses usines et buildings officiels. Mon grand-père possédait aussi une importante agence immobilière, l'Avallon Real Estate.

William, mon père, vivait chez ses parents dans une grande maison à Brookline, une petite ville à six kilomètres du centre de Boston. À cette époque, les voisins étaient rares et la campagne alentour ressemblait à une petite forêt. Il suivait des études d'économie à l'université d'Harvard, dans le but de décrocher un Master en cinq ans. En 1910, il ne fallait pas moins de 30 minutes pour parcourir en automobile les quatre kilomètres qui les séparaient du centre de Boston ou d'Harvard, équidistants l'un et l'autre de la maison. Une fois à l'université, il y passait la semaine.

Susan, ma mère, joli oisillon et fille unique d'une famille modeste de Boston, réussissait très bien dans ses études. Elle avait décroché une bourse pour faire un cursus en droit dans la toute nouvelle école de Suffolk University. Elle avait rencontré mon père lors d'un bal de fin de semestre à l'université, où elle avait réussi à se faire inviter grâce à un stratagème qui a toujours fait rire mes parents mais qu'elle n'explique pas dans son livre. Sous ses airs de blonde platine écervelée, elle était une redoutable femme d'esprit, une artiste talentueuse et était très cultivée.

Mon père et ma mère avaient le même âge et étaient nés en 1896.

Ma mère vivait chez ses parents, dans Hudson Street au sud de Boston. Elle faisait le kilomètre qui la séparait de Suffolk University à pied, matin et soir. Ses parents moururent dans un accident de train le 7 novembre 1916. Un train de la compagnie Boston Elevated Street Railway dérailla, plongea dans Fort Point Chanel et fit cinquante morts. Sans ressources, et alors qu'il la connaissait depuis moins d'un an, mon père la demanda en mariage. Mon grand-père accepta avec bienveillance et les installa au premier étage de la grande maison familiale de Brookline.

Ils avaient 20 ans quand mon grand-père mourut subitement d'une crise cardiaque dans son bureau, en décembre 1916. Ma grand-mère, ivre de chagrin, mourut deux ans plus tard. Mon père hérita d'un véritable empire. L'Avallon Real Estate était propriétaire d'un énorme parc immobilier, constitué de bâtiments dans Boston dont il percevait des loyers, de hangars sur le port et autour de la gare de Dudley Station Elevated Terminal, et de terrains industriels tout autour du Massachusetts qui se développait de façon exponentielle. La Avallon Cie, quant à elle, finançait la construction de programmes immobiliers. Ma mère avait poursuivi ses études de droit d'où elle était sortie major de sa promotion. Les affaires étaient florissantes et malgré son manque d'expérience, mon père reprit les rênes de l'entreprise. Ce jeune couple de millionnaires diversifiait ses placements en investissant dans les devises, l'or, mais aussi la Bourse qui était florissante.

La guerre en Europe avait débuté deux ans plus tôt et semblait si loin que peu de gens s'en souciaient, compte tenu du fait que les États-Unis étaient restés neutres jusque-là. Un jour de décembre 1917, mon père fut approché par la mairie de Boston qui lui demanda un effort patriotique. En effet, les États-Unis étaient entrés en guerre en octobre et les contingents américains expédiés en Europe avaient besoin de matériels. La chaîne de ravitaillement passait par le port de la ville. Il accepta de mettre gratuitement à la disposition de la mairie et de l'armée un grand nombre de hangars voisins de la base navale, située à Charlestown, juste en face de Boston, où était établie la Navy. Il transféra quelques locataires dans des hangars du North End, qui avaient l'inconvénient d'être situés sur le port de Boston, le long de Commercial Street, le quartier italien dont l'afflux d'immigrants avait rendu la circulation extrêmement difficile. À cette époque, on considérait que la population dans ce quartier était la plus dense au monde. Alors que beaucoup de gens avaient mis en doute ses capacités à reprendre une telle entreprise, mon père fut dès lors accepté comme une personne très honorable de la communauté.

Puis il y eut la catastrophe. L'une des plus importantes qu'ait subie la ville au début du XXe siècle : la Boston Molasses Flood eut lieu dans le quartier du North End, le 15 janvier 1919. Ce jour-là, après avoir déposé mon père en voiture à son bureau dans le Financial District, ma mère partit rejoindre la présidente d'une association caritative pour distribuer des jouets et surtout des couvertures et des vêtements chauds aux migrants italiens. Depuis plusieurs semaines s'ajoutaient à la misère ambiante des températures largement au-dessous des -15 °C qui avaient provoqué de nombreux décès.

Une entreprise du nom de Purity Distilling Compagny exploitait un site de distilleries d'alcool à partir de mélasse. Cette dernière servait aussi de base à l'industrie chimique et surtout de produits dérivés pour les explosifs dont l'armée américaine avait grand besoin pour la guerre en Europe. Sur le site de l'entreprise se trouvait un réservoir gigantesque de mélasse de près de 15 m de haut et de 27 m de diamètre tout en tôle rivetée, qui contenait ce jour-là plus de 8 millions de litres de mélasse.

Pour pouvoir utiliser la mélasse, on devait la faire chauffer pour lui donner une consistance visqueuse. Mais la température à Boston était passée de -17 °C à -4 °C en à peine 24 heures. Les opérateurs n'eurent pas le temps de modifier les conditions de chauffe et la mélasse se mit à bouillir. Sous la pression, les rivets des tôles du réservoir se rompirent. Celui-ci explosa et s'effondra dans un bruit de tonnerre et de mitraille dû aux rivets propulsés telles les balles de fusil à travers tout le quartier. Une vague de mélasse en fusion de plus de 4 m de haut emporta les charpentes métalliques du métro aérien, les voitures, les camions et tous les êtres vivants qui étaient aux alentours. Elle continua, telle une vague de tsunami, à la vitesse faramineuse de 55 km/h, à travers le quartier italien, emportant les maisons et tout ce qui se trouvait sur son passage. En à peine quelques minutes, elle tua 21 personnes et en blessa plus de cent cinquante autres, dévastant une partie du North End.

Dans ce genre de catastrophe, les nouvelles vont vite. C'est lors d'un déjeuner d'affaires dans un restaurant du Financial District que mon père apprit la nouvelle moins d'une demi-heure après la tragédie. Persuadé que ma mère se trouvait dans le quartier au moment du drame, il abandonna ses invités et partit rejoindre le théâtre de l'horreur pour tenter de la retrouver. Arrivé sur les lieux, il vit un spectacle de désolation. La chaussée était recouverte de 40 cm de mélasse encore chaude, toutes les infrastructures étaient effondrées, pliées, tordues et il se dégageait une odeur pestilentielle. Les pompiers, les policiers, des ouvriers et de simples citoyens portaient secours aux personnes en détresse. Mon père regardait autour de lui, cherchant désespérément ma mère, quand tout à coup il vit un petit garçon à ses pieds dont le visage était partiellement brûlé. Il se pencha, le prit dans ses bras et se retourna pour voir où il pouvait l'emmener. Dégoulinant de mélasse, il grelottait malgré ses brûlures. Il l'enveloppa dans son manteau et se dirigea vers un camion ou d'autres secouristes entassaient les blessés. Se retournant, il constata que des badauds hébétés regardaient la catastrophe les bras ballants. Il en avisa quelques-uns et leur cria de venir l'aider. Il repartit vers les lieux du drame accompagné d'une dizaine de personnes pour porter secours. Les secouristes improvisés venaient de partout. En dehors des officiels, il y avait des poissonniers, des bouchers, des ouvriers et même des marins venus probablement du port tout proche. Il fit tout ce qu'il put pendant tout l'après-midi tout en espérant que sa femme était à l'abri. Alors que le soleil commençait à tomber à l'horizon, il entendit ma mère qui l'appelait.

— William ! William ! Je suis là !

— Mon Dieu ! dit-il en la regardant. Tu n'as rien ? J'avais tellement peur…

— Non, je vais bien. Mais que fais-tu là ?

— Ben, je suis venu te chercher.

— Mais il ne fallait pas, ça aurait pu être dangereux.

— Et pour toi, ce n'était pas dangereux ? Comment voulais-tu que je sache que tu allais bien ?

Ma mère le regarda avec un sourire et ils se jetèrent dans les bras l'un de l'autre avant de s'embrasser. Ma mère était arrivée quelques minutes avant le drame et avait fait comme mon père, mais de l'autre côté de la catastrophe. Ils étaient exténués, effrayés et congelés après tous ces efforts. Ils regardaient l'étendue de la catastrophe. Les sauveteurs commençaient à être remplacés par des ouvriers nettoyeurs. Un personnage attira l'attention de mon père. Un homme en uniforme de marin, couvert de mélasse, le regardait presque fixement. Après une courte hésitation, il se dirigea vers lui. Il n'eut pas le temps de lui adresser la parole que l'homme se présenta spontanément.

– Georges Western, capitaine au long cours. Je ne sais pas d'où tu viens, mais tu es un sacré gaillard, dit-il en lui tendant sa main couverte de mélasse.

– William Avallon. Je vous remercie, mais vu l'état de vos vêtements vous avez dû en donner un sacré coup aussi, lui répondit-il en lui tendant une main aussi sale que la sienne.

– Attendez ! William Avallon… vous êtes LE William Avallon ? Celui des hangars de Charlestown ?

– Heu ? Oui, répondit mon père un peu surpris.

– Ha ha ha ! Ha ben, elle est bonne celle-là ! Excusez-moi, monsieur Avallon, mais je ne vous imaginais pas si jeune. Et surtout, je n'imaginais pas quelqu'un comme vous venir porter secours à des migrants dans un quartier mal famé.

– Mais d'où connaissez-vous mon nom ? demanda mon père un peu surpris.

– Désolé de mon franc-parler, mais votre attitude me fait chaud au cœur. Vous ne me reconnaissez pas, mais je faisais partie de la commission militaire pour les hangars que vous avez généreusement mis à disposition de l'armée. Un homme en costume-cravate au milieu de ce merdier, ça ne passe pas inaperçu. Je vous ai vu travailler toute la journée comme un forcené pour sauver ces pauvres gens. Croyez-moi, on ne rencontre pas quelqu'un de votre trempe tous les jours. Je vous félicite et vous remercie pour eux.

– Merci pour le compliment !

– Votre femme ? dit Georges en pointant ma mère du doigt qui était aussi couverte de mélasse. Sacrée bonne femme. Je pense qu'on n'a plus besoin de nous ici. Je peux vous offrir un café ?

– Oui, avec plaisir, dit mon père en appelant ma mère à les rejoindre. Je vous présente ma femme, Susan.

– Enchanté, madame… George Western.

Ils se retrouvèrent dans un restaurant italien où le propriétaire offrait gracieusement des cafés et des soupes pour réchauffer les victimes et les sauveteurs. Ils commencèrent à se raconter les circonstances qui les avaient amenés à porter secours aux gens en détresse. Mon père avoua qu'il s'était rendu sur place pour chercher ma mère. Puis la situation avait pris le dessus sans qu'il ait eu le temps d'y réfléchir. Quant à Georges Western, il était simplement dans la cabine de son cargo amarré au port quand il avait entendu l'explosion. Avec une poignée de marins encore à bord, ils étaient descendus pour porter secours aux victimes. Quant à ma mère, elle était effectivement près de l'endroit du drame, dans une salle communale en train de faire la distribution de vêtements et de couvertures, quand l'explosion avait fait trembler les murs. Sans savoir comment, elle s'était retrouvée au milieu de la mélasse, entourée d'une nuée de gens qui criaient et s'enfuyaient dans tous les sens. Après une confusion totale, elle avait aidé ici et là les personnes autour d'elle. Puis un petit groupe de personnes s'était mobilisé et s'était rapproché de l'épicentre de la catastrophe pour porter secours aux blessés. Après un certain temps, elle avait aperçu mon père et était allée le rejoindre.

La complicité aidant, Georges Western se livra à quelques confidences. Fils de marin, il était entré à l'académie navale à 14 ans. Il en était ressorti à l'âge de 21 ans avec le grade de

Lieutenant de vaisseau, incorporé à Port-Arthur dans les services d'approvisionnement. Il avait pris la mer en mars 1917 sur un pétrolier militaire du nom de l'Illinois pour traverser l'Atlantique et ravitailler l'Angleterre en pétrole. Le 18 mars 1917, le bâtiment avait été coulé par un sous-marin allemand, le UC 21, et Georges en avait réchappé par miracle avec une grande partie de l'équipage. Rapatrié à Boston, il avait intégré les bureaux administratifs de la NAVY et fait partie des commissions d'organisation de l'effort de guerre. Il était chargé des relations entre la NAVY et la mairie pour fournir tout ce dont la marine avait besoin. C'était à ce moment-là qu'il avait entendu parler pour la première fois de mon père, dont il salua encore une fois le geste patriotique. Après un an de travail dans les bureaux, il avait été promu capitaine et avait repris la mer sur un cargo d'approvisionnement pour les contingents militaires américains débarqués en Europe.

Georges et mes parents continuèrent à se livrer à un bel échange de confidences. Une très forte amitié venait de naître…

Pendant les années qui suivirent, ils restèrent en contact, se voyant régulièrement lors des escales de Georges. Après cette catastrophe et le témoignage de ce dernier auprès des gens d'influence qu'il connaissait, mes parents furent considérés comme des personnalités majeures de la communauté. Invités à toutes les soirées de gala, vernissages de différents artistes, premières au théâtre ou au cinéma, ils devinrent les invités incontournables lors des dîners mondains.

Mais un empire de la taille des entreprises Avallon demandait énormément d'énergie et de temps, et sans le soutien inconditionnel de ma mère, mon père aurait eu du mal à supporter toutes ces obligations. Il travaillait plus de 15 heures par jour, week-end compris. Grâce à lui et à ma mère, les sociétés se développèrent et ils furent bientôt considérés comme citoyens d'honneur de la ville. Ma mère passait son temps dans les œuvres de charité et faisait la promotion de l'art moderne en organisant des expositions de jeunes peintres, sculpteurs et musiciens et agissant même souvent comme une mécène. Elle rêvait d'avoir des enfants et ce fut, comme on peut l'imaginer, une grande déception quand on lui annonça qu'elle ne pouvait pas en avoir. C'est ce que les médecins de l'époque disaient, en tout cas. Elle se plongea dans le travail sans retenue pour ne pas rester seule à la maison. Elle s'était proposée comme professeur à l'école de droit de Suffolk où elle dispensait des cours du soir. C'était important pour elle de transmettre ce qu'elle avait reçu et elle aimait le contact avec les étudiants. Pendant 13 ans, mes parents ne firent que travailler. Ils vivaient dans la maison familiale de Brookline pour échapper aux tumultes de la ville.

Les années folles

C'étaient les années folles. Tout ce que mes parents touchaient se transformait en or. De grandes soirées étaient organisées avec pour mot d'ordre « faire la fête » même si les hommes d'affaires en profitaient pour évoquer leurs projets entre deux coupes de champagne, malgré la prohibition instaurée le 29 janvier 1919. C'est lors d'une de ces soirées, en avril 1929, que mon père rencontra un banquier qui lui proposa d'investir dans « les nouveaux projets du futur », comme il aimait à le dire, les gratte-ciel. Depuis toujours, les sociétés investissaient dans les maisons de luxe en pierre de taille, dans les usines et les entrepôts. Depuis quelques années, la société Avallon Cie s'était orientée également dans la construction de maisons individuelles, regroupées en hameaux, dans la grande banlieue de Boston.

Le banquier lui expliqua qu'il y avait un projet à New York, celui de construire le building le plus haut du monde. Il faisait allusion à l'Empire State Building, évidemment. Sa banque était en train de monter un projet pour, déjà, réaliser le building le plus élevé de Boston. Même si les investissements n'atteignaient pas les 40 millions de dollars nécessaires pour l'immeuble de

New York, il fallait quand même réunir 10 millions de dollars, somme colossale à l'époque. Le ticket d'entrée pour faire partie du consortium était d'un million de dollars. Le banquier lui expliqua que c'était une question de prestige et qu'Avallon Cie ferait partie des sociétés immobilières les plus en vue du Massachusetts.

Le projet enivra mon père. Il voyait dans ce projet la possibilité de développer encore plus ses sociétés. Mais il n'avait pas le million... Les opérations nécessaires pour mobiliser cet argent feraient courir un grand risque. Il lui fallait obtenir un prêt bancaire, mettant en garantie une bonne partie du patrimoine. De cette façon, il ne se séparait pas des éléments de sa fortune mais les mettait en gage. De plus, il n'était pas obligé de verser le million de dollars à l'entrée dans le consortium, mais pouvait étaler le versement de la somme dans le temps. Le rendement du parc immobilier et des actions couvriraient largement le montant des crédits. Le projet étant prévu sur deux ans, il pourrait récupérer les sommes à la vente du futur building pour liquider ces crédits bancaires et garder des surfaces pour les mettre en location.

Bien que mon père fût encore jeune, il connaissait parfaitement ces mécanismes très risqués. Le revenu de son compte actions avait été multiplié par dix et représentait une partie non négligeable de ses revenus car la Bourse montait inexorablement depuis 1925. Compte tenu de la très bonne santé économique à cette époque et des nombreux discours rassurants des grands argentiers des États-Unis, il n'y avait pratiquement aucun risque. Et puis le banquier avait des arguments. Pour finir de le convaincre, il lui donna rendez-vous le lendemain dans ses bureaux pour rencontrer l'instigateur du projet, les partenaires déjà engagés et lui montrer les premiers plans réalisés. Mon père ne pouvait refuser. Il se disait que cela ne l'engageait à rien.

Ce soir-là, sur le trajet du retour, mes parents eurent une longue conversation. Fallait-il ou non participer à ce projet ? Ils décidèrent de se rendre à la réunion ensemble. Ils furent tous deux reçus comme roi et reine. Au milieu de la pièce, sur un présentoir de bois précieux, s'élevait la maquette du futur bâtiment au nom de « New England Building ». Il était magnifique. Dans la pièce étaient présents le banquier et son équipe, l'architecte et ses assistants ainsi que les neuf autres investisseurs. Ils s'assirent autour de la table et l'architecte commença à faire la présentation. Elle dura presque toute l'après-midi. À la fin, tous les investisseurs avaient posé une multitude de questions, vérifiant chaque point du contrat. Mon père posait des questions techniques sur la construction, les éléments de sécurité, les matériaux employés, etc. D'autres posaient des questions sur la commercialisation des locaux et leur rentabilité. Visiblement, tous les détails avaient été étudiés et le projet paraissait parfaitement bouclé. Après s'être concertés, mes parents donnèrent leur accord. Le montage financier fut une simple plaisanterie, les prêts accordés, les fonds versés au consortium. Moins de 15 jours plus tard l'affaire était lancée...

Le 24 octobre 1929

Le « jeudi noir » ! Le 24 octobre 1929 ! LE KRACH ! Le Krach de Wall Street, ce fut le point de départ de « la grande dépression ». On identifie souvent cette date comme « LA date ». En réalité, ce qui fut un véritable cataclysme dura près de six ans et était né quelque temps auparavant. Mes parents furent ruinés. Mon père n'a jamais été très loquace sur la façon dont cela s'est passé. Il se contentait de dire : « Imagine un château de cartes dont tu retires l'une de celles du bas ». Malgré son immense fortune, les obligations financières qui lui étaient imposées étaient trop importantes. Les 28 et 29 octobre, de nouveaux krachs firent replonger la Bourse. J'imagine que les banques réclamèrent le paiement des actions à terme, le remboursement des crédits et, ne pouvant faire face, menèrent des actions en recouvrements. L'une des rares anecdotes que mon père racontait était qu'une banque n'avait même pas eu le temps de réclamer son dû avant de disparaître purement et simplement. Bien évidemment, le « New England Building » ne vit jamais le jour. L'excavation sur le terrain n'avait même pas commencé et celui-ci fut vendu par un tour de passe-passe artistique que personne ne put expliquer. La banque à l'origine du projet disparut de la même façon, comme beaucoup d'autres, car plus de 770 banques firent faillite entre 1930 et 1932. Les terrains comme les bâtiments ne valaient plus rien, le marché s'étant effondré, et il n'y avait plus de clients pour espérer les vendre ou à des prix ridicules. Mon père, qui manquait d'expérience, n'était pas préparé à un tel cataclysme et seule une poignée de grands affairistes évitèrent la catastrophe. Les banques disparurent les unes après les autres, engloutissant la totalité des fonds qui y étaient déposés, sans espoir de les revoir un jour. Les sociétés furent liquidées, le personnel licencié. Mes parents avaient heureusement quelques pièces d'or, ce qui leur permit de tenir quelques années. C'est ainsi qu'ils gardèrent la maison familiale, mais vide de tout meuble. Ils durent licencier le personnel de maison, vendre la voiture, les bijoux et tout ce qui avait un petit peu de valeur.

Eux qui avaient vécu dans l'opulence sans jamais avoir connu la moindre difficulté financière, en étaient rendu à couper du bois dans la forêt qui les entourait pour se chauffer et manger ce qu'ils pouvaient récolter ou acheter chez les rares cultivateurs de la région. La maison se dégradait de jour en jour et était devenue presque inhabitable. Ils s'étaient réfugiés dans la cuisine et la buanderie attenante qui leur servaient de chambre, car la maison était tellement grande qu'ils ne pouvaient pas la chauffer. Mon père avait bien cherché du travail, mais la plupart de ses amis de la haute société étaient dans la même situation que lui. Même pour des travaux de basses besognes, malgré sa bonne volonté et ses compétences, il ne trouvait rien. Il avait été l'un des hommes les plus puissants de Boston et ses adversaires dans les affaires profitaient de la situation, comptant bien se débarrasser définitivement de lui.

Un jour d'automne 1931, mes parents se promenaient dans le parc de la maison. C'était un de ces jours magiques où la forêt est en feu, le soleil faisant rougeoyer les feuilles d'automne. Malgré sa bonne éducation légendaire, il arrivait à mon père d'avoir des mouvements de colère au sujet de la situation. Shootant dans une châtaigne qui avait eu le malheur d'être sur son chemin, il pestait. C'est à ce moment que ma mère eut une idée. En voyant cette châtaigne faire un roulé-boulé le long du chemin, elle se souvint d'une vieille recette lue dans un livre de cuisine de mon arrière-grand-mère Avallon. Cela consistait à fendre la châtaigne à l'aide d'un couteau et à la faire cuire sur une poêle trouée, au-dessus d'un feu de bois. Elle se souvenait que sa belle-mère lui avait fait goûter en lui expliquant que c'était une recette ancestrale dans la famille. Ils ramassèrent des châtaignes et rentrèrent à la maison. Ils trouvèrent ça bon et cela devint une partie de leurs repas quotidiens. C'était un peu bourratif et par voie de conséquence tout à fait adapté pour ne pas avoir faim.

Les châtaigniers

La maison de Brookline était située dans le quartier de Chestnut Hill, la colline du châtaignier, où cet arbre poussait en majorité. La particularité du parc de la maison était qu'il n'y avait pratiquement que ça, des châtaigniers à perte de vue, ce qui est tout à fait inhabituel dans la nature, cette dernière préférant un mélange harmonieux de différentes espèces.

L'origine des châtaigniers était particulièrement originale. En 1906, mon grand-père avait loué un hangar sur le port à une société d'import-export qui avait reçu une grande quantité de pousses de châtaignier en provenance d'Espagne. Pendant plusieurs semaines, la société ne donna pas signe de vie. Le hangar avait été originellement loué avec un bail de trois mois qui arrivait à son terme. Dans le même temps, d'autres bateaux arrivaient et les demandes de hangars étaient quotidiennes. N'ayant pas été payé, il chercha à entrer en contact avec la société détentrice du bail et finit par trouver un responsable de la société basée à New York. Celui-ci lui indiqua qu'il ne pouvait pas payer la location car le siège de la firme était à San Francisco, et celle-ci avait disparu dans le tremblement de terre et surtout dans l'incendie qui s'ensuivit, le 18 avril de la même année. Les plants de châtaignier entreposés dans le hangar auraient dû être vendus dans le Midwest à des sociétés d'exploitation. N'étant plus en mesure de travailler, il ne pouvait pas honorer son bail. Il proposa à mon grand-père, en dédommagement, de récupérer les arbres pour solde de tout compte. Mon grand-père avait bien sûr entendu parler de la catastrophe et avait même fait un don à la Croix-Rouge pour aider les réfugiés de San Francisco. À ce moment-là, il disposait de grands terrains de culture et surtout d'un énorme parc autour de sa maison de plus de 50 hectares. Il accepta le deal et, pour rentrer dans ses fonds, il commença par vendre des plants à la mairie de Boston, grâce aux relations qu'il entretenait avec elle, pour les planter dans les plus belles avenues de la ville.

Ce que mon grand-père ne savait pas, c'est qu'à partir de l'année 1905 les États-Unis furent touchés par un champignon extrêmement nocif pour les châtaigniers, le *Cryphonectria parasitica* aussi appelé « la brûlure du châtaignier », qui a la fâcheuse tendance à se loger sous l'écorce de l'arbre et à le faire mourir. Cette maladie avait été apportée par des essences d'arbres venus d'Europe. Elle fit des ravages dans la population des châtaigniers des immenses forêts du sud, de l'Ontario à la Floride en passant par plusieurs États du Midwest. C'est aussi pour cela que le négociant n'avait pu les vendre et avait bien évidemment oublié de le signaler. Quand mon grand-père eut vent de cette affaire, il mena une enquête extrêmement précise.

Il fit vérifier que les arbres qu'il avait vendus n'étaient pas malades. Il fut soulagé en ayant le rapport de son jardinier. Aucun arbre n'était atteint. La deuxième chose fut d'apprendre que la châtaigne, après traitement sous forme de poudre et d'une préparation médicinale particulière, était utilisée pour le traitement des infections pulmonaires chez les chevaux. Or, si l'automobile se développait énormément à cette époque, le cheval restait le premier moyen de transport. La troisième fut d'apprendre qu'avec la pénurie qui s'annonçait, l'exploitation des châtaigniers et leur préservation étaient un investissement pour l'avenir. Il donna l'ordre à son jardinier de planter le reste des pousses de châtaignier sur tous les terrains disponibles dont il était propriétaire autour de Boston. Il en profita pour créer un parc de châtaigniers tout autour de la maison de Brookline. Il créa une petite unité de jardiniers spécialisés dans la récolte des châtaignes et l'entretien des arbres, et proposa ses récoltes sur le marché du Midwest. Avec cette affaire, non seulement il rentabilisa haut la main la location malheureuse du hangar, mais il développa une nouvelle activité au sein de sa compagnie.

Les affaires reprennent

C'est au bout de quelques jours que mon père se rendit compte qu'il pouvait tirer profit de cette graine aujourd'hui ignorée dans le parc. Les châtaignes étaient disponibles, et ce gratuitement. Il suffisait d'un petit brasero pour les faire cuire n'importe où. Alors germa dans son cerveau un projet qui changea la vie de mes parents du jour au lendemain. Il alla dans les remises et trouva un stock de vieux bidons de lait en fer-blanc, en découpa un et le modifia pour en faire un petit brasero au-dessus duquel il posa une poêle trouée. Dans la buanderie du jardinier restait une vieille brouette dont l'armature était en métal et il y fixa son brasero. Il retourna dans le parc chercher les châtaignes et se présenta devant ma mère, avec cette machine infernale. Il lui déclara qu'il partirait dès le lendemain matin pour s'installer dans le centre de Boston et y vendre ses châtaignes grillées. Le projet paraissait tellement simple et tellement extravagant pour la région de Boston que ma mère l'encouragea sans vraiment y croire.

Le lendemain, de bon matin, mon père parcourut les six longs kilomètres qui séparaient la maison du centre-ville de Boston et alla s'installer à la sortie du métro de Tremont Street, devant l'entrée du parc Boston Common. Un endroit stratégique où se croisaient toute la journée des milliers de personnes qui allaient travailler ou vaquer à leurs occupations.

Il alluma le feu et commença à mettre ses châtaignes dans la poêle. Quelques curieux le regardaient faire en se demandant bien ce qui pouvait agiter l'esprit tordu de ce pauvre gars devant sa drôle de machine. Il commença à offrir des châtaignes grillées autour de lui, une par personne, pas plus. Les gens étaient agréablement surpris. La première journée fut difficile car peu de gens tentaient l'expérience. Mais dès le lendemain, certains clients de la veille étaient de nouveau présents et avaient amené des amis avec eux. Mais les châtaignes sorties du feu étaient tellement chaudes que les gens ne pouvaient pas les tenir en main. Mon père avisa un journal posé sur un banc et découpa de petits rectangles de papier qu'il tourna en forme de cornet. 0,10 $ le cornet de dix châtaignes.

Mon grand-père, qui était très riche, disait : « Un cent ramassé dans la rue est une bonne nouvelle. Il suffit de trouver les quatre-vingt-dix-neuf autres pour faire un dollar ». Cette philosophie est toujours restée dans la famille. Si le cornet de châtaignes grillées de mon père était vendu une somme qui aujourd'hui paraît modeste, il faut peut-être se remettre dans le contexte pour expliquer sa démarche commerciale. Quelques exemples de prix en 1931 : une douzaine d'œufs valait 0,18 $; une livre de jambon valait 0,39 $; dix livres de pommes de terre valaient 0,18 $. Il n'était pas sorti d'Harvard pour rien et avait fait son plan marketing. Sachant que la plupart des gens n'avaient pas de quoi acheter dix livres de pommes de terre, il cibla les personnes de revenus intermédiaires et supérieurs pour lesquels une dépense de 0,10 $ ne représentait pas une somme extravagante. Il avait inventé l'achat coup de cœur et plaçait son cornet de châtaignes dans les produits de luxe.

Au bout de quelques jours, le succès fut au rendez-vous et on le surnomma « Hot Chestnut Man ». Il travailla ainsi pendant près d'un mois. Puis ma mère eut une nouvelle idée.

– Et si l'on faisait des cookies aux châtaignes, lui proposa-t-elle, on diversifierait les produits et l'on gagnerait plus d'argent.

– Comment n'y ai-je pas pensé plus tôt ?

Ce qui fut dit fut fait. Ma mère fouilla dans le livre de sa belle-mère, toujours présent dans la cuisine. Elle y trouva une recette intitulée « Roasted chestnut cookies » et quelque temps plus tard, mon père vendait des châtaignes grillées et des cookies.

Au bout du deuxième mois, les affaires marchaient fort mais le faible taux de rentabilité des châtaignes nécessitait d'augmenter de façon exponentielle les ventes pour que cela devienne véritablement intéressant. La concurrence commençait à se faire sentir et il était temps de rentabiliser au mieux l'idée même, plutôt que les produits. Tout en continuant de vendre les châtaignes et les cookies, il fabriqua du matériel. Son plan était de vendre des braseros avec une poêle, pensant que l'idée pourrait séduire les vendeurs des rues. Il avait un stock de bidons et pouvait les fabriquer facilement. Le prix de revient était très bas et il espérait faire une marge confortable à la revente. Mais après réflexion, la valeur ajoutée était insuffisante et il se serait retrouvé inéluctablement en concurrence avec ses clients. L'idée fut abandonnée, mais il la garda à l'esprit pensant que cela pouvait être un plan B, le cas échéant. Il fabriqua néanmoins du matériel pour le louer à des gens vivant les mêmes difficultés que lui pour multiplier les ventes et ainsi rentabiliser l'idée dans son intégralité. Ma mère se mit au travail pour établir un contrat en bonne et due forme, marqué de l'en-tête de la Hot Chestnut Cie. Article 1, le contrat de location est signé entre les deux parties avec un montant de loyer d'un dollar par jour. Article 2, les loyers sont payables tous les jours. Article 3, les contractants ont obligation d'acheter des produits à la Hot Chestnut Cie et à elle seule. Article 4, la Hot Chestnut Cie percevra 10 % des recettes journalières. Ce fut un tel succès que mon père dut employer des personnes pour aller ramasser les châtaignes, pour construire les braseros et pour livrer le tout, en temps et en heure, chaque matin à Boston.

Si la crise était très forte et particulièrement difficile à supporter pour une grande partie de la population, elle donnait également naissance à de nouvelles activités, comme c'était le cas pour mes parents.

L'une d'entre elles était le cinéma. Alors que beaucoup d'industries avaient disparu ou étaient en grande difficulté, le cinéma, qui était parlant depuis 1927, connaissait un développement énorme. C'est là que ma mère eut une nouvelle idée. Proposer ses produits dans les cinémas. Idée absolument géniale s'il en est, car à son premier rendez-vous la salle fut enthousiaste à l'idée de pouvoir proposer des collations avant et pendant le spectacle. Non seulement mes parents allaient proposer des produits à base de châtaignes, comme ils le faisaient déjà dans la rue, mais ma mère eut l'idée de faire de la citronnade et d'autres boissons qu'elle pouvait facilement mettre dans de petites bouteilles, malgré la concurrence de Coca-Cola.

Elle passa un accord avec plusieurs salles de cinéma pour prendre en charge l'organisation, la rémunération des ouvreurs et ouvreuses, en contrepartie de la vente des produits alimentaires. Elle avait la gestion de tout ce secteur d'activité. Avec les femmes de la paroisse d'à côté, qui avaient plus de mal à trouver du travail que les hommes, elle créa une petite armée d'une quinzaine de personnes qui travaillaient chez elles à la préparation des différents produits, d'après les recettes imposées par ma mère. Elles les distribuaient dans les différentes salles de cinéma selon un organigramme que ma mère tenait parfaitement.

Mes parents avaient été dans les premiers à réinventer ces petits métiers de rue, autour des produits de bouche. Une nouvelle concurrence apparaissait. Les vendeurs de journaux, les cireurs de chaussures et bien d'autres se disputaient les emplacements. Mes parents en faisaient aussi les frais. Il était temps de réfléchir à l'avenir.

La consolidation

Mon père s'occupait de la partie technique et logistique : la fabrication des braseros et des poêles, l'organisation du transport, la répartition des produits et le contrôle du bon fonctionnement de l'ensemble. Ma mère avait en charge toute la production des produits alimentaires. Elle se rendit vite compte que les châtaignes grillées, qui avaient du succès l'hiver, suscitaient moins d'enthousiasme à l'approche des beaux jours. Étant souvent en ville pour organiser le service des ouvreuses de cinéma, elle s'intéressa aux pâtissiers. Alors que beaucoup d'entre eux faisaient leurs recettes eux-mêmes et y perdaient du temps, elle eut l'idée de proposer des nappages prêts à l'emploi. Le succès fut immédiat. Les pâtissiers gagnaient beaucoup de temps et les produits leur convenaient parfaitement. La Hot Chestnut Cie devint rapidement un fournisseur de produits pour la pâtisserie.

En quelques semaines, la maison fut réinvestie en totalité pour être transformée en usine alimentaire. Tout y passa : les écuries, les granges et l'ensemble de la maison. Ici les stocks de châtaignes dans des endroits bien secs pour les conserver le plus longtemps possible ; là la fabrication des braseros et des poêles ;

là encore, les supports à roulettes pour déambuler dans Boston, etc.

À l'approche de l'été, les châtaignes chaudes étaient remplacées par des crèmes et autres produits à base de châtaignes, mais mieux adaptées à la belle saison. L'augmentation du chiffre d'affaires fut constante, et rassura mes parents sur l'avenir. Ils ne roulaient pas sur l'or, loin de là, mais cela leur permit de vivre presque normalement. Du côté des pâtisseries, là aussi les demandes augmentèrent en permanence. De plus, certains cuisiniers des restaurants de Boston achetèrent directement la matière première : de la poudre de châtaigne et autres dérivés qui leur permettaient de créer de nouvelles recettes. La petite équipe de la maison tournait à plein rendement. Une année entière fut presque passée quand se posa un problème. Si la grande cuisine de la maison avait pu suffire jusqu'à présent pour la préparation des cookies, celle des pâtisseries demandait encore plus de place et surtout une nouvelle cuisinière professionnelle. Ma mère demanda à mon père de lui en trouver une. Elle lui fit une petite liste des impératifs techniques, des dimensions et du matériel dont elle avait besoin. Elle fit même un dessin très détaillé sur le modèle idéal qu'elle aimerait avoir. Il se mit à réfléchir au moyen le plus simple et le moins onéreux pour trouver ce nouveau fourneau de type professionnel.

Ce bon vieux Georges

La situation économique était en train de changer. En novembre 1932, le président Roosevelt avait recueilli 57 % des voix et 42 des 48 États lui avaient été favorables. Il était pratiquement acquis qu'il serait le prochain président des USA.

C'est à cette époque que mon père se rendit au port, lieu qu'il connaissait parfaitement, et pour cause, puisqu'il en fut l'un des plus gros propriétaires immobiliers. Il avait entendu dire qu'avant d'être détruits, la plupart des bateaux étaient désarmés et que certains affairistes récupéraient les métaux ou tout ce qui pouvait avoir de la valeur. Lors d'une conversation, il avait appris qu'un de ses vieux amis, officier de marine à la retraite, avait trouvé un emploi dans les entrepôts. Son espoir était de reprendre contact avec lui. On lui avait rapporté que beaucoup de matériels de cuisine en provenance de ces chantiers étaient à vendre sur le marché aux puces. Avec un peu chance, son vieux camarade aurait ses entrées pour l'aider dans ses recherches.

En arrivant devant le hangar numéro 24, il avisa la petite guérite, juste à l'angle, d'où l'on surveillait les docks pour éviter le chapardage ou le détournement des marchandises. Coup de chance, Georges Western était là.

– Bonjour Georges !

– Ce vieux William, ça fait plaisir de te voir. Mais que deviens-tu ? Ça fait des années que l'on ne s'est pas vus.

– Oh, eh bien, tu sais sans doute que j'ai perdu ma fortune, comme beaucoup d'ailleurs. J'essaye de remonter un petit business dans l'alimentaire et la châtaigne chaude, rien de bien grandiose...

– Oui, j'ai appris tout ça. C'est amusant que tu passes dans le coin parce que justement j'ai entendu parler de ton histoire de braseros et ça m'a fait réfléchir. J'ai justement une affaire à te proposer.

Georges n'y allait jamais par quatre chemins quand il avait quelque chose à dire et il regardait mon père avec des yeux pétillants comme s'il avait trouvé la caverne d'Ali Baba.

– Une affaire à me proposer ? lui dit mon père piqué au vif.

– Oui, tu sais, moi je suis un ancien de la marine et les affaires ce n'est pas mon fort. Mais je suis sûr qu'il y a quelque chose à faire avec tout ce que je vois passer ici. Voilà de quoi il s'agit...

Georges lui expliqua que, comme pour beaucoup de gens à l'époque, un seul salaire ne suffisait pas et qu'il avait mis sur pied une petite affaire pour acheter l'armement et le matériel encore utilisable dans les bateaux avant qu'il ne parte à la destruction. Mais s'il s'y entendait pour acheter, en revanche pour vendre c'était catastrophique. N'ayant aucune idée des prix pratiqués sur les marchés et n'ayant aucune connaissance commerciale, il se faisait généralement avoir comme au coin d'un bois. Il avait investi presque toutes ses économies pendant plus de deux ans et avait rempli pratiquement un hangar de tout un fourbi dont il ne savait que faire.

– Tu comprends, les choses en bronze, en laiton, des cuisines complètes avec toute la batterie, des meubles en bois de toute nature, je ne sais pas quoi en faire. J'ai bien fait quelques ventes en utilisant le bouche-à-oreille, mais aujourd'hui j'ai besoin d'argent frais ou de faire des échanges. Je ne sais pas comment m'y prendre. Toi, avec ton expérience et ton savoir-faire, tu trouveras certainement une solution.

Depuis la fin 1931, le port de Boston est engorgé de navires sans armateur. Ses responsables décident donc de faire de la place. Ce sont les prémices du projet économique voté au niveau fédéral et mis en œuvre par l'arrivée du nouveau président au pouvoir. Au mois de mars 1933, le président Roosevelt prend ses fonctions. Juste à ce moment-là, une vague de faillites bancaires a de nouveau lieu. Une courte panique s'installe avant son discours d'investiture qui, grâce à son charisme et à sa grande habileté en matière de communication, finit par rassurer les marchés. L'une des phrases de son discours qui restera dans les annales est « La seule chose que nous ayons à craindre, c'est la crainte elle-même ». Entre le 9 mars et le 16 juin 1933, un grand nombre de lois sont votées dans le cadre du New Deal. L'une d'entre elles, le Works Progress Administration, a pour but de créer des emplois dans l'administration de façon à faire diminuer le chômage. Il faut rappeler que la population active est inférieure à 25 % de la population totale, que les États-Unis comptent 12 millions de chômeurs et que plus de 2 millions d'Américains sont sans abris. Cette loi a, entre autres conséquences, d'accélérer dans la région de Boston la destruction ou le sabordage de certains anciens navires qui étaient restés dans le port sans armateur depuis 1929. Certaines épaves font encore la joie des plongeurs amateurs à notre époque.

Mon père ne pouvait s'empêcher d'écarquiller les yeux. Il était venu dans l'espoir de trouver une cuisinière et il venait de mettre le pied sur un hangar plein à craquer de différents matériels. Mon père réfléchit et dit à Georges :

— Avant de prendre une décision, il faut que je voie de quoi il s'agit. Quand pouvons-nous aller voir le matériel ?

— Je finis mon service dans une heure, retrouve-moi devant la porte du hangar 44, je t'attendrai.

Une heure plus tard, les grandes et hautes portes du hangar 44 s'ouvrirent. Georges et mon père rentrèrent et, une fois la lumière allumée, déambulèrent dans les rangées de matériels de toutes sortes.

— C'est quoi le deal ? demanda mon père.

— Un alambic !

— Pardon ?

— Un alambic. Si tu sais faire des braseros, tu dois être capable de faire un alambic, non ?

— Oui, bien sûr ! Mais pour quoi faire ?

— Je sais de source sûre que la loi sur la prohibition va bientôt être abolie. Il y a deux choses que je sais faire sur cette terre, c'est naviguer et distiller de l'alcool. Une fois la loi abolie, il y aura une forte demande. Je veux être dans les premiers sur l'État du Massachusetts à répondre à ces demandes.

Mon père avait répondu du tac au tac, mais il n'avait aucune idée de comment réaliser un alambic. Il en avait vu en photo il y a très longtemps, avant la loi sur la prohibition de 1919, mais de là à pouvoir en fabriquer un il y avait une marge. D'un autre côté, il était hors de question pour lui de laisser passer une telle opportunité. Son cerveau était en ébullition et il cherchait à toute vitesse une solution pour concrétiser ce deal.

– Aucun problème pour fabriquer un alambic, mais de quel type ? As-tu au moins un plan à me proposer, des détails techniques ?

Le meilleur moyen de gagner du temps pour réfléchir, c'est de poser des questions. Et mon père ne se gênait pas, cela lui permettait d'envisager toutes les solutions possibles.

– Oui, j'ai pensé à tout. J'ai les plans d'un vieil alambic qui fut utilisé dans une distillerie en Irlande pour fabriquer du whisky...

Georges lui expliqua en détail son projet. Il fallait commencer par un grand alambic et de grandes cuves pour le maltage, ce qui lui permettrait de sortir les premières bouteilles. Il avait besoin également d'un endroit pour s'installer, de bois de chauffage et d'eau. En ce qui concernait l'orge, il avait déjà commencé à traiter avec un négociant qu'il avait rencontré sur le port et qui pourrait lui fournir les quantités qu'il souhaitait dès que l'embargo serait levé. Pour commencer, il achèterait du whisky en tonneaux en Écosse pour le vendre en bouteilles, le temps que le sien soit à maturité au bout de trois ans. Il avait les fonds pour acheter la quantité nécessaire. Bref, tout était fin prêt, il ne manquait plus que ce que mon père pouvait lui apporter.

Mon père était stupéfait. Depuis tant d'années, il avait soigneusement évité tous les bars clandestins et autres tripots cachés dans les sous-sols de Boston et n'avait aucune idée de ce marché-là. En revanche, Georges semblait parfaitement maîtriser le sujet.

— Comment veux-tu procéder ? lui demanda mon père.

— Voilà ce que je te propose. Tu me trouves un local dans lequel je puisse m'installer dans la banlieue de Boston. Tu me fabriques un alambic et les cuves, un brasero pour le séchage, trouve-moi du bois de chauffage et de l'eau. En contrepartie, je te donne tout le stock de ce hangar.

— Et la pègre, comment vas-tu faire ? Ils sont dans le business depuis plus de 15 ans et ils ne rigolent pas avec ça. Ce n'est pas parce qu'Al Capone est en prison que la pègre a disparu.

— T'inquiète, ils ne savent pas distiller correctement. Ils sont juste bons à faire de l'alcool de bois ou leur saloperie de whisky de maïs. Quand le marché va rouvrir, il faudra bien acheter des licences. La police et le gouvernement les attendent au tournant et ils ne sont pas près de pouvoir travailler officiellement. Quant à moi, j'ai gardé des contacts à la mairie et j'ai des entrées à l'AAPA[1], ça ne devrait pas poser de problèmes.

— D'accord, j'ai l'impression que tu as bien réfléchi au projet. Laisse-moi 24 heures pour y réfléchir. Pour le moment, j'ai besoin d'une cuisinière, une grande cuisinière.

— Viens au fond du hangar, tu n'auras que l'embarras du choix.

Effectivement, au fond du hangar, une dizaine de grandes cuisinières démontées plus ou moins proprement étaient empilées les unes sur les autres. Mon père fit le choix en contrôlant le croquis et la liste des impératifs de ma mère. Il y avait bien quelques modifications à faire, mais il trouva presque

exactement ce que ma mère cherchait. Après une courte
négociation, Georges trouva un chauffeur d'une des compagnies
installées sur le port et, contre un cageot de pommes de terre
tombé malencontreusement d'un chargement ce matin même,
ils chargèrent la cuisinière sur un camion. C'est ainsi que mon
père revint le soir avec une magnifique cuisinière de près de cinq
mètres de long, toute en acier et dans un état parfait, sous les
yeux écarquillés et fiers de ma mère. Désormais, il fallait qu'ils
remplissent leur part du deal...

1. Association Against the Prohibition Amendment, Association contre l'amendement de la
prohibition.

Changement de cap

Ce jour-là, Georges Western et mon père se quittèrent plein de projets dans la tête. Mon père avait fait un inventaire détaillé de tous les matériels disponibles dans le hangar. Il fit une liste de trois lots différents : « L'accastillage et les meubles en bois », « Les cuisinières et leurs batteries », le « n'importe quoi » regroupant les métaux, les pièces mécaniques et plus généralement les pièces en cuivre et en bronze du type coursives, marches d'escalier, hublots et objets d'ornement réalisés sur mesure et ne pouvant convenir à un autre bateau.

Pour tout ce qui était accastillage et meubles en bois, il pouvait en vendre une partie sur les petits chantiers navals autour de Boston. Tout ce qui n'était pas sujet à superstition pour les amateurs était le bienvenu. La plupart des produits étaient de qualité et bien réalisés. En revanche, tout ce qui était marqué du navire d'où il venait était invendable pour les marins. Mais il manquait de temps. Plusieurs mois auraient été nécessaires pour pouvoir écouler les marchandises. Pour le « n'importe quoi », malgré l'œil perçant de Georges, la plupart des pièces étaient invendables. À part les vendre au poids, mon père ne voyait pas comment faire.

Quant aux cuisines, quelque chose clochait dans le paysage. Il resta un long moment à les observer. Ces longues pièces d'acier ou de fer lui semblaient familières. Il reprit le croquis qu'avait fait ma mère et le compara à ces cuisinières de marine. Tout à coup, il fit le rapprochement. Elle ressemble comme deux gouttes d'eau au dessin. Tous les détails y étaient et le style général était incontestable. Sans le savoir, ma mère avait dessiné une cuisinière qui existait déjà et qui regroupait toutes les particularités dont elle avait besoin. Alors il se mit à réfléchir. Il repensait à son histoire de fabrication de braseros avortée, faute de débouchés suffisamment rentables. Les idées se bousculaient dans sa tête. Il avait des visions très confuses sur un éventuel projet, quand tout à coup il vit la lumière. Pourquoi ne pas fabriquer des cuisinières modernes, comme ma mère avait dessiné la sienne? Après tout, jusque-là, elle avait une cuisinière qui ne lui convenait pas. Après avoir consciencieusement rédigé un cahier des charges, elle avait dessiné son propre modèle. Le plus incroyable, c'est qu'il venait de retrouver un modèle très identique dans un hangar du port de Boston. La chose était lumineuse: il suffisait de reprendre les principes de fabrication et de les adapter aux dessins de ma mère.

Il repensait au trajet qu'il avait fait pour venir jusqu'au port en traversant le centre de Boston par Commonwealth Avenue. Les maisons huppées du centre de Boston étaient occupées par des gens qui étaient passés à travers la crise ou par d'autres qui avaient réussi pendant celle-ci. Les travaux d'embellissement fleurissaient le long des grandes avenues et il pensait que des cuisines modernes, inspirées des modèles de bateau, pouvaient susciter l'intérêt. L'idée était extravagante. Mais pourquoi pas ? Qui ne risque rien n'a rien. Il réfléchit tout le long du chemin de retour vers la maison et, quand il arriva, il expliqua sa nouvelle idée à ma mère. Elle resta un long moment silencieuse à le regarder. Vendre des antiquités venant de bateaux ne l'emballait pas plus que ça. Quant à fabriquer des cuisinières, c'était sûrement un véritable métier.

– Pour faire les cuisinières, nous avons le forgeron. Techniquement, ce n'est pas un problème. En revanche, dessiner de nouvelles cuisinières c'est une autre histoire. Quand tu m'as demandé de trouver une cuisinière, tu avais une idée bien arrêtée. C'est parce que tu sais ce dont tu as besoin. Et si tu dessinais des cuisinières pour les femmes d'aujourd'hui ?

– Oui, je vois ce que tu veux dire. Mais qui te dit que la femme d'aujourd'hui a les mêmes envies que moi ?

– Parce que tu es une femme d'aujourd'hui. Pour ta future cuisinière, tu m'as donné des directives précises. Et force est de constater qu'elle n'a rien à voir avec celle que l'on avait avant. C'était un gros bloc de fonte, encombrant, lourd et mal pratique. Pourquoi ne pas proposer ces appareils d'un nouveau type, d'un nouveau style ?

– Et comment vas-tu les vendre ? Tu ne vas pas t'installer au milieu du parc Boston Common…

– Une boutique ! Il nous faut une boutique ! Une belle boutique bien placée.

– Une boutique ? Mais comment veux-tu qu'on achète une boutique ?

– On n'est pas obligés d'acheter. Pour commencer, on peut

louer. Des boutiques à louer en ce moment, il y en a partout.

– Mais comment va-t-on payer ?

– Avec le métal. On va vendre tout le métal au poids et l'on aura suffisamment d'argent pour démarrer. Au début, on reprend les vieilles cuisinières de marine, on les transforme et on les vend. Coût de revient minimum, prix de vente maximum.

L'idée était complètement dingue aux yeux de ma mère. Mais son histoire de châtaignes lui avait fait la même impression. Après tout, si mon père y croyait, elle était prête à le suivre au bout du monde

Le lendemain, il fit venir ma mère et Arnold Black, le forgeron, au hangar de Boston. Pendant que ma mère examinait les cuisinières, mon père lui demanda quelles étaient les modifications qu'il fallait apporter pour qu'elles soient utilisables dans une maison où dans un appartement. Car une cuisinière démontée d'un bateau était partiellement incomplète. Il manquait parfois des pieds, parfois un côté, parfois même tout le fond. En revanche, elles semblaient très pratiques pour accrocher les instruments de cuisine et étaient très compactes. Surtout, elles étaient beaucoup plus légères que les grosses cuisinières en fonte. Cela pouvait permettre de nouveaux designs à des prix de production tout à fait raisonnables.

Pendant ce temps, Arnold Black déambulait au milieu du stock pour trouver les perles rares qui lui permettraient de fabriquer un alambic, selon les spécifications qui étaient inscrites sur les plans que Georges Western avait remis à mon père. D'après Arnold, tout le matériel nécessaire était disponible. Il avait remarqué une vieille chaudière à vapeur, issu d'un petit bateau de pêche, qui ferait parfaitement l'affaire pour réaliser le distillateur. D'autres composants, disséminés au milieu de tout le fourbi, feraient des compléments parfaits pour réaliser l'ensemble du matériel demandé.

De son côté, mon père observait ma mère, perdue dans ses pensées, dessinant à jet continu, prenant à peine le temps de respirer, tournant les pages de son cahier nerveusement comme si sa vie en dépendait. Ce jour-là, mon père se rendit compte que ma mère avait un coup de crayon admirable et d'une précision horlogère. Elle dessinait les cuisinières comme si elle avait fait ça toute sa vie. Il ne put s'empêcher de l'interrompre pour la complimenter.

– Ma chérie, c'est incroyable ! Tu dessines ces cuisinières avec une précision…

– Je t'avoue que je suis la première étonnée. Ça me paraît tellement simple. À se demander pourquoi les fabricants n'y ont pas pensé plus tôt. Regarde ! C'est pourtant simple. Il suffit de se concentrer sur l'essentiel. Une cuisinière c'est avant tout des feux. Tu ajoutes le four et le reste vient de lui-même. Je pourrais en faire des centaines comme cela…

Ils discutèrent encore un long moment sur les différents modèles qu'elle avait dessinés. En fin de matinée, Arnold revint avec la liste du matériel dont il avait besoin pour l'alambic, sélectionné au milieu du stock. De son côté, ma mère avait une centaine de dessins et mon père était d'autant plus convaincu qu'il lui fallait une boutique pour vendre les futures productions de la Hot Chestnut Cie. Il était temps de la trouver. Dès le lendemain matin, il partit en direction d'un quartier de Boston qu'il connaissait parfaitement et qui pour lui était le meilleur emplacement pour la future boutique.

C'était la période de Noël. Il se rendit dans Charles Street, dans le quartier de Beacon Hill, pour y rencontrer un de ses vieux concurrents de l'époque de l'immobilier, avec lequel il avait souvent croisé le fer sur plusieurs projets. Il avait appris que s'il avait perdu beaucoup d'argent en 1929, il s'en était quand même sorti. Il ne l'appréciait guère, mais il fallait reconnaître que c'était le meilleur adversaire qu'il ait jamais rencontré dans les affaires. Vu les maigres finances de mon père à cette époque, la négociation s'annonçait serrée. Mais qui ne tente rien n'a rien.

Angus McWoall était dans son agence. Mon père franchit la porte et ils se regardèrent quelques instants. Visiblement, Angus était surpris de le voir.

– William !

– Angus !

– Que me valent la surprise et la joie de te voir, vieil ami ?

– C'est pour affaires, Angus.

– Mais tu sais que je suis toujours là pour les affaires, mon cher William.

– Je cherche une boutique dans le quartier. Je me suis dit qu'il fallait m'adresser aux meilleurs d'entre tous pour avoir la meilleure boutique.

– Mon cher William, si la flatterie marche encore avec les jeunes blancs-becs, mes cheveux gris doivent t'indiquer que j'ai perdu toute sensibilité pour cela. C'est pour acheter ou pour louer ?

– Pour louer.

— J'en ai plusieurs. J'ai appris que tu étais à la tête d'une petite entreprise aujourd'hui. Une boutique dans le quartier coûte cher. As-tu les moyens de payer ?

— Nous n'en sommes pas à parler d'argent pour l'instant, Angus. Montre-moi déjà les locaux. Pour ce qui est des loyers, nous en reparlerons après. Tu me connais, si je suis venu te voir, c'est que l'affaire est sérieuse.

— Entendu ! As-tu une rue de préférence ou…

— Charles Street, uniquement, entre Pinckney Street et Beacon Street.

— Je constate avec plaisir que tu n'as rien oublié de ton ancien métier.

— Oh, tu sais, c'est comme le vélo, ça ne s'oublie pas.

Mon père avait bien évidemment donné une portion de rue de moins de 500 m de long, au cœur d'un des quartiers les plus anciens et les plus commerçants de Beacon Hill. Ils partirent visiter les deux boutiques disponibles dans la rue. L'une était du mauvais côté de la rue, l'autre aurait été presque parfaite si elle n'avait été un tout petit peu trop petite. Mais en ces temps difficiles, il ne fallait pas être trop exigeant. En revanche, le prix du loyer, lui, n'était pas trop petit. La somme demandée était tout simplement hors budget pour mon père. Il la visita en détail, vérifiant chaque point avec minutie. Quelques minutes plus tard, il se retourna et regarda Angus droit dans les yeux et lui dit :

— Je la prends !

— Et si nous parlions d'argent maintenant ? Pour entrer dans les lieux, il faut payer le mois d'avance de 89 $ et un mois de dépôt de garantie. Tu les as ?

– Quand la boutique sera-t-elle disponible ?

– Lundi prochain ! Et pour l'argent ?

– Je te paierai lundi.

– Je sais que tu ne m'apprécies guère, mais je sais que tu es droit et honnête. Je ne sais pas comment tu vas faire, mais je te crois. Affaire conclue !

Mon père venait de signer un chèque en blanc sans le moindre sou disponible. Mais il lui fallait cette boutique, l'une des plus belles et des mieux placées de la rue. Il fallait maintenant trouver l'argent.

Le casse-tête

Il ne restait à mon père qu'une semaine pour trouver la somme et il devait faire ses comptes. Il se rendit dans Boston Common, à moins de 100 m de là, s'installa sur un banc, sortit un petit crayon et un carnet de sa poche, et commença à écrire.

Au bout d'un an, la Hot Chestnut Cie comptait plus de 50 employés. Malheureusement, la marge opérationnelle de l'entreprise était très faible. S'il parvenait à payer les salaires, les charges diverses et le matériel, les bénéfices étaient maigres. Après plus d'une heure à calculer, retournant le problème dans tous les sens, la somme disponible ne permettrait pas de prendre la boutique. Bien sûr, il y avait tout le matériel du hangar, mais arriver à en vendre suffisamment pour récupérer la somme nécessaire avant le lundi suivant était peu probable. De plus, des travaux d'installation et de rénovation étaient nécessaires. Angoissé, il rentra à la maison et raconta l'histoire à ma mère. Celle-ci réfléchit longuement après que mon père lui eut expliqué la situation. Au bout d'un moment, elle le regarda et lui dit :

— William, je pense que cette boutique est une très bonne idée. Mais il faut savoir où nous allons. Nous ne pouvons pas tout faire et nous sommes déjà débordés. Nous avons actuellement 59 personnes qui travaillent pour nous, salariés ou contractants, en comptant les livreurs de plusieurs activités, et ce, dans trois activités différentes : la fabrication et la location des braseros pour la vente des châtaignes grillées, la distribution des cookies et des boissons dans les cinémas, la fabrication de crème pâtissière.

Elle réfléchit encore un instant.

— Si nous voulons ouvrir cette boutique, tu devras y rester en permanence. Comment allons-nous nous organiser ?

— Très simplement, comme nous le faisions quand nous avions les sociétés. Nous allons nommer des responsables dans chaque secteur. Ils seront responsables de leur activité. Mais je t'avoue que pour le moment, ce qui m'inquiète c'est de trouver l'argent.

C'est elle qui eut l'idée. La nuit leur porta conseil. Le matin au petit-déjeuner, elle raconta son idée à mon père. À la grande époque, celle où elle s'occupait d'œuvres de charité, d'expositions artistiques, etc., elle avait fait la connaissance d'un fondeur d'art installé à Cambridge, un certain M. Onckok avec lequel elle avait eu d'excellentes relations. Elle ne savait pas s'il était toujours de ce monde, mais le coup devait être tenté. Avec le trésor de Georges, il devrait pouvoir récupérer suffisamment d'argent en lui vendant tout le métal noble.

Mon père engloutit son petit-déjeuner et partit d'un pas décidé, direction Cambridge. Arrivé dans le quartier que lui avait signalé ma mère, il demanda son chemin. Un homme lui indiqua avec précision l'endroit où se trouvait le fondeur, mais il avait déménagé. Le grand portail de métal était fermé et les locaux semblaient inoccupés. Heureusement, sur la porte était inscrite sa nouvelle adresse : route 99, Everett. Il n'y avait que cinq kilomètres à faire à pied et il se mit en chemin tout de suite.

Arrivé à l'adresse indiquée, il crut un moment qu'il s'était trompé. Le petit atelier de fonderie d'art que ma mère lui avait décrit s'était transformé en quelques années en une entreprise dédiée à l'industrie lourde où grouillaient les employés et d'où les camions entraient et sortaient. Il se présenta à la petite guérite à l'entrée de l'usine et expliqua le motif de sa visite. Mais l'homme ne comprit pas les explications de mon père et lui désigna un bâtiment sur lequel était écrit « administration », avec comme instruction de s'adresser à Mlle Whitley.

Mlle Whitney était l'assistante du directeur de l'usine. Après avoir écouté attentivement mon père, elle lui demanda d'attendre l'arrivée de son patron. Les bureaux étaient cossus, en bois précieux et décorés de motifs en bronze dans le style Arts déco. Sur les murs, des photos montraient le site de production avec de grosses machines-outils. Sur une autre, on voyait un empilement de rails de chemin de fer. Une autre, plus loin, montrait un homme d'une soixantaine d'années à l'inauguration d'une statue dans un parc que mon père ne put identifier. Plus loin encore dans le couloir, des premières pages de journaux encadrées où le nom d'Onckok apparaissait. Quelques magazines sur la table basse attirèrent aussi son attention. Il tomba sur un article expliquant que la société Onckok était l'une des premières sociétés industrielles de la région et que ses produits étaient vendus partout dans le pays. Il donnait même des chiffres d'affaires colossaux et annonçait que M. Onckok était devenu l'une des personnes les plus importantes de la région. Mon père se rendit compte à quel point il avait été mis hors circuit. Effectivement, les nouvelles étant généralement très mauvaises, il avait arrêté depuis bien longtemps de lire les journaux. Il se sentit tout à coup si honteux qu'il hésita à repartir. Mais il se dit : « Qui ne risque rien, n'a rien ».

Une demi-heure plus tard, l'homme arriva. Un homme jeune, 30 ans environ, grand blond aux yeux clairs, d'allure sportive. Il lança un « Bonjour, Mlle Whitley » d'une voix douce et claire. Elle le suivit dans le bureau. Après quelques minutes encore, Mlle Whitley ressortit et introduisit mon père dans le bureau.

– M. Avallon, William Avallon ? Je vous en prie, asseyez-vous ! Joseph Watterson, que puis-je faire pour vous ?

– Je suis venu vous voir dans un but bien précis, mais en réalité je m'attendais à voir le petit atelier de fondeur d'art de Cambridge et vous me voyez un petit peu surpris d'un tel développement. M. Onckok n'est plus fondeur d'art ?

– Ah, je comprends votre surprise. M. Onckok est toujours là, c'est le propriétaire de l'usine. En quelques années, nous nous sommes tournés vers la décoration et ç'a été notre tremplin pour l'industrie. Comme vous le savez, dans beaucoup de grandes villes, il y a des constructions de gratte-ciel…

– Oui, je suis au courant, dit mon père d'une voix étouffée.

– Hum, oui, surtout depuis trois ans et nous avons énormément de demandes pour la décoration, notamment les ascenseurs et le mobilier urbain. Il nous arrive encore de faire des sculptures, mais c'est en souvenir du bon vieux temps. Pour tout dire, la plus grosse partie de notre chiffre d'affaires est aujourd'hui réalisée avec l'industrie, le chemin de fer et l'automobile.

– Ah, je comprends. Mais vous utilisez toujours du bronze, du laiton et autre métaux dans ce style ?

– Oh oui, et je ne vous cacherai pas que nous en avons énormément besoin ! Mais vous n'êtes pas de la partie, je suppose ?

– Non, pas du tout. En réalité, j'ai un stock de métal de ce type qui vient des chantiers navals. Des bateaux qui ont été démantelés. Je voulais savoir si vous étiez intéressés par l'achat de ces matériaux.

– Mais absolument, nous pouvons acheter toute quantité de métaux. Aucun problème. Bien évidemment, nous ne l'achèterons pas au cours officiel, car nous devons le traiter avant utilisation. Mais n'hésitez pas à nous l'apporter, nous vous ferons une proposition au poids.

– J'aurais aimé pouvoir vous l'apporter, mais je n'ai pas de moyen de transport.

– Quelles quantités avez-vous ?

– Je ne suis pas sûr, peut-être 2 000 ou 4 000 livres.

– Ah quand même ! Dans ce cas, aucun problème, donnez-moi le jour et l'heure qui vous conviendront, et je ferai passer un camion pour le prendre. On vous déduira les frais de transport.

– Mais si le prix ne me convenait pas ? Comment ferons-nous ?

– Nous allons faire plus simple. Je vous note les prix de rachat du métal d'occasion. Vous faites vos calculs et nous pouvons même réajuster le prix si le métal est d'excellente qualité. Cela vous convient-il ?

– Très bien. Quand puis-je revenir vous voir ?

– Quand vous voudrez !

Après avoir souhaité une joyeuse fête de Noël à John Watterson, mon père repartit d'un pas léger vers Brookline. Il était très surpris de la sympathie que dégageait cet homme. Par politesse, il avait juste jeté un œil furtif sur le papier. Il le ressortit de sa poche et le lut plus attentivement. Le prix qui lui était proposé était de 6 cents par livre, un prix hallucinant pour lui. Non seulement il avait de quoi prendre la boutique pendant plusieurs mois mais il pouvait revoir complètement sa stratégie. Il n'en croyait pas ses yeux. Dans ces cas-là, mon père avait la sagesse de se calmer et de réfléchir à froid. Il rentra à la maison pour raconter à ma mère son aventure. Elle lui sauta dessus dès son arrivée.

– J'ai fait les comptes, William ! Nous n'avons que 120 $ de disponibles, après paiement de tous les frais et salaires. C'est juste assez pour payer le premier loyer de la boutique. Mais comment allons-nous faire pour le dépôt de garantie et les frais ?

– Susan m'a chérie, j'ai de bonnes nouvelles…

– J'ai réfléchi attentivement au choix des personnes que nous pourrions nommer pour être responsables dans chaque secteur, mais je suis indécise.

– Je comprends, mais j'ai de bonnes nouvelles…

– Il sera nécessaire de refaire la décoration de la boutique, la peinture, etc. Tout ça coûte cher.

– Oui, je me doute. Mais écoute-moi une seconde !

– Et puis avec Georges, il y a un problème de place… tu as de bonnes nouvelles ?

– Oui, assieds-toi que je t'explique.

Mon père lui raconta son entrevue avec le directeur de la société Onckok et tout ce qu'il avait découvert au sujet de ce petit fondeur d'art. Persuadé d'avoir au moins 4 000 livres de métal noble, il pouvait espérer 240 $ et c'était un minimum. Il lui raconta également quel homme charmant il avait rencontré, prêt à l'aider en s'occupant du transport. Il était invité à revenir quand il voudrait. Bref tout ça se présentait sous les meilleurs auspices. Il avait même prévu d'y retourner dès le lendemain.

– Donc, on le fait ? dit ma mère.

– Oui, on le fait !

– OK, et comment allons-nous nous organiser ?

– J'ai un plan ! dit-il en souriant.

Il lui expliqua que, pour lancer une boutique, il était nécessaire de faire de la publicité. Et son plan était d'utiliser la première société pour promouvoir la seconde. Ils étaient à la tête de pas moins de 50 personnes qui déambulaient dans la ville ou étaient au contact d'une clientèle potentielle tous les jours dans les cinémas. Une manne providentielle pour faire de la publicité.

Premièrement, ma mère serait bombardée créatrice en chef des cuisinières Hot Chestnut Cie. Elle avait en charge de dessiner plusieurs modèles de cuisinières, de différentes tailles, correspondant à la dimension standard des besoins des ménages américains. Deuxièmement, les premiers produits à porter le sigle de la maison seraient les braseros. Ils seraient vendus dans la boutique et leurs gammes seraient déclinées pour s'orienter vers des modèles plus gros. Troisièmement, l'équipe des braseros, dont Arnold Black, le forgeron, serait réorganisée pour travailler à 90 % sur la production des cuisinières et de tous les produits manufacturés. La grange serait leur lieu de production. Quatrièmement, un responsable serait choisi parmi les employés dans chaque secteur pour en devenir le directeur ou la directrice. Cinquièmement, Arnold Black réaliserait un tampon de métal capable de frapper les plaques de tôle rectangulaires qui seraient rivetées sur chaque produit, cuisinière, brasero, etc. Sixièmement, chaque stand de vente de châtaignes ou de cookies serait équipé d'une pancarte publicitaire vantant les produits de la marque en mettant en avant l'adresse de la boutique. Les ouvreuses dans le cinéma auraient des paniers en osier agrémentés de publicité. Septièmement, chaque employé attaché à la distribution des châtaignes, des cookies, des produits pâtissiers ou dans les cinémas, devrait distribuer des tracts publicitaires à tous les passants et tous les clients. Huitièmement, chaque affiche ou tract publicitaires devrait mettre en avant que « Les produits qui sont vendus ont été préparés sur les cuisinières Hot Chestnut Cie ». Neuvièmement, on ferait imprimer des tracts et des affiches en quantité suffisante pour tenir au moins trois mois. Les détails du texte et des images seraient supervisés par ma mère. Dixièmement, ma mère devrait superviser la décoration de la boutique.

– Alors, qu'en penses-tu ?

Ma mère ne savait pas quoi répondre. Elle était abasourdie, fière et enthousiaste. L'idée était géniale. Mais pour que tout ce programme fonctionne, il fallait retourner voir la société

Onckok et traiter cette affaire au plus vite et aux meilleures conditions. Il comptait repartir pour Everett dès le lendemain matin, mais c'était la veille de Noël et ma mère calma ses ardeurs.

Le lendemain, ils étaient seuls, comme depuis les trois dernières années, et préparèrent leur dîner de Noël. Il n'y avait pas de dinde et surtout pas de marron. Mon père avait fait la dépense énorme d'un T-bone et de quelques pommes de terre agrémentées d'une noisette de beurre, un véritable festin servi sur la table de la cuisine. Deux chandelles et un petit marronnier fiché dans un pot de terre donnaient une vague ambiance de Noël.

M. Onckok

Quelques jours plus tard, mon père, après une nuit extrêmement tourmentée à réfléchir et à refaire cent fois les calculs, prit son petit-déjeuner. Même si le directeur de l'usine semblait très sympathique, il n'en restait pas moins un homme d'affaires. Comme il l'avait fait dans le passé, il prépara son meeting pour obtenir le maximum d'argent. Il se faisait des scénarios et imaginait la négociation pour être le mieux préparé. Ma mère le voyait tourner en rond dans la cuisine avec son bol de café à la main, risquant de se tacher à chaque virage brusque.

– Calme-toi, mon chéri, tu vas finir par faire une catastrophe. C'est ton plus beau costume, et pour tout dire, c'est le seul, ne l'oublie pas.

– Tu as raison, mais je suis tellement stressé.

– Ce n'est qu'un homme. Ni plus ni moins.

– Oui, mais c'est lui qui tient notre destin entre ses mains.

– Je suis sûr que tout se passera bien.

Ma mère n'en croyait pas un mot. Elle était au moins aussi stressée que mon père qui avait parfaitement raison. Mais elle ne voulait pas le montrer.

Il reprit le chemin de l'usine d'un pas décidé, sautillant même par moments tellement l'excitation était forte. Il se présenta respectueusement à la guérite, on lui indiqua de nouveau le bâtiment administratif, et Mlle Whitley derrière son bureau lui fit un grand sourire.

– Bonjour, M. Avallon.

– Bonjour, Mlle Whitley, je viens voir le directeur. Est-il là ?

– M. Joseph Watterson ? Non, monsieur, il n'est pas encore arrivé. Mais il ne devrait pas tarder. Je vous en prie, asseyez-vous.

– Je vous remercie.

Quelques minutes plus tard, le directeur de l'usine entra dans le bureau. Il s'arrêta net quand il vit mon père.

– Bonjour, M. le directeur, dit Mlle Whitley.

– Bonjour Mlle... M. Avallon ? Je ne m'attendais pas à vous voir ce matin, nous avions rendez-vous ?

– Bonjour, M. Warrerson, non, pas du tout. Vous m'aviez dit de repasser quand je voulais et je me suis permis de venir ce matin. Préférez-vous un autre jour ?

– Non, non... c'est que ce matin... aucune importance. Pouvez-vous attendre un petit peu car je ne peux pas vous recevoir tout de suite ?

– Je ne voudrais surtout pas vous déranger.

Le directeur s'engouffra dans son bureau et mon père attendit. Un quart d'heure plus tard, il ressortit de son bureau.

– Je suis navré, mais je dois vous faire attendre encore.

Il se retourna vers Mlle Whitley :

– Pouvez-vous installer M. Avallon dans la salle de réunion et lui proposer une collation, s'il vous plaît ?

– Bien sûr, M. le directeur.

– M. Avallon, je suis désolé de vous faire attendre, mais cela est indispensable. Vous m'avez pris de court et il faut nous réorganiser… Le planning va être serré, dit-il en regardant mon père comme s'il comprenait de quoi il s'agissait. Vous comprendrez tout à l'heure, ajouta Joseph Watterson en regardant sa montre.

Mon père était désorienté. Qu'est-ce qui pouvait pousser M. Watterson à le faire attendre ainsi sans lui en donner la raison ? Il n'avait pas le choix, il suivit Mlle Whitley docilement et entra dans la magnifique salle de réunion.

– Que puis-je vous proposer, M. Avallon. Un café, du thé ?

– Un café avec plaisir. Merci, mademoiselle !

Mon père attendit plus d'une heure. Il parcourait les magazines et les livres qui étaient rangés dans la grande bibliothèque en bois précieux. Il regardait les photos aux murs et finit par s'asseoir dans un des larges fauteuils en cuir, dans l'angle du fumoir. La pression était retombée. Il se sentait à l'aise et plus du tout stressé. Du coup, il avait peur de ne pas être prêt quand commencerait la discussion. Il ne s'agissait pas de s'endormir, il fallait rester agressif.

Par la fenêtre qui donnait sur la cour, il vit arriver une magnifique Auburn Convertible Phaeton Sedan flambant neuve, l'une des plus belles voitures du moment. Le chauffeur se précipita pour ouvrir la porte arrière et un homme en descendit. À travers les rideaux, mon père ne pouvait que distinguer une silhouette de taille moyenne, larges épaules recouvertes d'un grand manteau et d'un chapeau de feutre à large bord.

Après quelques instants, la porte s'ouvrit brusquement et

l'homme entra dans la pièce. Il n'était pas très grand effectivement, très massif, des mains épaisses et calleuses. Une peau de visage épaisse d'où ressortaient deux yeux bleus avec un regard intense. Il fixait mon père. Au bout de quelques secondes, qu'il lui sembla être des heures, l'homme s'adressa à lui d'une voix rauque.

– Vous êtes M. Avallon ? M. William Avallon ?

– Oui, bonjour monsieur... M. Onckok, je présume ?

– Pardonnez-moi, bonjour, M. Avallon. Votre femme se prénomme Susan ?

– Oui, c'est exact. Mais comment le savez-vous ?

– Pardonnez mes manières mais vous ne pouvez pas comprendre. Je vous en prie, asseyez-vous.

Mon père se demandait vraiment ce qui se passait. L'homme accrocha son grand manteau et son chapeau sur le portemanteau puis s'assit dans un fauteuil.

– Voyez-vous, dit M. Onckok, certains hommes traînent des casseroles derrière eux. Aujourd'hui, vous pouvez en contempler un. Si vous avez attendu si longtemps, c'était sur mon ordre. Je voulais traiter directement avec vous, mais vous m'avez un peu surpris par votre rapidité. Je vous renouvelle mes excuses pour cette attente.

– Excusez-moi, monsieur, mais je ne comprends rien à ce que vous me dites.

– Vous allez comprendre. Mais avant de parler gros sous, j'aimerais vous faire visiter mon usine. En avez-vous le temps ?

– Heu... oui, si vous y tenez.

– J'y tiens tout particulièrement. Suivez-moi !

Mon père sentait la pression remonter. Il ne comprenait pas ce que cet homme lui voulait. Il était juste venu vendre son métal. Ils commencèrent à marcher le long de la cour pour entrer dans un grand bâtiment d'où sortait une poussière noirâtre. Ils traversèrent le bâtiment où des ouvriers passaient de grandes barres de métal rougeoyantes sur des chariots roulants. Tout en marchant, M. Onckok lui décrivait les installations et les métiers qui étaient pratiqués. Ici, on fabriquait des barres de fer ; plus loin des tôles de métal de diverses sortes ; plus loin encore un marteau-pilon écrasait à grand bruit des cornières et toutes sortes de pièces détachées. Ils passèrent ensuite dans un deuxième hangar où étaient stockées de grandes feuilles de métal. Puis ils montèrent sur un pont roulant d'où M. Onckok voulait lui donner une vision d'ensemble des installations. Une fois au sommet de cet énorme pont roulant qui passait au-dessus des hangars, et après avoir contemplé l'usine, mon père finit par l'interrompre dans ses explications.

– M. Onckok, je suis impressionné par votre domaine, mais je suis assez surpris. Je suis venu vendre quelques milliers de livres de cuivre et vous me faites visiter votre usine. Je ne comprends pas.

– M. Avallon ! Regardez autour de vous. Toute cette usine, jusqu'au moindre rivet de la plus petite poutrelle, du plus petit hangar.

– Oui, je les vois bien.

– Eh bien tout ça, je l'ai gagné à la sueur de mon front, certes, mais grâce à vous et à votre femme.

Mon père ouvrit la bouche et écarquilla les yeux. Il était

pétrifié. M. Onckok lui fit signe de le suivre d'un geste de la main. Ils redescendirent dans le vacarme des machines-outils. Mon père ne comprenait pas. Il ne pouvait pas parler. Il était stupéfait. Ils retournèrent dans le bâtiment administratif et s'installèrent dans le bureau de M. Onckok. Ils se regardèrent l'un l'autre. Mon père avait l'impression d'être le petit garçon surpris en train de voler des bonbons, alors que M. Onckok le regardait, plongeant ses yeux bleus tout au fond de ceux de mon père. Au bout d'un moment, mon père se reprit, se calma et fut le premier à parler.

— Mais qu'est-ce…

— Excusez-moi de vous interrompre mais je vois que vous avez repris vos esprits. Laissez-moi tout vous expliquer.

Il se laissa lourdement tomber dans le gros fauteuil de bois et de cuir, et une nouvelle fois plongea son regard au fond de celui de mon père.

— Je suis né à New York. Mon père était forgeron. Dès l'âge de 14 ans, il m'a fait rentrer dans la compagnie dans laquelle il travaillait dans les chemins de fer, la Delaware and Hudson Railway. Petit à petit, j'ai appris le métier de la fonte et, à 25 ans, je suis parti vivre ma vie en bourlinguant à droite et à gauche. J'ai appris la fonte d'art. Puis je suis venu m'installer à Boston avec quelques économies. Je pensais qu'il y avait plus de débouchés ici. J'ai travaillé dur pendant des années mais les affaires n'ont jamais véritablement décollé. Jusqu'au jour où j'ai rencontré votre femme. C'était l'époque où elle s'occupait d'organiser des expositions d'art. Elle venait régulièrement à l'atelier pour me présenter de jeunes artistes qui désiraient faire fondre leur sculpture en bronze. Je me souviens très bien que la plupart d'entre eux n'avaient pas les moyens de payer la fonte, ni le métal d'ailleurs. C'est elle qui finançait les œuvres en jouant les mécènes. C'est à partir de ce moment-là que ma vie a changé. Grâce à elle, et à tout le travail qu'elle me ramena, j'ai pu m'agrandir et développer d'autres activités plus rentables. En quelques années, j'ai pu acheter une maison, racheter les locaux de l'atelier, les agrandir, puis petit à petit, voilà ce que c'est devenu.

— Eh bien, je ne sais quoi dire. En tout cas, je vous félicite pour votre réussite. Mais c'est le jeu des rencontres…

— Le jeu des rencontres ! Je crois que vous ne me comprenez pas. Si vous voulez parler de rencontre, en ce qui concerne votre femme, disons « rencontre providentielle ». Mais regardez autour de vous ! Je suis parmi les plus gros industriels de la région. Sans cette « rencontre », je serais toujours le petit fondeur d'art de Cambridge.

— Oui, je comprends. Mais que voulez-vous que je vous dise ?

— Rien ! Laissez-moi parler. Pendant toutes ces années, j'ai toujours voulu faire un geste envers vous, pour vous remercier de tout ce que vous m'avez apporté. J'ai même voulu vous le dire plusieurs fois, lors de vernissages où j'ai toujours été invité avec ma femme. Votre épouse tenait à me faire connaître dans votre milieu, les gens de la haute société. Vous ne vous en souvenez peut-être pas mais nous nous sommes serré la main plusieurs fois.

— Je suis désolé, je ne m'en souviens pas.

— Et pourtant, vous avez toujours été très respectueux et gentil avec moi. Puis il y a eu le Krach. Les affaires se sont tendues. Ce fut très difficile, pour moi aussi. Mais j'ai lutté, je suis passé à travers la crise, je me demande encore comment. Et puis, j'ai appris ce qui vous était arrivé. Je me disais tous les jours qu'il fallait que je vous contacte. Essayer de faire quelque chose pour vous. Mais je ne l'ai pas fait. Pourquoi? je n'en sais absolument rien, mais ce que je sais, c'est que ça me ronge depuis des années. Et là, vous sortez de nulle part pour me proposer du métal. Je ne laisserai pas passer cette chance de me racheter.

– Mais vous n'avez rien à racheter.

– Pensez ce que vous voulez, moi, je le vis au quotidien. Je ne suis plus tout jeune, vous savez, et il est hors de question de continuer à vivre avec ce poids sur la conscience. De toute façon, ma décision est prise et vous n'y pouvez rien. Voyez, je me sens déjà beaucoup mieux. Et ça m'a mis en appétit, puis-je vous inviter à déjeuner?

– Je ne sais pas quoi vous dire. Vous me mettez mal à l'aise. Je voudrais savoir où vous voulez en venir.

– Nous en discuterons pendant le déjeuner.

Il décrocha son téléphone:

– Mlle Whitley, pouvez-vous réserver pour trois personnes à l'Union Oyster House?

Il se tourna vers mon père:

– Ça ne vous dérange pas que Jo nous accompagne?

– Jo?

– Oui, Jo, le directeur de l'usine, Joseph Watterson. Eh oui, il ne vous l'a pas dit mais il connaît bien votre femme aussi. C'est lui qui m'a signalé votre venue. C'est comme ça que j'ai su que vous repasseriez un jour. Je lui avais donné l'ordre, en mon absence, de me prévenir immédiatement et de vous faire attendre. Comme moi, votre rapidité l'a surpris.

– Mais, il me connaît aussi ?

– Non, il ne connaît que votre femme. En revanche, votre nom, il le connaissait. Mais il vous racontera tous ça lui-même. Je n'ai pas d'enfant et Jo est mon petit protégé. Après moi, il me succédera. Je le considère comme mon fils.

C'était trop d'informations en une seule fois pour mon père. Il tentait d'assimiler toutes ces nouvelles sans comprendre très exactement où ça allait le mener. Visiblement, cet homme se sentait redevable. Et mon père ne comprenait pas son entêtement. Pour mon père, rien de nouveau sous le soleil. C'était juste le déroulement de la vie normale. Il ne voyait pas ce que ma mère et lui avaient fait d'exceptionnel. Le directeur de l'usine, Jo, entra dans la pièce. M. Onckok prit la parole :

– Je tiens à faire les présentations de façon officielle. M. William Avallon, je vous présente M. Joseph Watterson. M. Joseph Watterson, je vous présente M. William Avallon.

– M. Avallon, je suis très honoré de vous rencontrer, dit Jo.

– Allez ! Tout ça m'a donné faim. Et il y a toujours du monde à cette heure-là à l'Union.

Ils montèrent dans la grosse Auburn et roulèrent en direction de Boston.

Le déjeuner d'affaires

Le trajet fut très silencieux. M. Onckok et Jo se regardaient de temps à autre, puis regardaient mon père. Ils ne pouvaient s'empêcher de sourire. À part quelques banalités sur le temps et son influence sur l'arthrite de M. Onckok, mon père ne disait mot. Une fois installé dans le restaurant, M. Onckok prit la parole.

– William, vous permettez que je vous appelle William ? Racontez-nous.

– Oh, je ne suis pas sûr que ça vous intéresse ! En revanche, j'aimerais bien savoir comment M. Watterson a rencontré ma femme, si ça ne vous dérange pas.

– C'est très simple, M. Avallon, elle était ma professeure de droit à Suffolk. Je viens d'un milieu modeste, et nous n'avions pas de quoi payer mes études. C'est grâce à votre femme que j'ai eu une bourse. Elle a toujours été très patiente et bienveillante avec moi. Et de nouveau, grâce à sa recommandation, j'ai pu intégrer au bout de deux ans les études d'ingénieur au MIT dont je rêvais, avec une bourse jusqu'au Master. Je lui dois tout.

Il avait parlé avec des trémolos dans la voix…

– Vous voyez, William. Ce ne sont pas que des rencontres. Il faut qu'il y ait une âme derrière tout ça.

Mon père était désorienté. Il n'avait jamais imaginé que les activités de sa femme puissent avoir autant de conséquences sur la vie des gens. Bien qu'il l'ait toujours soutenue dans ses actions humanitaires, il n'aurait jamais imaginé ça. Il se sentait honteux. Il avait pratiquement passé toute sa vie à amasser de l'argent sans avoir aucun but désintéressé. Sans être un requin des affaires, il avait toujours été considéré comme un redoutable adversaire par ses concurrents. En tout cas, il ne pouvait pas revendiquer la moindre initiative désintéressée à son crédit. Il lâcha dans un souffle à peine audible.

– Qu'ai-je fait ? Au final, rien. J'ai tout gâché !

– Bienvenue au club ! lança M. Onckok en arborant un large sourire.

– Pardon ?

– Vous venez juste de comprendre. Ce n'est pas donné à tout le monde…

– Mais comprendre quoi, à la fin ? Que j'ai foutu en l'air le patrimoine familial ? Que je vivais au quotidien dans l'ombre d'une sainte et que j'ai été incapable de le voir ? Après toutes ces années de travail à faire grandir une fortune et tout ça pour rien ! J'ai juste été bon à l'entraîner avec moi dans un gouffre…

– Tss, tss, tss, vous n'avez rien compris.

Le ton était monté en quelques secondes. Et heureusement, la serveuse arrivait à point pour prendre la commande. Les trois convives se plongèrent dans la carte et choisirent chacun un menu. L'atmosphère était lourde et mon père s'était refermé.

– William, il ne s'agit pas de ça ! Il ne s'agit pas seulement de votre femme. Si elle a pu au long de toutes ces années dispenser autant de temps et d'énergie à aider les autres ; si elle a eu cette liberté dont tout le monde rêve pour faire le bien autour d'elle, à qui le doit-elle ? À vous ! Lui avez-vous une seule fois refusé les dépenses liées à ses activités ? Lui avez-vous une seule fois reproché d'avoir dépensé sans compter ? L'avez-vous bridée une seule fois ? Non, j'en suis sûr. Ce que je veux vous dire, c'est que pour faire tout ça, il faut être deux. Toutes ces bonnes actions, c'est vous deux qui les avez réalisées. Chacun dans sa partie et chacun aussi efficace l'un que l'autre. Grâce à vous, votre femme a pu donner une chance à des gens qui n'en avaient pas eu au départ. Mon témoignage et celui de Jo sont les preuves que vous avez fait de grandes choses. Et pas seulement pour nous deux, mais probablement pour beaucoup d'autres.

M. Onckok s'interrompit. Sa grosse voix rauque était devenue beaucoup plus douce, plus voix calme et ses yeux étaient humides. Il reprit.

– Vous êtes des anges. Et je pèse mes mots. Je remercie le Seigneur de m'avoir mis sur votre route. Pendant toute cette période, je ne peux pas me targuer d'avoir fait le quart de la moitié de ce que vous avez fait avec votre femme. Mais j'ai ouvert les yeux, grâce à vous. Et je ne vais pas rater cette chance de me réconcilier avec moi-même. Voilà mon message.

Il se tourna vers Jo et lui planta son regard.

– Et toi, as-tu compris ? Nous avons une dette... il est très difficile de la rembourser.

– Oui, M. Onckok, j'ai compris.

La serveuse arriva avec les entrées.

— Allez, mes amis, assez de sensiblerie. Maintenant que les choses sont claires, buvons à ces « rencontres » ! Et il éclata de rire.

Cela détendit l'atmosphère instantanément. Ils se mirent à rire tous les trois et une longue conversation commença. Chacun son tour, ils racontèrent des anecdotes concernant ma mère. M. Onckok expliqua comment, après avoir raté complètement une fonte d'un bronze de plus d'un mètre de haut, alors que l'Exposition avait lieu quelques jours plus tard et qu'il était impossible de la refaire, le sculpteur arriva dans l'atelier avec ma mère. Il vit les yeux écarquillés et désapprobateurs de ma mère, mais avant qu'il ne puisse dire quoi que ce soit, le sculpteur s'exclama au génie. Il était enthousiaste devant cette fonte si originale et la qualité de réalisation. Elle fut exposée telle quelle et toutes les critiques la trouvèrent magnifique.

Jo raconta une anecdote du temps où il était à Suffolk. À la fin de sa première année, il avait décroché un stage dans un des plus gros cabinets d'avocats de Boston. Au bout de deux semaines, il n'avait toujours droit qu'à de basses besognes de classement et autre rédaction de documents sans importance. Alors qu'il passait dans les couloirs, il croisa ma mère qui était accompagnée d'un des associés. Elle s'arrêta et le salua, lui demandant comment allaient ses parents et si le stage se déroulait comme il voulait. Il répondit que tout allait pour le mieux dans le meilleur des mondes. Elle se tourna vers l'associé en le félicitant pour le choix de ses collaborateurs. Le lendemain, il faisait partie de l'équipe d'avocats stagiaires de l'associé en question.

Mon père rapporta qu'un jour en rentrant du bureau, ils arrivèrent, lui et son chauffeur, dans l'allée qui conduisait à la maison. Ils trouvèrent un groupe de personnes en train de vider la grange. Il y avait des paquets entassés devant la porte et ils suivirent des yeux un petit manège de gens en train de charger un camion. C'était visiblement des cambrioleurs, vu la pauvreté de leurs vêtements. Ils stoppèrent la voiture et s'approchèrent à pas feutrés. Surgissant d'un buisson, il attrapa la première personne qui passa à sa portée. C'était une femme qui se mit à hurler en se retournant brusquement. C'était ma mère qui avait revêtu sa plus vieille robe, tachée et salie à la suite des allers-retours dans la grange. Elle avait convié les gens de l'Armée du Salut pour leur donner toutes les vieilleries dont ils n'avaient plus besoin.

Ils continuèrent à se raconter tout un tas d'anecdotes tout le long du repas. Après le dessert, M. Onckok leur dit.

— Et si l'on prenait une petite camomille (ce n'était pas une question, mais une affirmation) ! Allons la prendre au fumoir !

Ils se levèrent et allèrent s'installer dans les grands et larges fauteuils en cuir devant la cheminée, à l'arrière du restaurant. Là, sans que personne n'ait rien commandé, la serveuse apporta trois tasses de liquide jaunâtre. Mon père comprit tout de suite qu'il s'agissait d'alcool. Du whisky, probablement. Et M. Onckok avait l'air d'en être particulièrement amateur.

— William, reprit M. Onckok, j'aimerais vraiment savoir ce qui s'est passé pour vous.

— À quoi bon ressasser le passé, dit mon père. Ce n'est pas glorieux pour moi et je préférerais ne pas m'étendre sur le sujet.

Sur l'insistance de M. Onckok, mon père finit par leur détailler en long, en large et en travers, tout ce qui s'était passé. Les mauvais choix qu'il avait faits juste avant la crise et qui l'avaient entraîné au fond du gouffre. Les années où ils avaient vécu grâce à quelques pièces d'or et les mois très difficiles avant d'avoir shooté dans une châtaigne. Après l'ambiance décontractée de ce déjeuner, il était même capable d'en plaisanter. Il raconta toute l'épopée des châtaignes. Comment, en moins d'un an, ils avaient remonté doucement la pente avec ma mère. Si l'on ne pouvait pas parler de revenus stables, ils pouvaient enfin se nourrir et envisager l'avenir.

— Qui ne risque rien n'a rien, dit M. Onckok.

— Tiens, c'est marrant que vous disiez ça, moi-même, je le dis souvent.

— Mais absolument. Et ce qui vous est arrivé peut arriver à n'importe qui, demain matin. Sur ce coup-là, vous n'avez pas eu de chance. Songez que ça aurait pu être tout à fait l'inverse… Mais ne nous perdons pas en conjecture, ce qui est fait est fait, point à la ligne. Et votre histoire de châtaignes, où en êtes-vous ?

— En réalité, je ne le savais pas au début, mais ça m'a permis d'envisager un nouveau projet.

— Mais, qu'attendez-vous pour nous expliquer ?

— Eh bien ! si vous me permettez de revenir à des choses plus terre à terre, le fait que vous m'achetiez ce métal serait le commencement de ce projet.

— Vous m'intriguez !

Mon père leur raconta tout en détail. M. Onckok fut très attentif. Il posa des questions pour se faire préciser quelques points de détail, mais ne fit aucun commentaire. Après que mon père eut fini son récit, M. Onckok resta silencieux. Enfoncé dans son gros fauteuil de cuir, tirant des bouffées de son cigare. Il regardait le plafond. Il se tourna vers mon père et lui dit :

– Comment puis-je vous aider ?

– En achetant mon métal.

– Soyons sérieux et arrêtons de tourner autour du pot. Vous savez très bien ce que j'ai en tête.

– Je ne suis pas venu faire la mendicité.

– Il ne s'agit pas de mendicité, vous le savez très bien. C'est un service que vous me rendez.

– Et si la situation était inversée, seriez-vous prêt à l'accepter ?

– Non, sans doute, si cela s'était passé il y a quelques années. Mais les choses ont changé. Maintenant, j'ai ouvert les yeux. Je sais ce que j'ai à faire. Je suis têtu et obstiné. Je vous repose la question, que puis-je faire pour vous aider ?

– Je vous le répète, acheter tout le métal et au meilleur prix.

– C'est vraiment ce que vous voulez ?

– Ni plus ni moins.

– Entendu. Topez là ! Je vous achète tout ce que vous avez à vendre et au meilleur prix. Mais je n'aime pas laisser traîner les affaires. Pouvons-nous venir chercher le métal cet après-midi ?

– Oui, sans doute. Mais pour le transport…

– Ne recommencez pas ! Je le prends à ma charge. Ne rendez pas les choses trop difficiles.

– D'accord, je sais que vous finirez par l'emporter, de toute façon.

– Y a-t-il quelqu'un au hangar ?

– Oui, le forgeron, jusqu'à cinq heures.

– Vous avez les clés avec vous ?

– Oui, bien sûr.

– Voilà ce que l'on va faire. Jo va s'occuper personnellement de la transaction. Vous lui confiez les clés au cas où il ne pourrait pas arriver avant le départ de votre ouvrier. Il accompagnera nos ouvriers pour aller chercher la cargaison, fera les pesages, rédigera le chèque qu'il déposera au bureau à votre disposition dès demain matin. Pendant ce temps, accordez-moi le fait de vous raccompagner chez vous, j'aimerais présenter mes hommages à votre femme. Vous ne pouvez pas me refuser ça.

– Mais comment saurez-vous quel métal il faut prendre ?

– Nous avons dit « tout ce que vous avez à vendre ». Jo prendra seulement ce qui nous intéresse. Pour le reste, ce n'est pas ses affaires. Un deal est un deal. Maintenant assez discuté, agissons. William, rentrons chez vous.

Mon père tenta bien de protester une dernière fois, mais il sentit une pointe d'agacement de la part de M. Onckok et n'insista pas. Ils montèrent dans la grosse voiture pendant que Jo était au téléphone. Ils l'abandonnèrent sur place et prirent la direction de Brookline.

Pendant le trajet, M. Onckok complimenta mon père sur son projet. Il le trouvait très bien ficelé. Quelques minutes plus tard, ils arrivèrent dans l'allée qui conduisait à la maison. La grosse voiture s'arrêta dans la cour. M. Onckok regarda l'état de la maison mais ne fit aucun commentaire. À travers les fenêtres de la cuisine, il voyait des silhouettes s'agiter pendant que de l'autre côté, dans les écuries, des bruits de marteau se faisaient entendre.

Ils rentrèrent dans la cuisine. Toutes les personnes présentes s'interrompirent dans leur tâche et se tournèrent vers les deux nouveaux venus. Ma mère, qui était au fond, regarda attentivement l'homme à côté de mon père. Il avait vieilli mais elle le reconnut instantanément. Puis elle se mit à rougir avec un large sourire, enleva d'un geste rapide et précis le tablier qu'elle portait, et d'un geste machinal, tenta de défroisser sa robe. Elle n'eut pas le temps d'ouvrir la bouche.

— Bonjour, madame Avallon ! lança M. Onckok.

— Bonjour, M. Onckok, dit ma mère en regardant mon père d'un air ennuyé. Mais pourquoi ne m'as-tu pas prévenu ? Regarde dans quel état je suis. Si j'avais su…

— Vous êtes toujours aussi belle, Mme Avallon, dit M. Onckok.

— Je t'assure, ma chérie, ce n'était pas prévu. C'est M. Onckok qui a insisté pour venir te saluer.

— Ne grondez pas William, tout est de ma faute. Je m'attendais à votre réaction, mais j'avais tellement envie de vous revoir, je n'ai pas résisté. Et ne vous inquiétez pas, je ne resterai pas longtemps.

Ma mère regardait mon père d'un air interrogateur. Qu'est-ce que M. Onckok était venu faire là ? Quelles étaient les nouvelles ? Pourquoi appelait-il mon père « William » ?

— Accompagnez-moi à ma voiture, s'il vous plaît, dit M. Onckok.

Une fois dans la cour, il se retourna et regarda longuement la maison. Puis il s'adressa à ma mère :

— Tout va bien. Ne vous inquiétez pas. Je sais que William ne pourra pas tenir sa langue et vous racontera notre journée. J'ajoute que ce fut pour moi l'une des plus belles de ces cinq dernières années. Reposez-vous bien ce week-end, car lundi ce sera le début d'une merveilleuse nouvelle année. À très bientôt, Mme Avallon.

Il plongea son regard dans celui de ma mère un long moment. Il lui fit le baisemain et juste avant de monter dans la voiture il se retourna et leur dit.

– Oh, William, une dernière chose ! Tout sera prêt lundi, pas avant. Mais souvenez-vous, nous avons un deal !

Le chauffeur démarra et la voiture glissa le long de l'allée et finit par disparaître au tournant. Ma mère se tourna brusquement vers mon père, les yeux écarquillés et interrogateurs.

– Oui, je sais. Je vais tout t'expliquer. Laisse-moi reprendre mon souffle, s'il te plaît, dit mon père.

Il était cinq heures et les employés rentraient chez eux. Comme ils le faisaient tous les jours, des « au revoir » et des « bon week-end » surgissaient de tous les côtés et après leur départ mes parents rentrèrent dans la maison.

Mon père ne savait pas par où commencer. Après avoir calmé ma mère, il fit ce qu'il devait faire, commencer par le début. Il lui raconta longuement et en détail toute cette incroyable journée. Son arrivée à l'usine entourée de mystère. La rencontre avec M. Onckok. La visite de l'usine. L'obsession de M. Onckok à leur devoir quelque chose. Leur déjeuner dans l'un des plus vieux restaurants de Boston et cette incroyable négociation pour l'achat du métal.

— Mais alors, il va l'acheter ?

— Oui, bien sûr, mais je ne sais pas à quel prix. Et comme il est parti, il y en aura au moins pour 240 $ et peut-être même plus. En tout cas, je ne pense pas qu'on soit déçus.

— Bien. Je ne te cache pas que je suis soulagée. Ne te voyant pas revenir, j'étais vraiment inquiète.

Mon père regardait ma mère comme il ne l'avait pas fait depuis longtemps. Elle s'en aperçut et le regarda en souriant. Il repensait à tout ce que M. Onckok et Jo lui avaient dit. Il avait l'impression de la redécouvrir. Il ressentait un mélange de honte et d'enthousiasme. En fait, il était complètement amoureux d'elle, mais cela faisait des années qu'il ne lui avait pas dit.

— Qu'est-ce qu'il y a ? dit ma mère.

— Veux-tu m'épouser ?

— Mais qu'est-ce qui te prend ? Nous sommes déjà mariés.

— Mais si tu devais te remarier avec moi, tu serais d'accord ?

— Eh bien oui, évidemment. Mais en voilà une idée bizarre.

Mon père posa un genou à terre et prit sa main entre les siennes.

— Mme Susan Avallon, voulez-vous reprendre M. William Avallon pour époux, pour le meilleur et surtout pour le pire ?

Ma mère éclata de rire et entra dans son jeu.

— Oui, je le veux. Et vous, M. William Avallon. Êtes-vous prêt à supporter Mme Susan Avallon jusqu'à ce que mort s'ensuive ?

— Oui, je le veux.

Ils se mirent à rire puis s'embrassèrent longuement. Ma mère demanda à mon père de préparer le dîner, composé essentiellement de purée de châtaignes, puis elle disparut dans la chambre. Elle revint avec sa plus belle robe et déclara :

– Nous allons prendre notre dîner de nouvelle noce devant un feu de bois, ce soir.

La nuit était fraîche, mais ils s'installèrent dans le bureau de la maison, une pièce de taille raisonnable que la cheminée pouvait réchauffer rapidement. Au beau milieu, ils s'installèrent sur trois caisses de bois qui leur servirent de chaises et de table. Une grosse bougie fichée dans sa propre cire donna l'éclairage romantique qu'ils souhaitaient et ils passèrent là toute la soirée.

Le deal

Le lundi matin, arrivé à l'usine Onckok mon père avisa le gardien de la petite guérite qui lui indiqua la porte au-dessus de laquelle était marqué « Caisse ». Il s'y précipita et se présenta devant le préposé. L'homme sortit une enveloppe de son tiroir, ouvrit un grand livre manuscrit et lui dit.

– M. Avallon, de la Hot Chestnut Cie. Signez dans la marge, s'il vous plaît !

Mon père ouvrit fébrilement l'enveloppe et y trouva un chèque de 258,96 $ ainsi qu'un reçu fortement détaillé des métaux achetés. Il était très content mais un petit peu déçu, car il avait espéré dans les 400 $ au moins. De toute façon, c'était largement suffisant pour la boutique. Le préposé l'interpella.

– On m'a dit de vous dire d'aller voir Mlle Whitley dans le bureau d'en face.

Mon père traversa la cour et se présenta devant le bureau de Mlle Whitley. Elle était au téléphone et lui proposa de s'asseoir d'un geste aimable de la main. Au bout de quelques minutes, elle raccrocha.

– Bonjour, M. Avallon, je vous souhaite une bonne année. J'ai différents éléments pour vous. Tout d'abord, pouvez-vous remplir le document d'ouverture du « compte poids » de la Hot Chestnut Cie, s'il vous plaît ?

– Le… compte poids ?

– Oui, j'ai besoin de ce document pour ouvrir votre compte.

– Mais de quel compte parlez-vous ?

– Eh bien, le compte poids ! Celui sur lequel je dois verser les 2 000 $ d'achats de métal.

– 2 000 $? Quels 2 000 $?

– Voilà, au-delà de 500 $ nous devons régler les achats par chèque de banque, mais cela prend un petit peu de temps. M. Watterson a pensé que vous préféreriez avoir cette somme sous forme de métal. Cela revient moins cher et vous facilite les commandes.

– C'est très gentil de sa part, mais ce n'est pas ma question. De quel métal parlons-nous ?

– Eh bien, je ne sais pas trop. Voilà le bordereau d'achat. Il y a 1 300 $ de fer et 700 $ d'acier. Il n'y a pas plus de détails. Nous avons fait une erreur ?

– Non, enfin oui ! je ne comprends pas. Est-ce que M. Watterson est là ?

– Non, monsieur, il sera absent toute la journée. Il y a un problème ?

– Bien sûr ! M. Onckok n'est pas là non plus ?

– Non, monsieur, je suis désolée. À ce sujet, j'ai une enveloppe de sa part à vous remettre.

– Et pourquoi ai-je dû aller à la caisse pour chercher l'autre chèque ?

– Parce que c'était du métal noble, bronze, laiton et autre.

Pour les métaux ferreux ou en grande quantité, c'est moi qui m'en occupe.

Il prit l'enveloppe et l'ouvrit. À l'intérieur, il y avait un mot manuscrit, une facture d'achat et un chèque. Le mot manuscrit disait ceci : « Merci », signé John, du prénom de M. Onckok. Sur la facture d'achat était inscrit que M. Onckok achetait, à titre personnel, un lot de décorations navales d'occasion, composée de différents éléments d'antiquité dont le montant total était acheté pour la somme de 10 000 $. Le chèque qui accompagnait la facture était du même montant. Mon père finit par s'asseoir, car ses jambes avaient du mal à le soutenir. Le souffle coupé, il regardait en direction de Mlle Whitley. Son regard était fixe et elle eut peur, un court instant, que mon père se trouve mal.

– Y a-t-il un problème, M. Avallon ? Voulez-vous un verre d'eau ?

– Oui... je veux bien.

Il resta ainsi un moment avec son verre d'eau et réfléchit. Il ne pouvait pas accepter, en tout cas sans avoir une conversation avec M. Onckok. Il avait parfaitement compris les manigances du vieux fou. Il n'y avait jamais eu autant de fer et d'acier qu'il le disait et le trésor de George ne valait pas 10 000 $. D'un autre côté, il pensait à ma mère. Cela réglait tous les problèmes. Mais mon père était fier et il était hors de question pour lui d'accepter la charité. Sans une discussion sérieuse avec lui, il devait refuser.

– Mlle Whitley, je suis désolé, mais je dois voir M. Onckok au préalable.

– M. Onckok a pris l'avion ce matin pour Detroit et y restera plusieurs jours.

– Dans ce cas, je ne peux pas accepter.

– M. Onckok avait prévu votre réaction. Il m'a dit de vous donner cette autre enveloppe.

Mlle Whitley sortit un paquet d'enveloppes et lui tendit la première de la pile. Mon père l'ouvrit. À l'intérieur, il y avait une lettre manuscrite.

Mon cher William,

Si vous lisez cette lettre, c'est que vous avez refusé de signer les documents que Mlle Whitley vous a présentés. Comme vous pouvez le constater, je m'y attendais. Je vais être très clair avec vous. Il est hors de question que vous fassiez votre mauvaise tête. J'ai respecté mes engagements, à vous de respecter les vôtres. Mlle Whitley tient à votre disposition toute une série de documents et d'informations vous concernant dont elle est responsable. Si à mon retour Mlle Whitley me confirme que vous avez refusé, ne serait-ce qu'un des éléments, je la vire. Je crois que je suis assez clair pour vous. À bon entendeur…

P.-S. Je fais toujours ce que je dis. Vous pouvez appeler ça du chantage, je m'en moque. Mlle Whitley n'est pas informée du contenu de cette lettre.

John

Mon père leva les yeux vers Mlle Whitley. Elle le regardait avec un large sourire comme à son habitude. Il se sentait piégé. Mais le vieux fou ne l'emporterait pas au paradis. Il aurait sa revanche un jour.

– Tout va bien, M. Avallon ?

– Oui, tout va bien, Mlle Whitley. Je crois comprendre que vous avez d'autres documents pour moi. Allons-y, donnez-moi tout d'un bloc, qu'on en finisse.

Mon père ressentait un mélange de colère et de gratitude. Il n'aimait pas la façon dont M. Onckok avait manigancé tout ça. D'un autre côté, il savait pertinemment que s'il l'avait eu en face de lui, il aurait eu encore plus de mal à accepter. Mais le problème était pire que ça, car ce n'était que le début.

Outre les 258,96 $ de métal noble, les 2 000 $ en compte poids et les 10 000 $ d'achat de décoration, M. Onckok prêtait un camion pour une durée indéterminée et un matériel de soudure à l'arc. Il mettait à disposition un certain Ron, grand spécialiste de la soudure à l'arc, pour former tout le personnel que mon père jugerait bon pour une durée d'une semaine. De plus, et compte tenu de l'activité que mon père envisageait de développer, M. Onckok considérait que le hangar 44 ne pouvait convenir. En conséquence, il avait rédigé un bail pour location de ses anciens ateliers de Cambridge pour une durée de 10 ans. Il insistait sur le fait que les ateliers étaient équipés en électricité pour recevoir le matériel de soudure. Il précisait qu'ils s'étendaient sur plus de 5 000 m². Le montant du loyer était de 100 $ par mois hors charges, payable en fin de mois.

Subsidiairement, mon père avait rendez-vous avec le directeur de la Bank of America, installée depuis 1927 au centre de Boston[1]. Il devait se présenter le lendemain matin à 9 heures

1. Ce fut d'ailleurs le premier établissement de la Bank of America.

pour ouvrir le nouveau compte de la Hot Chestnut Cie.

Il y avait un post-scriptum au bas d'un des derniers documents. Il précisait enfin que pendant qu'il signait ces papiers, plusieurs ouvriers et un camion étaient allés déménager les cuisinières du hangar 44 pour les installer dans les ateliers de Cambridge.

Inutile de préciser que mon père était abasourdi. Il lisait les documents comme un robot, apposait sa signature à côté de son nom et passait aux documents suivants. Il se sentait dans le brouillard le plus total, comme si sa volonté était anéantie. Un sentiment de frustration l'envahissait et il détestait ça. Il aurait dû adorer vivre cet instant, profiter pleinement et avec enthousiasme de la chance qui lui était donnée, mais ce n'était pas le cas. Il s'en voulait. Il finissait de

signer les documents quand Ron entra dans la pièce.

– Bonjour, M. Avallon, je suis Ron Taylor.

– Bonjour, monsieur !

– Appelez-moi Ron, comme tout le monde !

– OK, Ron, quelle est la suite des événements ?

– Eh bien, pour tout vous dire, je ne sais pas. Je sais simplement que je suis à votre disposition pour une semaine. Que je dois former quelqu'un à la soudure à l'arc. Le camion est devant la porte. Nous pouvons nous rendre à Cambridge quand vous voulez.

Après avoir dit au revoir à Mlle Whitley, ils montèrent dans le camion qui prit la direction de Cambridge. Si la générosité de M. Onckok n'était plus à démontrer, sa clairvoyance était encore plus impressionnante. Cette technique de soudure à l'arc qui consiste à utiliser le courant électrique pour faire fondre deux pièces de métal grâce à un arc électrique très puissant, n'est apparue qu'après la Première Guerre mondiale. Puis elle se développa dans les années 20. Mais elle ne restait utilisée que dans l'industrie, compte tenu des difficultés de distribution électrique de grandes puissances. De plus, ce matériel était très cher. Utilisée dans l'industrie lourde et dans l'automobile, elle n'arriva dans la fabrication qu'après 1930[1]. Une petite usine comme celle que mon père voulait monter n'aurait pas pu se doter de ce matériel avant des années. Cela lui faisait gagner énormément de temps et, par voie de conséquence, d'argent.

Arnold Black avait expliqué à mon père que, pour réaliser les cuisinières dessinées par ma mère, il était nécessaire de riveter les tôles pour éviter leur déformation. Cela prenait beaucoup de temps, nécessitait une forge et au moins deux personnes pour effectuer ce travail. Avec la soudure à l'arc, une seule personne suffisait.

C'est un problème que M. Onckok avait identifié lors des explications que lui avait données mon père lors de la présentation de son projet. S'il avait pris l'initiative d'installer mon père dans les locaux de Cambridge, c'est qu'ils étaient déjà équipés pour l'utilisation de ces soudeurs. Bref, il avait pensé à tout.

---

1. La tour Eiffel de 1889 ou l'Empire State Building de New York de 1928 ont été entièrement construits à partir de poutrelles rivetées et non soudées.

Les ateliers de Cambridge

Le petit camion Ford trottinait tranquillement vers Cambridge avec ses logos de la société Onckok sur les portières et sur les ridelles. Mon père avait eu la tentation de rentrer directement à la maison pour expliquer à ma mère tout ce qui était arrivé. Mais Arnold Black, le forgeron, n'aurait pas compris ce qui se passait. Mon père pensa donc qu'il était plus urgent de visiter les locaux et de mettre Arnold au courant.

À leur arrivée devant les ateliers, la grande double porte en fer était ouverte. Elle donnait sur une grande cour qui distribuait les locaux aux quatre coins. Sur la gauche, il y avait les bâtiments administratifs, en face des hangars, à droite des ateliers et de chaque côté des portes donnant sur la rue des boutiques d'exposition. Dans la cour stationnait un gros camion autour duquel des hommes s'affairaient au déchargement. Ils étaient six pour soulever une grosse cuisinière de plusieurs mètres de long. À côté d'eux, Arnold leva les bras au ciel quand il vit mon père descendre du camion et il se précipita vers lui.

– M. Avallon ! hurla-t-il. C'est bien vous qui avez donné votre autorisation pour ce déménagement ?

– Oui, Arnold, c'est bien moi. Enfin pas tout à fait, je

t'expliquerai plus tard. Où en êtes-vous ?

– C'est la dernière cuisinière, les autres sont dans les hangars et celle-ci va directement dans un grand box. Pour le reste, j'espère que vous êtes au courant, mais il n'y a plus rien dans le hangar 44. Ils ont tout emporté… et moi avec !

– Oui, je suis au courant. Je te présente Ron Taylor…

– OK. J'ai une lettre de M. Onckok où il explique tout. Bonjour, Ron !

– Bonjour, Arnold ! Le matériel de soudure est dans le camion, il me faudrait un coup de main pour décharger.

– Bon, fit mon père, je vois que vous prenez les choses en main. Je vous laisse faire l'installation du matériel. Mais pour l'électricité ?

– Tous les contrats sont à jour, il y a même le téléphone. Vous trouverez tous les papiers dans le bureau, dit Arnold.

– OK, je vais faire le tour des installations.

Oncock n'avait pas menti : les 5 000 m² y étaient. Les hangars étaient vastes et en très bon état. Il passa dans l'atelier. C'était un grand bâtiment en longueur dont la partie basse était en brique et la partie haute en verre dépoli. De grands espaces étaient séparés comme de grands box à chevaux par des cloisons de bois ignifugés. Le sol était couvert de pavés sur lesquels étaient installés des tréteaux en métal. Une pomme de douche au plafond servait de système anti-incendie. Et puis, bien sûr, il y avait un compteur et toutes les installations électriques nécessaires. Sur la partie droite, on trouvait de grands établis en longueur, séparés également par quelques cloisons. Au fond du bâtiment, il y avait une série de fours et de creusets, vestiges de la fonderie d'art. De l'autre côté de la cour, la moitié des bâtiments était consacrée à des ateliers de finition, équipés de tours à polir et autres matériels divers. L'autre moitié regroupait les bureaux. À l'intérieur, il découvrit un petit hall de réception au fond duquel il y avait une porte sur laquelle se trouvait une plaque gravée « Direction » sur le bureau duquel un téléphone trônait à côté d'une grosse liasse de papiers. Il les parcourut et trouva un contrat pour l'électricité, un contrat pour l'eau et un pour le téléphone. Il le décrocha juste pour voir s'il y avait la totalité, par réflexe sans doute. Il s'assit une seconde et regarda autour de lui. Toujours aussi perturbé par la soudaineté des événements, il avait du mal à réaliser. Il n'avait pas choisi ces locaux, il n'avait pas choisi la technique de fabrication, il avait l'impression d'être dépossédé de son projet. Il réfléchit un moment puis se leva d'un bond et dit à haute voix « Bon, ça n'est pas tout ça, il reste encore tant de choses à faire ». Il traversa la cour et entra dans l'atelier.

— Arnold, est-ce que tout se passe comme vous voulez ?

— Oui, Monsieur Avallon, nous allons faire une pause pour le déjeuner et Ron commencera ma formation dès cet après-midi. Il faut que je fasse quelques tests et après nous nous mettrons directement sur la petite cuisinière.

Il parlait de celle que ma mère avait dessinée pour être adaptée aux maisons de Boston dont les cuisines étaient plus petites que celle de la banlieue et qui parfois étaient à l'étage. Mon père reprit :

— Dans ce cas, je vous laisse. Je repars à la maison pour voir quelques détails, je reviendrai peut-être en fin d'après-midi.

Il repartait dans la direction du portail quand Ron l'interpella.

– Monsieur Avallon, je vous rappelle que le camion est à votre disposition. Vous pouvez le prendre pour vos déplacements. De toute façon, nous n'en avons pas besoin aujourd'hui.

Mon père regarda Ron, puis avisa le camion. Il hésita longuement car il n'avait pas conduit depuis plusieurs années. Puis il remercia d'un geste de la main et s'installa aux commandes. Dire que les premiers kilomètres furent hasardeux est un euphémisme. En dehors du fait qu'il partait de droite et de gauche puisqu'il regardait ses chaussures, il ne se souvenait plus dans quel ordre on passait les vitesses ; il mit plusieurs kilomètres avant de reprendre l'engin en main. Mais comme il le disait lui-même, c'est comme le vélo…

Mme Onckok

Arrivé en vue de la maison, il prit grand soin de limiter les à-coups et les coups de volant avant de s'arrêter triomphalement dans la cour. Il descendit du camion et se précipita dans la cuisine. Toutes ces dames étaient en train de s'affairer à la confection des cookies et des préparations pâtissières. Il chercha ma mère pendant quelques instants avant de se rendre compte qu'elle n'était pas là.

— Bonjour, mesdames, bonne année, savez-vous où est ma femme ? demanda-t-il.

— Ah ! monsieur Avallon ! Oui, bonne année, elle est partie ce matin.

— Partie ? interrogea mon père. Mais partie où ?

— Je ne sais pas, monsieur. Une dame est venue ce matin. Elles sont sorties discuter dehors pendant un long moment, puis madame est revenue nous dire qu'elle partait avec l'autre dame. C'est tout ce qu'elle nous a dit.

— Mais quelle autre dame ?

— Je ne sais pas, monsieur, elle est arrivée dans une grosse voiture avec un chauffeur, mais elle n'a pas dit son nom. Mme Avallon avait l'air de la connaître. À y réfléchir, la voiture ressemble beaucoup à celle de l'autre soir.

– À celle de l'autre soir!… Quel genre de dame?

– Oh, une dame du monde! Une grande dame très bien habillée. Je me suis dit que ça devait être la femme du monsieur qui est venu l'autre soir.

Mon père comprit tout de suite ce qui s'était passé. C'était sûrement la femme de M. Onckok. Mon père n'en était pas sûr, mais c'était sûrement encore une de ces manigances. Mme Onckok était venue ici mais il ne savait pas dans quel but. Cette ingérence dans leur vie commençait à lui peser. Il n'avait aucune idée de l'endroit où elles étaient parties et à part attendre leur retour, il ne voyait pas quoi faire de plus.

Avec toute cette aventure, il avait pris plusieurs jours de retard dans sa comptabilité. Il s'installa dans le petit salon. Il se bricola un bureau de fortune avec des caisses en bois et un volet en guise de plateau, que l'une des fenêtres avait perdu lors d'une récente bourrasque. Il alla chercher de vieux classeurs et se mit au travail.

Plusieurs heures passèrent et, en fin d'après-midi, la grosse Auburn fit son entrée dans la cour. Ma mère en descendit, suivie de Mme Onckok. Mon père sortit sur le perron et avisa les deux femmes. Elles étaient très joyeuses et continuaient à papoter sans avoir remarqué mon père. Quand ma mère le vit enfin, elle s'arrêta net et le regarda avec un large sourire. Elle se mit à faire quelques pas de danse comme savent le faire les femmes quand elles veulent montrer leur robe.

Mon père fut tout d'abord surpris de son comportement. Mais il comprit aussi que ça faisait bien longtemps qu'il ne l'avait pas vue avec un aussi large sourire. La vie qu'elle menait depuis 1929 ne lui convenait pas et elle n'avait rien dit. Mais il savait pertinemment que c'était Mme Onckok qui lui avait offert la robe. Il en était furieux, car il aurait voulu lui offrir lui-même. Mais elle était joyeuse et belle comme le jour. Il enterra sa frustration et lui fit un large sourire. Ils se regardaient sans rien dire, juste en souriant. Mme Onckok s'adressa à ma mère :

– Eh bien, vous voyez ma chère, il a souri.

– Mon chéri, tu te souviens de Mme Onckok, dit ma mère.

– Mme Onckok, je suis ravi et à peine surpris de vous rencontrer.

– Mon cher William, sachez ceci : pas autant que moi !

Mme Onckok était une femme d'une certaine taille. Elle devait être un tout petit peu plus grande que son mari. Elle arborait une superbe broche en corail sur un manteau de mouton bouclé, le tout sur une jupe droite des plus sobres. Elle portait un sac à main de cuir retourné noir, gansé de cuir finement cousu et décoré, et portait un petit chapeau galette dont on se demandait comment il pouvait tenir sur sa coiffure parfaite. Un large sourire permettait de voir toutes ses dents, ou presque, au-dessus duquel on remarquait tout de suite un regard malicieux. Elle avait l'air charmante.

– Ta robe est très belle ma chérie, dit mon père.

– Oui, je l'aime beaucoup. C'est Mme Onckok…

– Je suis très fière d'être votre première cliente, dit-elle d'un ton suffisamment fort pour couper court à ce qu'elle voyait arriver, une explication de texte au sujet de la robe.

Mon père regardait ma mère d'un air interrogateur. Ma mère reprit.

— Il faut que je te dise. Mme Onckok est venue ce matin et m'a tout expliqué. À la suite de quoi, nous sommes allées voir sa cuisine. J'ai proposé qu'on t'attende pour voir ça mais elle a insisté de nouveau et j'ai fini par céder. Nous nous sommes rendues chez M. et Mme Onckok et j'ai fait les relevés de mesures. Du coup, elle a passé commande pour sa nouvelle cuisinière. Le seul problème, c'est qu'elle ne sait absolument pas ce qu'elle a commandé, vu que c'est toi qui as les dessins. Les as-tu avec toi ?

— Je crois que ce n'est pas nécessaire, dit mon père en regardant Mme Onckok d'un air entendu.

— Ce sera parfait, dit Mme Onckok. Et puis de toute façon, je surveillerai l'élaboration avec grand intérêt. Quand pouvez-vous commencer ?

— Eh bien, je suppose que vous le savez, l'atelier n'est même pas installé, dit mon père dans ton malicieux !

Un grand silence se fit. Ils se regardèrent l'un l'autre pendant un long moment. Mme Onckok avait changé de visage. Elle le grondait du regard. Ses yeux exprimaient de la colère et avaient l'air de lui dire : « Vous n'allez quand même pas gâcher ce moment ! » Mon père fut surpris de cette réaction. Il savait très bien ce que le couple Onckok avait en tête, mais cela ne lui convenait pas. À son tour, il regarda Mme Onckok d'un air sévère. Elle en fut surprise à son tour et changea d'attitude. Son expression s'adoucit à devenir plaintive. Et cette fois, elle voulait faire passer le message : « Allez, laissez-vous faire ! » Mon père se sentit désarmé. Il était clair pour lui qu'elle userait de tous ses charmes pour arriver à ses fins. Comme avec son mari, il n'y avait pas grand-chose à faire. Il était piégé entre son souhait de donner à ma mère ce qu'elle méritait et le fait qu'il ne pouvait pas le lui offrir pour le moment. Son regard s'adoucit également et indiqua à Mme Onckok : « OK, vous avez gagné ! » Ils continuèrent un moment à se regarder puis se mirent à rire tous les deux. Ma mère avait suivi ces conversations silencieuses et avait parfaitement compris ce qui se passait. Elle les interrompit et dit :

— Mon chéri… si tu montrais les dessins à Mme Onckok ?

— Oui, bien sûr, suivez-moi Mme Onckok, les dessins sont dans le petit salon. Juste une chose, chérie, qui s'est occupé de l'atelier cuisine aujourd'hui ?

— C'est Julie. Je lui ai demandé de prendre la direction de la cuisine et je vais la voir tout de suite pour savoir si tout s'est bien passé.

Mon père acquiesça, puis ils se rendirent dans le petit salon. Pendant plus d'une heure, mon père montra les dessins à Mme Onckok, lui expliqua les avantages de tel modèle ou de tel autre. Elle avait presque l'air surprise que tous les modèles soient à ce point riches en nouveautés et en astuces. Elle écoutait avec attention et faisait de temps à autre des compliments sur l'esthétique et sur le concept. À la fin de la présentation, elle dit à mon père qu'elle préférait en réalité refaire toute sa cuisine. Mon père la sentait sincère dans ses propos. Mme Onckok était véritablement séduite par le projet. Il en était très content et cela le rassurait sur l'avenir.

Ma mère arriva à ce moment-là. Le personnel était parti et elle les regarda tous les deux l'air interrogateur.

– Ma chère, je suis enthousiasmée, dit Mme Onckok. J'ai décidé que vous referiez toute la cuisine, décoration comprise. Je ne vous cache pas que je suis impatiente, mais je sais que vous avez beaucoup de choses à faire et je ne veux pas vous mettre de pression sur les épaules. Je reste néanmoins à votre disposition, vous êtes les bienvenus à la maison quand vous voulez. Cette invitation vaut pour vous aussi, William.

– Je suis ravi que ça vous plaise, dit ma mère. Je me mets au travail dès demain.

– Ma chérie, nous avons encore beaucoup de choses à faire et disons plutôt que nous nous y mettrons le plus rapidement possible.

– Je vous en remercie, mes amis, dit Mme Onckok. Il se fait tard, permettez-moi de prendre congé.

Une fois au calme, mes parents eurent une longue conversation. Ils se racontèrent respectivement leur journée. Après que mon père lui eut expliqué la sienne, ma mère lui raconta que Mme Onckok l'avait emmené dans sa maison, prétextant vouloir changer la cuisinière. Elle avait passé quelques instants à prendre les mesures et faisait des esquisses. Puis Mme Onckok l'emmena dans un magasin pour femmes, la célèbre boutique Chester and Sons, sous un nouveau prétexte. Elle avait besoin de passer prendre des vêtements et finit par l'obliger à essayer un modèle qu'elle lui offrit. Puis elles étaient allées prendre le thé. Mme Onckok lui avait exposé longuement ce que son mari avait organisé, en lui expliquant que mon père ne serait pas forcément ravi de la situation. Mais quand son mari avait décidé quelque chose, il n'y avait rien ni personne qui pouvait l'arrêter. De toute façon, elle-même était ravie de ce qu'il avait décidé et avait un plan en tête. Quoi que décident mes parents, elle irait jusqu'au bout. Quel plan, elle avait bien fait attention de ne pas le dire ! Puis elles étaient rentrées à la maison. Il connaissait la suite.

— Je ne te cache pas que je les trouve charmants mais beaucoup trop envahissants pour moi. D'un autre côté, on n'a pas souvent deux chances dans la vie. J'ai donc décidé, si tu en es d'accord, d'accepter leurs manigances. Mais un jour, nous aurons notre revanche. Quoi qu'il en soit, j'aurai une sérieuse conversation avec M. Onckok.

— Je sais, mais tout ça part d'un bon sentiment. Je crois qu'ils sont sincères dans leur démarche. On va leur faire la plus belle cuisine de Cambridge. C'est un début.

Puis mes parents se répartirent les tâches. Ma mère fut chargée de réorganiser la cuisine, actuellement installée dans la maison, en nommant définitivement une responsable pour que les employées puissent travailler de façon pratiquement autonome. Mon père déménagea toute la fabrication des braseros dans les ateliers de Cambridge dès le lendemain, tout comme l'atelier cuisine qui prit place dans les bâtiments administratifs. De cette manière, la maison serait de nouveau vide. Pour mes parents, cela semblait plus simple de tout regrouper à Cambridge.

Le déménagement

Grâce à cette réorganisation, ils pouvaient mettre la grange à la disposition de Georges Western et honorer leur part du deal. En fait, ce fut presque trop facile. Arnold Black travailla à la fabrication de l'alambic. L'ancienne chaudière à vapeur en cuivre récupérée dans le trésor de Georges en était la pièce maîtresse. Pour les cuves de maltage et le reste du matériel, ils n'eurent aucun problème à suivre les plans. Ne restait plus qu'à couper du bois dans la forêt et à creuser le puits dans la cour pour fournir l'eau dont George avait besoin.

Mon père avait complètement sous-estimé l'ampleur du déménagement. Il fallut un petit peu plus de trois mois pour finaliser tous les transferts. Mais une fois ceux-ci faits, ils avaient un outil de production parfaitement organisé. Quelques semaines plus tard, George entra dans ses locaux, n'attendant plus que sa licence pour commencer à travailler. Ça ne l'empêcha pas de venir faire quelques essais pour voir comment fonctionnait l'alambic. Mais les choses allèrent encore beaucoup plus vite que Georges ne l'avait anticipé.

Le 17 février 1933, le président Roosevelt modifia la loi et fit voter l'autorisation de production de bière et de tout autre breuvage contenant moins de 3,5 % d'alcool. Georges dut réagir très vite, prit des contacts sur le port et commença en important de la bière d'Irlande et en la distribuant dans les bars et les restaurants. Son activité prit un essor rapide et inespéré dès les premiers mois. Le 7 avril 1933, le président Roosevelt abrogea le Volstead Act par le XXIe amendement qui définissait la prohibition. Georges demanda sa licence et l'obtint sans problème. Le whisky importé se vendait très bien et il commença la production de son propre whisky. Il utilisa les mêmes techniques que les contrebandiers, à savoir que comme il n'avait pas de tonneaux il laissait tremper du bois dans l'alcool pour le teinter. Quelques mois plus tard, à la suite d'un deal qu'il fit sur le port, il put enfin acquérir des tonneaux, pour le faire vieillir comme le veut la tradition.

Au même moment, mon père se rendit à la Banque of America, comme M. Onckok lui avait demandé. Il arriva dans une banque en ébullition. Comme il ne lisait pas les journaux, il ne pouvait pas savoir qu'au moment de son investiture, le président Roosevelt avait fait passer au congrès, le 9 mars précédent, l'« Emergency Banking Act », ou plus simplement « la loi de secours bancaire ». L'administration avait décrété un congé spécial de huit jours, à l'occasion du « Bank Holiday », pour donner aux banques le temps de prendre des mesures de sauvegarde suite au krach précédent. Cette manœuvre consistait à tester la capacité des banques à honorer leurs dettes. Certaines durent arrêter momentanément leur activité, d'autres furent mises en faillite. Heureusement, ce n'était pas le cas de la Banque of America de Boston. Cela s'était passé quelques jours plus tôt et la banque avait encore du mal à s'organiser.

La réouverture des banques avait eu lieu après le discours de Roosevelt, que l'on appelait à l'époque « Les causeries au coin du feu », dans lequel il avait rassuré la population en disant qu'il « était plus sûr de déposer son argent à la banque que de le garder sous son matelas ». Du coup, mon père était étonné de voir tant de monde faisant la queue pour déposer de l'argent. Tous les guichetiers étaient débordés.

Le directeur de la banque le reçut malgré tout et fit diligence pour qu'il puisse obtenir un compte sur lequel déposer l'argent, un chéquier, et même retirer immédiatement des espèces. Le directeur assura mon père de sa condition de VIP, au vu de la recommandation de M. Onckok, et il le remercia chaleureusement d'être devenu client malgré la situation peu favorable. Puis le banquier lui demanda s'il avait des nouvelles de M. Onckok.

– Non, je n'en ai pas. Je sais qu'il est parti à Détroit.

– Oui, vu les projets en cours… Mais je pense qu'il vous en a parlé.

– Parler de quoi, s'il vous plaît ?

– Ah ! Vous n'êtes pas au courant. Il vous en parlera lui-même.

Mon père resta sur sa faim. De quoi s'agissait-il ? Il était très impatient que M. Onckok revienne pour avoir cette conversation et savoir de quoi voulait parler le banquier.

Malheureusement, il ne revint pas tout de suite. Alors qu'il était parti pour quelques jours, cela faisait maintenant des semaines qu'il était à Détroit. Mon père n'avait de cesse de demander des nouvelles à Mlle Whitley et à Jo, qui lui disaient que M. Onckok était toujours en train de traiter une affaire à Détroit. Mais quelle affaire ? Mystère.

Tout au long de cette période, ils appliquèrent le plan à la lettre. Mon père était retourné voir M. Angus Mc Woall pour signer les papiers de la boutique et, dans la foulée, ma mère avait commencé à commander les travaux de remise à neuf. Peinture, électricité et aménagement avaient bien avancé et l'ouverture était prévue une semaine plus tard.

Mon père s'était occupé des ateliers de Cambridge. Le camion servait aux livraisons dans Boston des différents produits de pâtisserie et pour les cinémas, mais également pour déménager le matériel et les différents matériaux. Bref il était indispensable…

Mon père avait commencé à faire imprimer les tracts et les affiches, tout était prêt à être distribué, mais ils attendaient que la boutique ouvre pour que tout soit prêt en même temps.

Début avril, la boutique put enfin ouvrir et on lança la campagne d'affichage et de distribution des tracts. Cela prit quelques jours avant que les premiers visiteurs ne passent la porte de la boutique. Les cuisinières n'étaient pas bon marché et il y eut très peu de commandes. Mais mon père était satisfait. Les deux activités étaient complémentaires et le système fonctionnait. Il attendait que cela fasse boule de neige dans Boston.

En parallèle, ma mère avait beaucoup avancé sur la cuisine de Mme Onckok et l'on était arrivés au moment de débuter les travaux. La cuisinière était terminée, mais il fallait casser l'ancienne cuisine avant de commencer la rénovation. Mme

Onckok était restée très présente durant tout le développement du projet. Grâce à elle, ma mère avait rencontré différents artisans, dont un maçon, un ébéniste et un électricien qui complétaient parfaitement l'équipe.

Mais mon père était écartelé entre Cambridge et la boutique de Boston. Le camion était de plus en plus sollicité et le temps commençait à manquer. Mon père décida d'acheter une voiture. Il eut la chance de trouver une Ford modèle 18 de 1932 à moins de 500 $ et avec un V8. Tant qu'à faire des dépenses, il s'était lâché. C'était une somme énorme, mais elle était décapotable et pouvait servir à transporter du matériel. D'un autre côté, elle était suffisamment récente pour lui permettre d'avoir un certain standing quand il se rendait chez les clients. Bref, c'était la voiture idéale. Il fit peindre sur les portières des logos de la Hot Chestnut Cie et la laissait souvent garée devant la boutique. C'était un autre moyen de faire de la publicité.

Mais à ce moment-là, la vente des cuisinières restait faible. La grosse partie du chiffre d'affaires était réalisée par les produits alimentaires. Si la publicité fonctionnait parfaitement, bon nombre des clients potentiels étaient freinés par le prix. D'autre part, leurs concurrents étaient sur le marché depuis bien plus longtemps et ne se gênaient pas pour critiquer ces nouveaux modèles de cuisinières au concept très, peut-être trop, original.

Retour de Détroit

Quelques jours plus tard, la grosse Auburn se gara devant la boutique. M. Onckok y entra brusquement comme il avait l'habitude de le faire.

— Bonjour, William, comment allez-vous ?

— Bonjour, M. Onckok, je suis vraiment content de vous voir.

— Eh bien moi aussi William, j'ai quelque chose à vous demander.

— Avant toute chose, j'aimerais bien avoir une conversation avec vous. J'ai quelques petites choses à mettre au point au sujet de votre façon de faire…

— Je m'en doute bien, mais nous en parlerons un autre jour. J'ai beaucoup d'autres choses en tête. Je viens de signer de gros contrats et vous avez mis ma cuisine à sac. Je dois inviter 150 personnes dans deux semaines et je ne sais pas trop comment on va faire.

— Je suis désolé, mais nous ne pouvions pas savoir.

— Évidemment que vous ne pouviez pas savoir, personne ne le sait.

M. Onckok s'expliqua. Ce que personne ne savait, c'est qu'afin de stimuler l'économie, le président Roosevelt venait de relancer la « Reconstruction Finance Corporation », une mesure instaurée par son prédécesseur, le président Hoover. Cette mesure consistait à développer un financement majeur en faveur du chemin de fer et de l'industrie lourde, mais également de l'automobile. Le but était de pouvoir embaucher plus de 250 000 jeunes chômeurs et de promouvoir aussi des projets locaux. Depuis des semaines, M. Oncock passait son temps à négocier des contrats avec des responsables de l'automobile et des chemins de fer auprès desquels il était déjà un gros fournisseur.

Pour l'anecdote, il raconta également à mon père que, quand ils s'étaient vus la première fois, si Jo avait été aussi embarrassé c'est que M. Onckok était déjà dans l'avion, prêt à décoller, quand il avait dû tout annuler et revenir à l'usine pour le rencontrer. Aujourd'hui, il pouvait en rire, mais sur le moment cela lui avait posé un gros problème. Mais comme il l'avait dit, il ne voulait pas rater cette occasion de le revoir.

– Bon, maintenant vous savez tout, je vous demande de garder ça secret, ce ne sera publié que dans quelques jours. En attendant, moi j'ai un problème. Que pouvez-vous faire pour moi ?

– Renversement de situation, fit mon père en ricanant. Ne vous inquiétez pas, je ne sais pas ce que l'on va faire, mais on va le faire. Et vous pourrez recevoir vos 150 invités, ne vous inquiétez pas !

– Là, William, je compte sur vous.

Il allait sortir et s'arrêta net. Il se retourna doucement vers mon père et lui dit :

– Pendant que je suis là, je voulais vous poser une question. Vous êtes catholique, il me semble.

– Oui, c'est exact, dit mon père un petit peu surpris, car en Nouvelle-Angleterre la grande majorité des habitants étaient protestants anglicans.

– C'est ce qui me semblait. Nous aussi et j'aimerais que vous veniez à la messe avec nous dimanche, si cela vous convient. Vous viendrez déjeuner à la maison, ça nous ferait plaisir.

– Oui, je pense que Susan serait très contente, ça fait longtemps que nous n'allons plus à l'église.

Après le départ de M. Onckok, mon père ferma la boutique, sauta dans sa Ford et se rendit à Cambridge. Il expliqua le problème à ma mère. Il se trouvait que la cuisine des Onckok était complètement démolie et que les travaux de rénovation ne devaient démarrer qu'au milieu de la semaine suivante. Même en travaillant jour et nuit, il était impossible qu'elle soit opérationnelle pour le week-end prévu. Ils avaient un vrai problème.

Après les explications de mon père, ma mère proposa de poser la question à Julie, qui était devenue responsable de la cuisine. Si elle avait pris ce poste, c'est parce qu'elle était cuisinière de métier. Jeune et passionnée, elle était d'un dynamisme époustouflant. Elle avait en charge onze personnes et menait son équipe tambour battant. Ils la firent venir dans le bureau et lui expliquèrent la situation.

– C'est sûr que sans cuisinière et sans cuisine, cela ne va pas être facile de préparer un déjeuner pour 150 personnes, dit Julie.

– Je vois que vous avez compris le problème, dit mon père en plaisantant. Maintenant, il faut trouver une solution.

— Et si on faisait une réception à l'extérieur ? On pourrait installer des braseros à différents endroits du jardin, où l'on ferait cuire des petites brochettes de viande et, pour les amateurs, des steaks et des T-bones. Parallèlement à ça, on ferait cuire des légumes grillés et, pour la pâtisserie, nous sommes bien placés. Bref, pourquoi ne pas leur organiser un grand banquet dans le jardin, une garden-party ?

Mes parents restèrent à la regarder quelques instants. L'idée était géniale. Le mois d'avril était doux pour une fois et, en plus d'être réalisable facilement, c'était très original. Restait le problème de savoir si les invités de Mme Onckok ne seraient pas choqués de cette nouvelle façon de faire. Il fallait lui proposer. Ils ne perdirent pas une minute et téléphonèrent sur-le-champ à Mme Onckok. Elle trouva l'idée géniale, mais il y avait un impératif, il fallait servir tout le monde le plus vite possible pour qu'il n'y ait pas de temps mort entre les plats.

Le lendemain, mon père et ma mère se rendirent chez les Onckok, dans leur maison de Cambridge qui était à l'autre bout de la ville par rapport à l'usine. Ils firent des plans pour installer les tables. Ils avaient prévu des tentes de grande taille au cas où le temps ne serait pas de la partie. Ensuite, le menu fut élaboré avec grand soin. Il restait un problème. Même la plus grande taille de brasero nécessitait d'en installer un grand nombre pour cuire en même temps la quantité nécessaire pour les 150 invités. De plus, si l'on devait installer un cuisinier derrière chaque brasero, mes parents n'auraient pas assez de personnel. C'est là que ma mère eut une idée. Au lieu de prendre plusieurs braseros, il suffisait de construire un modèle beaucoup plus large, moins profond et de préférence rectangulaire, posé sur des pieds, de façon à être à hauteur du cuisinier. Par-dessus, il suffisait de poser une grille et le tour était joué. On pouvait cuire de grandes quantités en un même endroit et cela évitait de multiplier les braseros. Le projet fut adopté et, de retour à l'usine, ma mère fit de nouveaux plans et Arnold se mit au travail tout de suite.

Le lendemain, le prototype était réalisé. Julie prit le matériel en compte et fit ses premiers essais. Mme Onckok fut invitée à goûter les plats et à vérifier que tout correspondait à ce qui avait été élaboré la veille. Elle valida l'ensemble et fut enthousiaste pour sa grande réception. Mais en regardant attentivement le matériel, qu'elle trouva très joli, elle souhaita que le logo de la Hot Chestnut Cie soit apposé de façon bien visible. Puis il lui vint une idée. Si elle ne pouvait pas montrer sa cuisinière dans sa nouvelle cuisine, elle souhaitait que mes parents fassent un petit stand, dans le jardin à côté des tables, pour présenter le nouvel appareil de cuisson. Cela ferait de la publicité et elle voulait impérativement que ce projet soit mis sur pied. La cuisinière était terminée et il était très facile de réaliser ce projet. Mes parents la remercièrent et acceptèrent avec enthousiasme. Il était évident que c'était tout le gratin de Boston et sa région qui serait présent. C'était une énorme opportunité.

La messe

Le dimanche suivant, mes parents se rendirent à l'église qui leur avait été indiquée par Mme Onckok, Church of Saint-Peter à Cambridge. Ils retrouvèrent leurs amis sur le perron de la petite église et allèrent s'installer dans les rangées réservées aux notables de la ville. Ma mère portait la robe que Mme Onckok lui avait offerte et mon père s'était acheté un costume neuf pour ne pas paraître pouilleux dans ses vieux costumes élimés.

Ma mère était très contente de pouvoir assister à un office. Cela faisait plusieurs années qu'elle n'y avait pas mis les pieds alors qu'elle était très souvent en contact avec la paroisse de Brooklinc. Le prêtre, un homme d'un certain âge, semblait très sympathique. Sa lecture de l'Évangile fut accompagnée d'un sermon très chaleureux sur l'entraide entre les hommes, l'accueil des nécessiteux et l'ouverture de l'église à tous ceux qui sont dans le besoin. Il était même en décalage avec les sermons que ma mère entendait d'habitude. Elle raconta qu'elle se souvenait d'une phrase qui était inscrite dans sa mémoire à jamais : « Ces hommes de bonne volonté qui prient un Dieu, quelle que soit leur façon de le faire, ce Dieu leur réchauffe le cœur ». Au-delà de son ministère, on sentait un homme bon et généreux. De plus, il avait une façon de s'adresser à ses paroissiens, en souriant, qui communiquait sa joie de vivre et son enthousiasme malgré une période peu favorable. Bref, ma mère était aux anges, c'est le cas de le dire.

Pendant toute la messe, le prêtre regarda plusieurs fois mes parents et les Onckok. Il avait l'air surpris de découvrir de nouveaux paroissiens sans les avoir rencontrés au préalable. Il leur souriait régulièrement et parfois même semblait s'adresser directement à eux. À la fin de la messe et comme à son habitude, le prêtre s'était mis sur le côté du perron pour saluer les paroissiens à la sortie de l'église. Quand Mme Onckok arriva à sa hauteur, elle le salua et le prêtre s'adressa à elle.

— Bonjour, ma fille, comment allez-vous ?

— Très bien, mon père, dit Mme Onckok. Permettez-moi de vous présenter mes amis.

— Si vous ne l'aviez pas proposé, je vous l'aurais demandé.

— Père Andrew, je vous présente M. et Mme Avallon.

— Bonjour, mes enfants, dit le père Andrew.

— Bonjour, mon père, dit ma mère. J'ai beaucoup aimé votre sermon.

— J'en suis heureux, mais dites-moi, Avallon ? ça me dit quelque chose. C'est la première fois que vous venez ?

— Oui, mon père, nous habitons Brookline et nous allions à l'église là-bas jusqu'à présent. Enfin, ça fait quelques années que nous n'y sommes pas allés.

— Ah, je vois. Je suis content que vous soyez venus aujourd'hui. Avallon ? c'est bizarre, votre nom me dit quelque chose.

– C'est tout à fait possible, Susan a beaucoup œuvré à la paroisse de Brookline pendant des années, dit Mme Onckok. Vous avez sûrement entendu parler d'elle.

– Je ne crois pas, non… enfin, ce n'est pas grave, ça me reviendra plus tard. Allez en paix !

Ma mère regardait mon père froncer les sourcils. Il restait méfiant. Ils étaient venus à la demande de M. Onckok et il se demandait s'il n'y avait pas une nouvelle manigance de leur part.

– Mme Onckok, dit mon père, il y a quelque chose que vous devriez me dire au sujet de cette église ou de ce prêtre ?

– Pas du tout, dit Mme Onckok. Je ne sais pas de quoi parlait le père Andrew, je vous assure que je ne suis au courant de rien. Cela étant, Susan a tant fait pour la paroisse de Brookline que je ne serais pas étonnée s'il avait entendu parler d'elle, c'est tout.

– Oui, dit mon père, on va dire ça.

Le « pique-nique »

Ils montèrent dans leurs voitures respectives et se retrouvèrent à la maison des Onckok. Comme il n'y avait plus de cuisine, la cuisinière avait préparé un « pique-nique » dans le jardin. Le déjeuner se passait agréablement, les uns et les autres évitant soigneusement de parler travail ou de la situation économique. Ils avaient simplement envie de passer un bon moment. À la fin du repas, M. Onckok prit sa « camomille », et les hommes allèrent s'installer dans des fauteuils plus confortables à l'ombre d'un grand arbre. Les femmes, en revanche, entrèrent dans la maison pour regarder des photos et papoter de choses que les hommes ne comprennent pas. M. Onckok s'adressa à mon père.

— Alors, William, vous vouliez me parler. C'est le moment.

— Oui, je voulais vous parler. J'attendais vraiment de vous parler. J'étais en colère. Mais je ne suis plus trop sûr. Votre générosité me met mal à l'aise car j'ai du mal à comprendre. Mais comprenez-moi à votre tour. Qu'auriez-vous dit si ma femme avait acheté une robe à la vôtre ? Qu'auriez-vous dit si tout ce que vous avez dépendait uniquement de moi ? Je ne suis pas sûr que vous auriez apprécié la situation.

— Je vous ai déjà répondu sur ce point. Je vais tenter de vous expliquer quel est mon état d'esprit. Les Japonais appellent ça « Giri ». C'est un idéogramme dont la traduction la plus proche dans notre langue serait « Devoir », mais aussi « Fardeau », fardeau très lourd à porter. C'est une sorte d'obligation qui s'impose à vous et à vous seul. Pas de témoin, pas de contrat, juste un devoir que vous vous imposez à vous-même en toute conscience. Cette obligation est à ce point importante que si vous ne la remplissez pas, même si personne ne vous en fera grief, c'est comme si vous n'en aviez pas. Mais elle est aussi le miroir de votre âme, le respect de vos engagements et donc la quintessence de votre être. Si vous ne la remplissez pas, c'est que vous n'existez pas. Elle résume la capacité de l'être à pouvoir regarder sa vie en toute sérénité, sans regret, et aller de l'avant apaisé.

Mon père regarda M. Onckok d'un air surpris. Il ne s'attendait pas à ce genre de tirade philosophique. M. Onckok se redressa et regarda mon père d'un air sombre.

– Cela faisait des années que je n'osais plus me regarder en face dans un miroir. Je n'existais plus et j'avais reporté cette frustration en choyant ma femme et en construisant un avenir à Jo. Mais ça n'a pas changé grand-chose. Je ne trouvais pas la paix que je recherchais. Et puis vous êtes arrivé. Le cadeau du ciel, les anges descendus sur terre. Au risque de vous décevoir, je n'ai pas fait ça pour vous mais pour moi. Je ne vous demande pas de comprendre, mais l'aide que je vous apporte aujourd'hui est ma façon de faire face à mes obligations. Je n'ai jamais dit ça à qui que ce soit. On me prendrait pour un illuminé. Ne vous y trompez pas, je sais très bien ce que je fais et pourquoi je le fais.

– D'accord, je crois que j'ai compris.

– À la bonne heure! Je vous demande de ne plus revenir sur ce sujet.

– D'accord, mais comprenez que vu de l'extérieur... c'est comme si... je marchais avec des béquilles.

– Vous exagérez... quoique l'image ne soit pas tout à fait fausse. Vous avez été détruit, anéanti. Vous avez subi le cataclysme le plus horrible qu'on puisse imaginer pour un homme tel que vous, à l'exception de la perte d'un proche, je vous l'accorde. Mais ils vous ont mis un genou à terre. Et très peu d'entre nous ont la possibilité de s'en remettre. Saisissez cette chance et allez de l'avant. Dépêchez-vous avant que des événements plus graves ne s'abattent sur nous.

– Mais de quoi parlez-vous, qu'est-ce qui est grave?

– Voyez-vous, William, quand on se retrouve dans votre situation, je constate souvent que le quotidien prend la place de tout le reste. Comment se nourrir, comment se chauffer, comment tenir le coup? Ce qui est tout à fait normal. Les problèmes auxquels vous devez faire face prennent tout votre horizon. Vous n'êtes plus en capacité de voir ce qui se passe au-delà. Et malgré l'aide que je vous apporte, vous êtes encore dans ce schéma-là. Malheureusement, les choses changent vite, beaucoup trop vite. Aujourd'hui, je peux vous aider, mais pendant combien de temps? Aujourd'hui, j'ai un certain pouvoir. Mais combien de temps cela va-t-il durer?

– L'aide que vous nous apportez est déjà énorme...

– Mon pauvre ami, je suis loin du compte. Je ne suis plus tout jeune et les nuages s'amoncellent. Nous ne sommes pas sortis de la crise et elle risque de s'aggraver dans les mois et les années qui viennent.

— Mais je ne comprends pas, vous avez l'air de dire que la crise n'est pas terminée ? À Détroit, vous avez signé de grands contrats. C'est une bonne nouvelle, non ?

— Non ! J'ai juste sauvé mon entreprise pour le moment.

— Mais les nouvelles lois dont on a parlé donnent de bonnes perspectives, non ?

— Oh, vous savez, les lois… Et elles ne sont pas toutes en ma faveur. Je ne les conteste pas, d'ailleurs. La plupart sont des lois sociales dont le pays a besoin. Mais pour les affaires… Un exemple, prenez les contrats que je viens de signer. Ils ont été faits avec des coûts de production liés au salaire que je paye actuellement. Or je sais qu'ils vont voter une augmentation substantielle des salaires. Je ne connais pas le montant, mais je sais que la marge opérationnelle va être réduite. Et vous savez très bien ce que ça veut dire. Tant qu'il me reste de la marge, ça devrait aller. Mais imaginez que je commence à vendre à perte. Compte tenu de la situation, je ne donne pas cher de la peau des établissements Onckok. Et ça, je n'y peux rien. J'en ai discuté avec Ford et d'autres, nous sommes très inquiets au sujet de ce qui va se passer.

— Mais enfin, le gouvernement ne peut pas faire n'importe quoi !

— Ah ah ah ! Le gouvernement fait ce qu'il peut. Il fait surtout tout ce qu'il peut pour être réélu. C'est sa fonction première. Pour le reste…

— Et la consommation ? la consommation ne cesse

d'augmenter.

– Dans les villes, William, dans les villes. Mais dans l'Amérique rurale, ça n'est pas la même situation. La plupart des gens vivent des subventions sociales. 25 $ par mois, vous vous rendez compte? 25 $. C'est très peu pour les bénéficiaires, c'est énorme pour un État. Il est évident que Roosevelt va réformer tout ça. Mais qui va payer? Non, croyez-moi William, nous avons encore des jours sombres devant nous.

– Vous voulez me faire peur?

– Si je voulais vous faire peur, je vous parlerais de l'Europe. Vous voulez un peu de camomille?

– Oui merci, je crois que je vais en avoir besoin. L'Europe, qu'est-ce qu'elle vient faire là-dedans l'Europe?

– Elle est au-delà de votre horizon et vous ne la voyez plus. Avez-vous entendu parler d'un certain Hitler?

– Oui, vaguement, il y a quelques années. C'est un homme politique allemand. Que lui est-il arrivé?

– Il a simplement pris le pouvoir. Et d'après les correspondants de presse, il dirige un parti ultranationaliste. Pour les plus alarmistes, il pourrait nous conduire à une guerre. Le rapatriement des fonds américains d'Europe en 1930, ce qui au passage était une énorme connerie politique, a plongé l'Allemagne dans une misère noire. Le terreau idéal pour les idées extrémistes. Bon, ça, je n'y crois pas trop, mais je reste méfiant. Je n'ai pas oublié la guerre en France. Quand ils commencent à se taper dessus en Europe, ils ont la fâcheuse tendance à entraîner tout le monde avec eux.

– Une guerre? Mais... quel pays aurait intérêt à déclencher

une guerre ?

– Eh bien, les Allemands… n'oubliez pas qu'ils ont en travers de la gorge la guerre de 1870, et surtout celle de 1914. Ils n'ont sûrement pas oublié notre intervention dans ce conflit. S'il y a une guerre en Europe, cela va affecter notre économie. Et c'est pour ça que j'insiste. Ce que je fais pour vous, rien ne dit que je pourrai le faire longtemps. C'est tout. J'ai besoin de retrouver le William Avallon conquérant, le tueur en affaires, le Winner. Déposez-moi ce chèque de 10 000 $ que vous gardez dans votre poche. Refaites les peintures de la maison, achetez-vous une voiture, reprenez les rênes de votre vie.

– Hum ! c'est un peu brutal, mais vous avez raison John, je sors à peine du trou.

– Oui, ça c'est sûr. Autre chose, en ce qui concerne la réception de la semaine prochaine. Vous êtes nos invités. Je ne veux pas vous voir vous occuper de quoi que ce soit. Trouvez du personnel, embauchez-en si nécessaire. Je vous présenterai des gens qui pourront vous aider dans les affaires. Il est hors de question que vous soyez distrait par quoi que ce soit d'autre. Allez-vous acheter un costume neuf chez Abington, c'est mon tailleur. J'ai toute confiance en lui.

– Excusez-moi, mais le mien est tout neuf.

– Ah oui ? dit M. Onckok en le regardant dans les yeux. Allez vous acheter un autre costume alors. Autre chose, en ce qui concerne nos épouses, ne les encombrez pas avec nos histoires de politique internationale. Je n'ai pas envie qu'elles s'inquiètent. Travaillons tous les deux à nos affaires et tout se passera bien.

Mon père ne voulait pas le reconnaître devant M. Onckok,

mais cette conversation l'avait glacé. Lui qui en était resté à son petit horizon quotidien venait de prendre une sacrée claque. Il y a quelques années, il aurait pu suivre la conversation du tac au tac sans aucun problème. La crise était passée par là, il était tombé au fond du gouffre et il se rendait compte qu'il y était toujours. Il était vraiment urgent de se reprendre et de mettre un grand coup d'accélérateur. C'est d'ailleurs ce qu'il fit dès ce moment-là. Il devint incollable sur l'actualité du monde. Plus particulièrement sur celle des États-Unis, évidemment. Mais il mettait un point d'honneur à prendre au moins une heure par jour pour lire le journal.

C'est d'ailleurs un détail que j'ai en mémoire étant enfant, quand la télévision est entrée dans notre foyer dans les années cinquante. À l'heure des informations, je n'avais pas le droit de faire de bruit. Mais c'était bien des années plus tard.

La garden-party

Le lundi matin, toute l'entreprise était en ébullition. La priorité : le stand destiné à la cuisinière, fabriqué de planches de bois renforcées à certains endroits pour soutenir son poids. Certains étaient en charge de sa décoration, d'autres de réaliser une affichette d'explication qui serait posée devant, les derniers de la production des catalogues qui seraient distribués le jour de la réception.

Julie s'occupait de toute la partie restauration et mettait au point l'ordre de bataille pour qu'il n'y ait pas de fausse note le jour J.

Ma mère s'occupait de l'installation du matériel pour la garden-party. Elle avait vu avec Mme Onckok pour la location des tables, des chaises, des tentes et de la vaisselle. Elle passa également en revue avec elle le problème du personnel et des cuisiniers. Le jeudi, tout était fin prêt avec quelques jours d'avance.

Mon père était resté à la boutique la plupart du temps et avait eu peu de clients. Le soir, après la fermeture, il passait à l'atelier pour voir où en étaient les préparatifs et si tout fonctionnait bien. L'organisation de la garden-party avait un petit peu perturbé l'entreprise. Elle n'était pas dédiée à ce genre d'activité et avait dû s'adapter. Mais il était content du résultat.

Après cette fameuse conversation avec M. Onckok, il n'avait cessé de réfléchir à l'avenir. M. Onckok avait raison, les informations glanées dans les journaux n'étaient pas bonnes. C'est aussi pour ça qu'il avait arrêté de les lire, mais force est de constater qu'il avait eu tort. La garden-party était une véritable opportunité pour faire décoller les affaires. Après avoir déposé le chèque de 10 000 $ à la banque, il était passé chez le tailleur Abington et avait fait la plus grosse dépense vestimentaire de ces cinq dernières années. Par ailleurs, il avait pris rendez-vous avec les artisans de Mme Onckok pour remettre la maison en état.

Le dimanche arriva et mes parents se rendirent chez les Onckok dans la Ford que mon père avait briquée de fond en comble pour qu'elle soit la plus rutilante possible. Quand ils arrivèrent, une forêt de grosses limousines avec chauffeurs encombrait le parc du côté de l'allée. Ils finirent toutefois par trouver une petite place entre un arbre et un bosquet. Ils furent annoncés comme à la grande époque et entrèrent dans l'immense salon de la maison sous le regard des invités présents. Cela leur fit une drôle d'impression. Quelques années auparavant, ils n'y auraient même pas prêté attention. Mais là, ils se sentaient presque gênés d'être là.

Mme Onckok les accueillit chaleureusement et d'une manière si courtoise que les autres invités furent intrigués par ces nouveaux venus. Ma mère piqua un fard instantanément pendant que mon père faisait celui qui n'avait rien remarqué. Elle les entraîna directement dans le jardin pour leur présenter des amis.

Tout au long de cette journée, Mme Onckok, en bonne maîtresse de maison, fit le tour de tous les invités et présenta systématiquement ma mère aux personnes qu'elle croisait. Elle ne manquait pas de dire en quelle haute estime elle considérait ma mère, et vantait les mérites des nouvelles cuisinières que ma mère avait dessinées.

Elle s'était véritablement transformée en super vendeuse, et en plus, elle adorait ça.

M. Onckok, lui, s'occupait des hommes d'affaires. Il avait pris ses quartiers sur la table centrale du dispositif et présentait mon père à tous ses « amis ». Il y avait des banquiers, des promoteurs, des industriels, des clients, des fournisseurs, des militaires, bref tout le gratin de la Nouvelle-Angleterre. Mon père suivait tant bien que mal les conversations animées sur la politique et la situation économique. Malgré une étude approfondie, pendant une semaine entière, des journaux de tout poil, il lui manquait quelques longueurs. Personne ne le remarqua et il eut de très bons contacts pour les affaires.

Jo, qui était présent bien sûr, était en grande conversation avec quatre visiteurs. Il fit un geste, faisant signe à M. Onckok de venir le rejoindre. Tout en marchant en leur direction, M. Onckok chuchota à l'oreille de mon père.

– William, j'aimerais vous présenter des gens très importants pour moi. Puis il s'adressa à ses invités. Messieurs, j'aimerais vous présenter M. William Avallon. William, je vous présente M. Jack Brobroff, directeur de la Reabling Stell Co dans l'État du New Jersey, M. Herbert Galway qui préside la société

Bethlehem Steel en Pennsylvanie, messieurs Charles Ellis et Leon Moisseiff, tous deux architectes de renom, qui travaillent actuellement sur le projet du pont de San Francisco, le Golden Gate. Mon cher, vous avez devant vous une sacrée équipe de bâtisseurs !

– N'exagérons rien, mon cher John, dit Charles Ellis, nous pourrons parler de bâtisseurs quand le projet sera terminé. Et je vous rappelle que les travaux ne démarreront pas avant trois ans, si tout va bien. Nombre de difficultés nous attendent, ne serait-ce que les courants violents entre le Pacifique et la baie. Mais au moins, grâce à vous et à votre nouvelle technologie, nous aurons l'acier dont nous avons besoin.

– Ah John, c'est vous qui fournirez l'acier pour le pont ? demanda mon père.

– Non, pas exactement. Une grande partie sera produite par ces messieurs, dit-il en se tournant vers Jack Brobroff et Herbert Galway.

Il expliqua que pour la construction du pont, la majorité du métal serait fabriquée dans les États de l'Est des États-Unis. La Reabling Stell Co était spécialisée dans les câbles de grosses dimensions et la Bethlehem Steel, dans les plaques et les poutrelles. Lui, il avait participé à l'élaboration d'un nouvel acier en collaboration avec ces deux entreprises. De plus, il était chargé de réaliser les outillages pour certaines pièces profilées, et participerait à la fabrication de certaines pièces de plus petites dimensions.

– Mais John, n'est-ce pas un peu bizarre de faire traverser les États-Unis à cette énorme quantité de métal pour les envoyer à

San Francisco ?

– C'est le jeu de la politique. De toute façon, en Californie ils n'ont pas les moyens techniques de production. De plus, dans beaucoup d'États de l'Est, le chômage fait rage et la décision a été prise en haut lieu de donner ces marchés à ces États défavorisés en contrepartie d'embauches massives. C'est, entre autres, ce dont on a parlé à Détroit. Mais ce n'est pas fini, un autre pont est prévu à San Francisco, le San Francisco-Oakland Bay Bridge qui sera encore plus grand que le Golden Gate. Il sera produit de la même façon dans cinq ou six ans.

– Et vous, Monsieur Avallon, vous êtes également dans la partie ? demanda M. Brobroff.

– Non, pas du tout, je fabrique des cuisinières et tous les instruments de cuisson. J'ai également une petite entreprise de produits alimentaires, la Hot Chestnut Cie.

– Ah, c'est donc à vous que l'on doit cette magnifique cuisinière exposée sur le stand, dit M. Moisseiff. Je la trouve très réussie, toutes mes félicitations.

– Je vous remercie. C'est un dessin original et un concept de ma femme qui est la styliste de l'entreprise.

– Et excellente cuisinière, dit M. Onckok. Le buffet que vous avez dégusté était son œuvre.

– C'était effectivement excellent, dit Charles Ellis, avez-vous une carte de visite ?

– La voilà, je vous remercie de l'intérêt que vous portez à ma production. Et si vous avez besoin de changer de cuisinière…

– Nous restons en contact, dit Charles Ellis en faisant un petit sourire amical.

Ils se saluèrent et M. Onckok l'entraîna un petit peu plus loin.

– Mon cher, vous venez de vous faire de nouveaux amis.

– Vous croyez ?

– Ça ne m'étonnerait pas. Vous savez, ce sont des gens très difficiles à approcher. Moi, c'est grâce à Leon Moisseiff que je les ai rencontrés. C'est devenu un ami après que j'ai travaillé avec lui quand il était responsable de la New York City Bridge Department, le département des ponts de New York. À l'époque, c'était un client féroce dont le professionnalisme et la grande compétence en mathématiques m'ont toujours époustouflé. Quand on l'a mis sur le Golden Gate, il m'a aussitôt appelé pour me présenter le projet et toutes les personnes que l'on vient de voir. J'ai beaucoup de chance. Mais j'ai encore du travail sur ce dossier, ce n'est pas tout à fait gagné. Malgré les budgets colossaux engagés, la discussion sur les prix n'est pas finie. Mais ça prend bonne tournure.

Ils continuèrent à se promener dans le parc et M. Onckok le présenta à d'autres invités. Tout à coup, il remarqua le shérif de Cambridge s'approchant de lui.

– Il y a un problème, Steve ? demanda M. Onckok au shérif.

– Bonjour, M. Onckok. Rien vous concernant directement, mais je suis à la recherche d'une petite bande d'étudiants qui viennent de faire un sale coup.

– Qu'ont-ils fait ?

– Ils ont volé la morue sacrée !

– Pardon ?

– Eh bien oui, la morue sacrée, celle qui est pendue sous le plafond de la chambre des représentants à la State House, maison de l'État du Massachusetts.

– Pardon, vous pouvez me répéter ça ?

Pour la petite histoire, il s'agissait de la « Sacred Cod of Massachusetts » ou « Sacred Cod », la morue sacrée du Massachusetts. C'était une sculpture représentant une morue, fabriquée en pin, d'un mètre et demi environ, qui avait été offerte par un marchand en 1784, un certain John Rowe, et qui symbolisait l'importance de la pêche dans l'État du Massachusetts. Le shérif expliqua qu'on les avait vus prendre la route de Cambridge et qu'il les avait perdus dans le secteur. La maison des Onckok se situait entre Boston et Harvard, et les étudiants de première ou de deuxième année étaient souvent à l'origine de plaisanteries plus ou moins douteuses. Il faisait la visite des maisons du coin pour s'assurer qu'ils ne se cachaient pas dans les jardins.

– Mon cher Steve, vous pouvez fouiller tout ce que vous voulez. Mais j'ai 150 invités de marque, soyez le plus discret possible, s'il vous plaît.

– Bien sûr, répondit le shérif. Et il commença à faire le tour du jardin.

– Ah, ces étudiants, dit M. Onckok ! Cet hiver, ils m'avaient fait un bonhomme de neige en plein milieu de l'allée. On ne pouvait plus passer avec la voiture. Ils ne savent plus quoi inventer pour s'amuser. Aller voler la morue sacrée, non mais je vous jure !

Ce fut une journée éreintante pour mes parents. Sous une apparente décontraction, ou qui voulait l'être, ils étaient à l'affût de la moindre remarque sur le matériel. Ils étaient à l'écoute de toutes les conversations et finissaient par avoir un mal de crâne monstrueux. Mais la journée fut très belle et tout le service se passa remarquablement bien. Aucun problème de cuisson, les trois gros braseros rectangulaires ayant fonctionné parfaitement et les convives ayant été servis presque en même temps. Le personnel avait fait son travail et avait même été complimenté par Mme Onckok à la fin du service. Mes parents félicitèrent Julie pour sa prestation.

En début de soirée, ils prirent congé et repartirent vers la maison. Mon père avec des cartes de visite plein les poches et ma mère avait au bas mot une dizaine d'invitations pour des goûters d'après-midi. Ils étaient fourbus, vidés mais heureux.

La morue sacrée fut retrouvée trois jours plus tard. C'était bien des étudiants d'Harvard qui avaient fait le coup…

Les livres

Le lundi matin, tout le monde se rendit au travail. Après que mon père eut déposé ma mère à Cambridge, il se rendit à la boutique de Boston. Ma mère était en train de préparer le planning de la semaine pour la rénovation de la cuisine des Onckok quand le téléphone sonna.

– Bonjour, vous êtes bien aux établissements Hot Chestnut Cie.

– Bonjour, madame, j'aimerais parler à Mme Avallon, s'il vous plaît.

– C'est elle-même, à qui ai-je l'honneur ?

– Le père Andrew au téléphone, comment allez-vous ?

– Très bien mon père, dit ma mère. Que puis-je faire pour vous ? répondit-elle un peu surprise.

– En fait, j'espérais vous voir hier à la messe, mais vous n'êtes pas venue.

– Oh ! Je suis désolé, mais hier nous ne pouvions pas…

– Oh, ce n'est pas pour ça que je vous appelle. En fait, je me souviens très bien maintenant pourquoi je connaissais votre nom.

– Ah oui ? dit ma mère.

— Eh bien, voilà, il se trouve qu'il y a quelques années, après le Krach, la salle des ventes de Boston nous a donné tout un bric-à-brac de choses qui n'avaient pas trouvé preneur pendant les ventes publiques. C'était dans le but de les distribuer aux pauvres de la paroisse. Nous avons fait don de beaucoup de choses, mais dans le bric-à-brac il y a une dizaine de caisses qui portent votre nom.

— Une dizaine de caisses ?

— Oui, ce sont certainement des livres, pour la plupart, et dans ces temps difficiles les gens n'avaient pas vraiment besoin de livres. Du coup, je les ai gardés. Vous n'étiez pas au courant ?

— Non, mon père, vous savez, nous avons fait faillite à cette période-là et les huissiers ont saisi pratiquement tout ce qui était dans la maison.

— Ah, je comprends. Écoutez, tout ça ne me regarde pas et je suis désolé de vous remémorer probablement de mauvais souvenirs. En tout cas, j'ai toujours les caisses et je les tiens à votre disposition. Vous pouvez venir les chercher quand vous voulez.

— Mais mon père, cela ne nous appartient plus. Tout ceci est à vous, maintenant.

— Mon enfant, croyez-vous que si je pensais les choses comme vous les dites, j'aurais pris la peine de téléphoner ? Non, ces affaires sont à vous et je suis bien content de pouvoir vous les rendre. Venez les chercher quand vous voulez ! Elles sont dans le fond de l'appentis du presbytère.

— Mon père, je ne sais pas quoi dire.

— Dites-moi seulement quand vous viendrez ! Saluez votre

mari pour moi ! À bientôt.

Ma mère était très émue. Les larmes aux yeux, elle téléphona à mon père pour lui raconter cette extraordinaire nouvelle. Le simple fait de retrouver des affaires de la famille la soulageait.

Quelques jours plus tard, après avoir pris rendez-vous avec le père Andrew, mon père se rendit à Church of Saint-Peter. Le père Andrew l'attendait, et avec l'aide d'un ouvrier, ils chargèrent les dix grosses caisses de livres dans le camion.

– Mon père, je ne sais pas comment vous remercier.

– Pour cela, je n'attends rien de votre part. Cela dit, si vous venez me voir plus souvent, je pense que ça vous ferait du bien à tous les deux. Pendant que vous êtes là, j'aimerais vous poser une question personnelle. Avez-vous des enfants ?

– Mon père, malheureusement Susan ne peut pas en avoir.

– Oh, j'en suis désolé pour vous deux ! Il réfléchit un instant. Je prierai pour vous. À très bientôt William.

Mon père, qui n'était pas très pratiquant, n'avait pas envisagé de renouer de trop près avec l'Église catholique. L'expérience de l'église de Brookline et sa doctrine un petit peu trop fondamentaliste l'avaient rebuté. Mais avec le père Andrew, les choses semblaient si harmonieuses et simples qu'il décida de faire l'effort de venir plus souvent. De retour à la maison et après avoir déchargé les caisses, il raconta sa courte conversation avec le père Andrew et ma mère fut entièrement d'accord. Ne serait-ce que pour lui faire plaisir, ils ne pouvaient pas faire moins. D'un autre côté, ma mère se réjouissait de retourner à l'église.

En mai 1933, les affaires commencèrent à décoller. Le plan de Mme Onckok avait fonctionné. Mon père eut de plus en plus de visites à la boutique et les commandes commençaient à affluer. Dans les quinze jours, il avait pratiquement vendu une cuisinière par jour. Mais le plus fort, c'est que certaines ventes étaient accompagnées de travaux de décoration de la cuisine elle-même.

Ma mère avait installé son bureau dans les boutiques sur rue des ateliers de Cambridge et avait engagé une assistante toute fraîche diplômée de Boston University. Les ateliers fonctionnaient en continu et les fabrications s'enchaînaient. Le « compte poids » était d'un grand secours et permit une certaine souplesse dans la production. Les ateliers étaient dirigés de main de maître par Arnold. Du côté de la cuisine, Julie faisait des miracles. Elle avait pris en charge la totalité de l'organisation et avait nommé des responsables pour les préparations. Elle avait en charge également la distribution des produits en ville et dans les cinémas. Elle avait même passé un accord avec Georges Western pour distribuer de la bière.

La petite affaire fonctionnait parfaitement. Mes parents purent prendre un petit peu plus de temps pour eux le week-end. Ils se rendaient régulièrement à l'église et discutaient avec le père Andrew après la messe. L'après-midi, ils rentraient à la maison et s'octroyaient quelques heures de détente. Ma mère en profitait pour ouvrir les caisses de livres et en faisait l'inventaire. Il y avait des livres de collection d'auteurs traditionnels et un petit peu de tout. Elle fut surprise de trouver quatre cahiers dans lesquels son beau-père avait fait des annotations sur la famille Avallon. Elle trouva cela très intéressant et les mit de côté pour les lire plus tard. La maison était en travaux et elle remit les livres dans les caisses en attendant de pouvoir les réinstaller dans la bibliothèque.

Les affaires reprirent le dessus. Les commandes affluaient et ma mère fut contactée pour installer la cuisine d'un restaurant. C'était la première fois. En effet, un chef avait acheté une concession pour exploiter un restaurant le long de l'enceinte du Fenway Park, le stade de base-ball le plus important de Boston. Il abritait les Red Sox, l'équipe de base-ball de la ville. Des travaux gigantesques avaient été réalisés pour augmenter sa capacité et surtout créer de nombreux commerces autour de son enceinte. Le restaurateur cherchait quelque chose de nouveau et d'innovant pour créer un lieu à la mode. Ma mère passa beaucoup de temps sur ce projet et remporta le marché. Elle travailla conjointement avec les architectes et eut beaucoup de succès auprès d'eux.

Courant juin, le président Roosevelt fit voter un nombre de lois incroyable qui désorientèrent le monde des affaires. Un jour, mon père trouvait les lois justes et équitables, et quelques jours plus tard c'était la consternation. M. Onckok s'entretenait souvent avec lui à ce sujet. Ils étaient tous les deux très inquiets.

Malgré tout, les discours rassurants du gouvernement donnaient une nouvelle dynamique à la consommation et au développement. Les affaires marchèrent de mieux en mieux et mon père put engager une vendeuse, responsable de la boutique. Il n'était plus bloqué à Boston et pouvait aller d'un endroit à l'autre pour régler les problèmes d'intendance ou de production qui s'amoncelaient.

Alors que M. Onckok ne voyait pas de progression majeure dans ses affaires, il reçut une commande énorme qui concernait la livraison de matériel technique pour la construction de barrages sur le Tennessee. Un programme avait été lancé le 12 mai précédent, la « Tennesse Valley Authority » (T.V.A.) pour soutenir l'embauche des 250 000 chômeurs des programmes précédents. Ils avaient ouvert un grand chantier, non seulement pour contrôler les inondations dues aux crues des différents affluents du fleuve mais aussi pour créer des sources de production électrique de grande ampleur. Le contrat était énorme et M. Onckok embaucha beaucoup de personnels.

M. Onckok en fit également profiter mon père en le présentant aux responsables de l'intendance. Il reçut une commande de braseros et de matériels de cuisine, installés sur les chantiers pour tous les ouvriers. Mon père dut lui aussi employer du personnel.

Pendant tout l'été, mes parents furent très occupés. La rénovation de la maison avançait, mais ils ne pouvaient toujours pas l'habiter. Ils restaient cantonnés entre la cuisine et la buanderie. Avec les beaux jours ce n'était pas un problème. Ils étaient surchargés de travail et ils avaient enfin retrouvé un niveau de vie confortable.

En novembre 1933, M. Onckok reçut de nouveau une grosse commande de la marine. La construction d'un destroyer dans les chantiers navals de Boston avait été décidée et il avait obtenu le contrat de fourniture pour le métal. Il s'agissait de l'USS Monaghan (DD -354) de la classe des Farragut. Là encore, par jeu de connaissances, et grâce à son expérience, ma mère fut appelée pour participer au projet des cuisines : probablement la plus belle réalisation de la Hot Chestnut Cie dans le domaine maritime.

Malgré tout, la situation internationale se compliquait. Le mois précédent, en octobre, à la suite de l'échec de la conférence monétaire mondiale qui s'était tenue en Europe, le président Roosevelt avait décidé de coter lui-même le métal précieux sous la forme de l'once d'or. Mon père suivait attentivement ce marché car il était convaincu que la situation de ce métal influait directement sur ses commandes potentielles. Le jeu de yo-yo que le gouvernement avait mis en place fit passer l'once d'or de 28 $ à 34 $ en moins de trois mois. Comme il s'y attendait, plusieurs commandes furent annulées en fin d'année suite à des difficultés financières de clients.

La neige avait recouvert la région de Boston et la rénovation de la maison venait d'être achevée. Ma mère préparait déjà les fêtes de Noël, même si la maison était encore vide de beaucoup de meubles. Elle était enfin agréable à vivre et mes parents avaient retrouvé leurs chambres au premier étage. Ils avaient même prévu de recevoir les Onckok pour les fêtes de Noël.

Mais le 5 décembre un incendie ravagea une partie du Fenway Park et tout particulièrement le restaurant dont la cuisine avait été terminée fin novembre. Toutes les installations furent détruites et mon père dut, en urgence, refaire entièrement la cuisine. Financièrement, c'était une bonne opération mais ma mère le vécut très mal. Elle avait peur que cela soit un mauvais signe pour l'avenir. Et elle n'eut pas tout à fait tort, malheureusement.

Dix jours plus tard, il y eut un cambriolage dans la maison. Ma mère fut appelée par la cuisinière qu'elle venait d'engager.

Les explications de la cuisinière n'étaient pas très claires et l'on ne sut jamais ce qui s'était passé. Les cambrioleurs n'avaient pas pris grand-chose, en dehors des fameux livres que le père Andrew avait retrouvés et que ma mère avait entreposés dans des cartons pendant qu'elle finissait la décoration de la bibliothèque. Seules quelques caisses avaient été volées et notamment les livres de mon arrière-grand-père. Ma mère les avait à peine ouverts et leur disparition la traumatisa. C'est à ce moment-là qu'elle décida d'écrire elle-même des cahiers sur l'histoire de la famille, celle que je vous raconte aujourd'hui.

Le 30 janvier 1934, le gouvernement fixa l'once d'or à 35 $, ce qui entraîna une dévaluation du dollar de 40 %. Mon père eut un appel d'un M. Onckok très inquiet car il était en négociation avec des entreprises étrangères. Si c'était une très bonne nouvelle pour lui, car le taux de change devenait intéressant pour les étrangers concernant les commandes de services et les produits sur le marché américain, en revanche, les importations venaient de prendre un coup d'arrêt très net. M. Onckok souhaitait que mon père soit vigilant sur le développement des produits de la Hot Chestnut Cie de manière à limiter les risques.

À la même époque, une loi recommandait « très fortement » au monde industriel de signer un accord qui s'appelait « The Blue Eagle At Work », l'Aigle Bleu Au Travail. Il s'agissait de la mise en place d'un système plus ou moins syndical qui permettrait aux employés et aux chefs d'entreprise de signer des accords sur le montant des salaires et sur des conventions collectives. Dans un pays libéral, c'était une première. Beaucoup d'industriels et de chefs d'entreprise n'appliquèrent pas cette loi fin 1933. Mais dès le début de 1934, la pression du gouvernement fut sans équivoque. Une énorme campagne de promotion obligeait les entreprises qui avaient signé l'accord à apposer sur leur porte d'entrée un énorme emblème reconnaissable de loin, et dénigraient avec force les entreprises qui ne l'avaient pas signé.

C'est à cette période que fut créé L'« American Liberty League », la Ligue Américaine pour la Liberté, une organisation opposée à ce projet et financée par les grands industriels américains de tous bords. Mais ils ne furent pas en position de discuter avant 1936. Contraints et forcés, mon père et M. Onckok durent signer l'accord. En dehors de quelques avancées pour les employés, le montant du salaire moyen augmenta, ce qui n'était pas une mauvaise chose pour eux, mais la rentabilité de l'entreprise en fut touchée. Il n'y eut plus d'embauche et la production fut limitée.

La fin de l'année, pour le gouvernement, fut d'ailleurs chaotique. Le président Roosevelt connut sa première défaite à la Chambre des représentants et au sénat, mais il remporta triomphalement, malgré tout, les élections de novembre.

The Chicago World's Fair

Les affaires de mon père se développaient raisonnablement. La progression du chiffre d'affaires était constante, à tel point que les ateliers de Cambridge étaient devenus presque trop petits. Mais une savante réorganisation avait nettement arrangé les choses. Le moindre centimètre des 5 000 m² était utilisé. Le carnet de commandes permettait de voir l'avenir sereinement pour au moins un an. Mon père avait d'ailleurs placé de nouveaux responsables dans chaque secteur, et l'usine, comme il l'appelait à ce moment-là, ronronnait tranquillement.

Vers la fin du mois de février, M. Onckok lui demanda de passer à son bureau. Mon père était un peu surpris car ce n'était pas dans ses habitudes. D'ordinaire, il venait directement voir mon père à l'usine ou à la maison. Il devait se passer quelque chose de grave pour qu'il lui demande de se déplacer.

– Bonjour, William, dit M. Onckok, connaissez-vous l'Exposition universelle de Chicago ?

– Bonjour, John, oui bien sûr, j'en ai entendu parler. Elle a commencé l'année dernière et elle est renouvelée cette année. Pourquoi cette question ?

– Il se trouve que je viens de décrocher un contrat très

important suite à la défection d'un concurrent. Je dois construire en urgence deux grands pylônes de 180 m de haut pour y suspendre un train, ou plutôt une sorte de téléphérique au-dessus du canal de l'Exposition.

– Eh bien, je vous félicite. Mais c'est de cela que vous vouliez me parler ?

– En quelque sorte. Vous vous souvenez de Charles Ellis, vous l'avez rencontré à la garden-party.

– Oui, très bien, c'est l'architecte du Golden Gate de San Francisco. On parle souvent de lui dans la presse.

– Exactement. Il se trouve que, par le truchement de certaines relations, il a fait une description très détaillée de vos cuisinières à l'un de ses amis. Et l'un d'eux a très envie de vous rencontrer.

– Mais c'est parfait, c'est une excellente nouvelle. Quand puis-je le voir ?

– Ce n'est pas si simple, William. En effet, ce n'est pas le premier venu. C'est l'un des plus gros entrepreneurs de la région de Chicago, qui construit des maisons individuelles tout équipées. Il est à la recherche d'un nouveau fournisseur pour ses cuisines. Charles Ellis lui a parlé de vous, et je ne vous fais pas un dessin, une référence comme celle-là, c'est de l'or en barre.

– Oui, je comprends, mais où est le problème ?

– Le problème, je vais vous expliquer. Cet homme d'affaires a un emplacement à l'Exposition universelle de Chicago, dans le pavillon américain, où il doit présenter cinq maisons témoins. Elles devront être équipées du sol au plafond, y compris la cuisine, bien sûr. L'Exposition ouvre le 26 mai et durera jusqu'à fin octobre.

145

– Vous voulez dire le 26 mai prochain ?

– Oui, mais le délai n'est pas le seul problème. Les cuisinières que vous fabriquez actuellement sont pratiquement faites à la main sur un mode artisanal. Le problème est qu'il vend plusieurs centaines de maisons par an. Il faudrait que vous puissiez suivre la cadence, si vous voyez ce que je veux dire. Je suis convaincu que vous pourriez fabriquer cinq cuisinières d'ici le début de l'Exposition. En admettant que vos cuisinières lui plaisent, et qu'il décide de passer commande, il faudrait que vous soyez sûr de pouvoir livrer ensuite les commandes qui seront passées lors de l'Exposition. De plus, je pense que vos prix sont beaucoup trop élevés pour lui. Vous voyez le problème, maintenant ?

– Oui, je comprends, dit mon père très déçu.

Mon père avait compris que ce marché était réservé à des industriels dont une partie de la fabrication était automatisée. Pour le moment, il n'avait pas de près ou de loin la capacité de production pour répondre à une telle offre.

– Comme je vous l'ai toujours dit, je suis prêt à vous aider. Mais je ne peux pas compromettre ma réputation en proposant une affaire qui ne pourrait pas fonctionner.

– N'en dites pas plus, je comprends. En tout cas, c'est gentil de la part de Charles Ellis d'avoir pensé à moi.

– Écoutez William, j'ai peut-être une idée ! Ce ne sera pas simple et nous manquons de temps. Il faut aussi que j'en parle à Jo. Mais voilà mon idée. Et si l'on fabriquait des cuisinières ensemble, sur un modèle que Susan dessinerait de façon adaptée à la production en série. Avec nos machines-outils, nous pourrions très bien fabriquer la plupart des pièces, il ne resterait plus que l'assemblage. Qu'en pensez-vous ?

– Ce serait merveilleux.

Mon père avait prononcé cette phrase avec enthousiasme, un enthousiasme qui était redescendu tout de suite.

– Mais nous n'avons jamais fait ça. Il faut tout réapprendre.

– Je sais bien. Il y a des dizaines de choses à voir. Voilà ce que l'on va faire : parlez-en à Susan et voyez comment vous pourriez faire de votre côté. Pour ma part, je vais voir avec Jo quelles sont nos possibilités. Mais il faut aller vite. On se revoit ici demain en fin d'après-midi, disons vers cinq heures, après la fermeture de l'usine.

Mon père rentra précipitamment et raconta à ma mère sa conversation avec M. Onckok. Elle avait exactement le même sentiment que mon père, un mélange d'enthousiasme et de retenue. Ils souhaitaient tous les deux pouvoir accrocher ce marché. En même temps, ils hésitaient énormément à tout remettre en question après seulement un an et demi d'existence de l'entreprise. Ils avaient déjà tellement trimé et investi d'énergie qu'ils étaient frileux face à un projet d'une telle importance. Par ailleurs, ils avaient en mémoire le Krach de 29. La situation se présentait exactement de la même façon. Vouloir devenir plus gros, trop vite, sans expérience, bref tous les mauvais ingrédients qui les avaient fait plonger étaient réunis. Malgré le soutien de M. Onckok, ils n'étaient pas rassurés. Ils décidèrent néanmoins de rédiger un résumé de la situation et des possibilités qui leur étaient données pour approcher un tel marché. Ils établirent un bilan précis de leurs activités, mais sans conviction. Le lendemain, ma mère se leva de bonne heure et commença à travailler sur des dessins de cuisinières qui puissent être fabriquées par différentes machines-outils. Elle n'avait pas une grande expérience mais le bon sens féminin la guida.

La réunion

En arrivant à la réunion, mes parents avaient pris la décision de ne pas donner suite au projet. Ils considéraient qu'il y avait trop de risques et pensaient que M. Onckok serait du même avis. Quand ils rentrèrent dans le bureau, ils furent surpris de trouver Mme Onckok. Avec sa gentillesse habituelle, elle les accueillit chaleureusement et ils remarquèrent qu'elle avait préparé des sandwiches et des boissons, ce qui indiquait que la réunion serait longue. M. Onckok vit tout de suite la mine déconfite de mes parents. Joseph Watterson était présent, ce qui ne les surprit pas. Après les politesses d'usage, M. Onckok prit la parole.

– Asseyez-vous, je vous en prie. Si vous le voulez bien, je vais vous expliquer l'état de notre réflexion.

– Je pense que ce n'est pas nécessaire, dit tout de suite ma mère.

– Je pense au contraire qu'il faut que vous écoutiez attentivement.

– John, nous avons déjà pris notre décision. Les risques sont trop importants et nous ne voulons pas mettre en péril l'entreprise.

— Je comprends, dit M. Onckok. Mais je vous demande de nous écouter et de reporter votre décision à la fin de nos explications. Êtes-vous d'accord, Susan ?

Mes parents se regardèrent, puis firent le tour des regards des autres personnes présentes dans la pièce, avant d'accepter de les écouter.

— Le projet que je vais vous présenter est le fruit d'une réflexion que nous avons eue ensemble, Mme Onckok, Joseph Watterson et moi-même. Je vous demande de me laisser aller jusqu'au bout sans m'interrompre, de manière à ce que vous ayez tous les éléments pour prendre votre décision.

Le ton était solennel et mes parents ne purent qu'accepter.

— Je pense que vous avez compris, suite à notre conversation d'hier, que seule une entreprise industrielle peut répondre à cette offre. Nous avons donc décidé d'en monter une, dédiée à la fabrication d'appareils ménagers pour répondre au mieux aux conditions de la demande.

— Mais John, je vous ai apporté les bilans de l'entreprise, ne voulez-vous pas les regarder avant de continuer ?

— Je vous ai demandé d'écouter jusqu'au bout, si vous le voulez bien.

La voix rauque avait complètement disparu, M. Onckok prenant bien soin de ne pas brusquer ma mère.

— Oui, pardon, je vous laisse continuer.

— Cela risque d'être long, soyez patients. Comme vous le savez, nous nous sommes récemment agrandis. Nous avons des locaux encore disponibles pour le moment…

M. Onckok partit dans une grande explication sur la situation de la société Onckok. Il faut reconnaître qu'elle était florissante. Si l'on prenait tous les contrats avec l'armée, les chemins de fer, l'automobile, l'administration en général et tout le reste, cela faisait travailler près de 1 000 personnes dans l'usine. Les contrats à venir permettraient d'embaucher plus de 500 personnes dans les quatre années à venir. La plupart des contrats étaient déjà signés et on était à la recherche de nouveaux contrats pour les cinq années suivantes. Le chiffre d'affaires de l'entreprise était énorme. Bref, si la situation politique et économique restait stable, il n'y avait pas de souci à se faire.

L'entreprise n'était pas à proprement parler une aciérie, Onckok étant spécialisé dans le traitement des métaux et de toutes les pièces spéciales. Par exemple, pour le chemin de fer, recevait les rails bien droits qui avaient été fondus dans les aciéries, les modifiait pour les adapter aux commandes (virages serrés, aiguillages) et tout ce qui concernait les éléments d'assemblage. Pour l'automobile, il faisait aussi bien des lames de ressort pour les suspensions de voitures que des supports de boîte de vitesses, etc. Pour la construction navale, il produisait des portes étanches de navire, découpait des marches d'escalier ou tournaient les arbres d'hélice pour les parties mécaniques. Bref, il transformait les métaux. C'était sa spécialité. Mais comme il était fondeur dans l'âme, il avait gardé toute une partie des ateliers pour la forge ou la fonderie. La forge servait exclusivement à faire de petites pièces dont l'industrie lourde ne voulait pas. Un marché de niche dans lequel il avait fait fortune.

Il avait récemment développé l'entreprise en louant des locaux de l'autre côté de la rue, où il comptait installer des machines-outils pour la production de pièces détachées et de pièces embouties. Les entrepôts étaient disponibles et les machines devaient arriver trois semaines plus tard. Cet espace était dédié à des contrats futurs.

Ces locaux étaient constitués de grands hangars bétonnés, avec une série de bureaux sur la face avant au premier étage. Tous les contrats d'électricité, d'eau et de téléphone étaient déjà signés, et il y avait même des quais de chargement pour les camions sur le côté.

Il y avait donc la structure pour accueillir la production de cuisinières. Le matériel pourrait être installé rapidement, l'atelier pourrait entrer en production d'ici un mois et demi tout au plus. Pour la réalisation de l'outillage et l'emboutissage de tôle, il fallait compter à peu près un mois, avec les essais, pour valider la production des pièces. Bref, on était dans les délais pour l'Exposition universelle de Chicago.

Après la présentation des locaux et des machines, Onckok passa directement au projet lui-même. Il prévoyait de constituer une société indépendante des deux autres où l'on fabriquerait tout le matériel de cuisine. En effet, les trois compères avaient prévu de produire non seulement des cuisinières mais également des ustensiles et des plats, ainsi que des couteaux et fourchettes en acier inox. Ce nouveau métal, qui avait été mis au point en 1924 en Angleterre dans les laboratoires Brown-Firth, par un dénommé W. H. Hatfield, était déjà utilisé par M. Onckok pour la fabrication de pièces de marine.

Pour rendre cette opération possible, il proposait de se retirer de la société Onckok et de transmettre la direction générale à

Joseph Watterson, qui du même coup deviendrait actionnaire à hauteur de 10 %. Il aurait donc les coudées franches pour diriger la nouvelle entreprise.

Pour le tour de table, M. Onckok était prêt à investir 100 000 $ sur ses fonds propres, ce qui permettrait de financer le fonctionnement, sans chiffre d'affaires, pendant un an. Ces 100 000 $ seraient investis à fonds perdu, prenant en compte le risque que la société ne puisse tout simplement pas décoller. Il en était conscient et prenait toutes les mesures du risque à sa charge.

Concernant le personnel, il embaucherait en premier lieu un ami de Joseph Watterson, diplômé d'ingénierie du MIT, pour diriger toute la production. Une partie du personnel spécialisé dans les pièces d'emboutissage et de mécanique serait débauchée de la société Onckok et réembauchée immédiatement dans la nouvelle structure.

Concernant mes parents, ma mère serait la directrice artistique, en charge du design et de la mise au point de nouveaux produits. Elle aurait également toute latitude de continuer à travailler pour la Hot Chestnut Cie, comme bon lui semblerait, avec la condition d'être à jour de son travail dans la nouvelle entreprise.

Mon père, lui, continuerait son travail à la Hot Chestnut Cie pour le développement des produits sur mesure.

Concernant l'avenir, et en espérant que le succès soit au rendez-vous, mes parents auraient la possibilité de racheter 10 % de l'entreprise chaque année, jusqu'à en devenir propriétaires au bout de dix ans. Ces dix années étaient une limite basse et pourraient être reportées si cela semblait nécessaire.

Pour la partie commerciale, M. Onckok souhaitait engager une équipe de commerciaux qui serait spécialisée dans la présentation des produits auprès des grands magasins et des grands centres de distribution. Cette équipe serait scindée en deux, certains étant en charge du matériel destiné aux particuliers, les autres du matériel destiné aux restaurants et à tous les métiers de bouche, incluant les grandes entreprises alimentaires industrielles.

Un court business plan avait déjà été couché sur le papier par Joseph Watterson. Les projections étaient intéressantes et on envisageait une rentabilité avant 24 mois.

Pour que le deal ne soit pas contestable par qui que ce soit, et surtout pas par l'administration fiscale, M. Onckok souhaitait que mes parents investissent entre 5 000 et 10 000 $ dès le début de l'opération. Si cela était nécessaire, M. Onckok leur ferait un prêt.

Puis il conclut que la présentation à l'Exposition universelle de Chicago était la première étape, très importante, qui permettrait de valider l'avenir commercial des produits. Tout le projet reposait sur ce succès. Si, a contrario, on avait la preuve qu'il n'y avait pas d'avenir pour les produits que ma mère allait créer, le projet serait abandonné immédiatement. C'est-à-dire à la fin de l'Exposition en octobre prochain.

Pour que cette présentation soit réussie, il était nécessaire que ma mère travaille d'arrache-pied dans les jours et semaines à venir pour concevoir un produit fabriqué de manière industrielle. Le prototype serait assemblé à la main mais à base de pièces réalisables par des machines-outils. Il était nécessaire d'envisager le process d'assemblage et de le valider. C'est notamment-là que devait intervenir l'ami de Jo. Pour être définitivement certain du succès du matériel, il demanderait à l'entreprise qui avait fait l'appel d'offre de leur permettre d'avoir un présentoir sur lequel seraient alignés les différents modèles proposés. C'était une négociation qui ne faisait pas peur à M. Onckok, à l'instar de ce qu'ils avaient fait lors de la garden-party.

– Je crois que je n'ai rien oublié, dit M. Onckok.

Un silence profond régnait dans la pièce. Mes parents s'observaient, puis découvrirent sur le bureau tous les documents que M. Onckok avait étalés pendant sa présentation. Enfin, ils regardèrent tour à tour Mme Onckok et Jo qui ne disaient mot. Les regards se croisaient et on sentait une certaine impatience chez leurs interlocuteurs. Mes parents ne savaient pas quoi répondre. Alors que mon père restait paralysé, ma mère prit la parole.

– Pourquoi faites-vous tout ça, John ?

– Oh, il y a tout un tas de raisons ! Au début, je peux bien vous l'avouer, je voulais vous aider. Vous en connaissez le motif et je ne reviendrai pas là-dessus. Mais j'ai découvert un véritable talent chez vous. Je vous l'avoue, je n'avais jamais imaginé que votre entreprise marcherait aussi bien et aussi vite. Je connais très peu d'exemples dans le monde professionnel de gens qui peuvent se targuer d'avoir monté une société en si peu de temps et d'avoir aujourd'hui une telle rentabilité. Surtout dans votre secteur. Nous sommes encore en pleine crise et force est de constater que vos produits se vendent bien.

– Je vous remercie, mais ce n'est pas tout à fait la question. Pourquoi le faites-vous pour nous ?

– J'ai 66 ans. Mme Onckok et moi, nous ne serons pas éternels. Comme je l'ai dit à votre mari, je souhaite que Jo prenne ma suite. Il en est fort capable. Mais c'est simplement que j'ai peur de m'ennuyer si j'arrête de travailler. Il est temps pour moi de passer les rênes. Avec ce nouveau projet, je fais coup double. Je continue à travailler dans une entreprise plus modeste, et je peux enfin réaliser la promesse que j'avais faite à Jo. De plus, c'est une véritable opportunité pour vous. Mais malheureusement, votre histoire ne vous permet pas d'être audacieux. Le Krach de 29 vous a rendu prudents, et ça c'est très mauvais pour les affaires. Comme je l'ai dit à votre mari, les choses auraient pu tourner différemment, et même tourner à votre avantage lors du Krak, mais ça n'a pas été le cas. Rien ni personne n'est à blâmer, c'est comme ça, c'est tout. Et je comprends votre prudence, c'est tout à fait naturel. Pour moi, au contraire, depuis que je vous ai rencontrés ma vie a complètement changé. Aujourd'hui, je suis riche et je pourrais très bien aller pêcher. Mais je n'aime pas la pêche. En revanche, j'ai toujours été attiré par de nouveaux projets, et je trouve celui-ci parfait. Il vous suffit de dire oui et Mme Onckok et moi serons les plus heureux du monde.

– Et si ça ne marchait pas, dit mon père.

– Eh bien, ça ne marchera pas. J'aurai passé un bon moment à travailler sur ce projet, vous garderez votre entreprise et Susan pourra utiliser son travail pour la Hot Chestnut Cie. J'aurai perdu 100 000 $. Et puis c'est tout. Rien de grave sous le soleil, je vous rassure. J'ai largement les moyens. La société Onckok réintégrera les locaux et le personnel. Ça passera en pertes et profits. Non, je vous assure, ça ne changera pas le sens de rotation de la Terre.

Mes parents se regardèrent. Ils réfléchissaient. Vu l'exposé qu'avait fait M. Onckok, il n'y avait pratiquement aucun risque pour eux. C'en était presque gênant tellement l'affaire était simple. Ma mère avisa Mme Onckok d'un regard interrogateur.

— Et vous, qu'en pensez-vous ?

— Je suis entièrement d'accord avec mon mari et je n'ai rien à ajouter.

— Et vous ? dit mon père en regardant Jo.

— Oh moi, mon seul regret est de ne pas pouvoir travailler directement sur le projet ! Mais ne vous en faites pas, je serai là pour vous aider.

— Eh bien ! dis mon père en regardant ma mère, avez-vous choisi un nom pour cette entreprise ?

Et tout le monde éclata de rire. Ils se mirent au travail tout de suite, en ouvrant les gros dossiers que mes parents avaient apportés. Ma mère montra les premières esquisses des nouvelles cuisinières qu'elle avait réalisées. Les femmes s'installèrent à un bout de la table de réunion, pendant que les hommes s'installèrent à l'autre, comparant les chiffres tout en étudiant attentivement les plans des ateliers. La réunion se termina tard dans la soirée et ils se retrouvèrent au restaurant pour fêter le démarrage du nouveau projet. Et tant pis pour les sandwichs…

The McHover Construction Inc.

Dès le lendemain, M. Onckok passa le coup de fil à la société qui avait fait l'appel d'offres. Il s'agissait de la McHover Construction Inc., dirigée par M. Charles McHover qu'il eut au téléphone très rapidement.

L'histoire de cette entreprise, comme souvent aux États-Unis, est étonnante. Elle avait été créée par le grand-père de Charles McHover et était à l'origine spécialisée dans l'approvisionnement en eau des habitants de Chicago. Il faut dire qu'au milieu du XIX siècle, l'eau était puisée essentiellement dans le lac Michigan. Elle était souvent polluée, beaucoup de tentatives d'assainissement ayant échoué. Mais bizarrement, la plupart des habitants de la ville préféraient l'eau du lac plutôt que l'eau de source qui était plus chère du fait que les nappes phréatiques étaient assez éloignées de la ville.

En 1916, les McHover participèrent à l'installation d'un système de désinfection par injection de chlore au niveau des pompes de relevage et commencèrent à envisager une solution. Dans les années 20, l'entreprise abandonna le traitement de l'eau pour se consacrer à l'assainissement des sous-sols de la ville. Chicago étant située au bord du lac, il était impossible de creuser très profondément sans tomber sur un sol meuble qui empêchait toute construction plus haute que quelques étages. L'entreprise devint spécialiste des fondations en béton et en métal pour les buildings qui commençaient à se construire.

À l'approche des années 30, l'explosion des constructions de gratte-ciel et la spécialisation de l'entreprise propulsèrent M. McHover au sommet des entrepreneurs de la région. Mais comme c'était un homme extrêmement intelligent et particulièrement avisé, il créa une deuxième activité dans la construction de maisons individuelles en banlieue et bientôt dans tous les états autour du Michigan. Il était aujourd'hui à la tête d'un groupe qui, comme l'avait dit M. Onckok, construisait plus de 500 maisons individuelles par an, livrées la plupart du temps entièrement meublées, du sol au plafond, dans des banlieues chic et arborées.

La conversation fut très courte, M. McHover, qui attendait ce coup de fil depuis plusieurs jours, proposa de venir directement à Boston pour voir le matériel sur place. Mais comme le matériel n'était pas encore conçu ni construit, le rendez-vous fut pris pour la semaine suivante. Ils avaient huit jours pour réaliser le premier modèle de cuisinière.

Une entreprise en huit jours

Dans la même journée, M. Onckok réunit toutes les personnes qui faisaient partie du projet. L'ami de Jo, un certain Édouard Legge, fut embauché immédiatement. Une partie du personnel de la société Onckok fut envoyée directement dans l'atelier pour commencer à installer le matériel. Une équipe de ménage travailla toute la journée pour mettre les bureaux en ordre. Le soir, tout était opérationnel.

Dire que ce fut la panique est très loin de la réalité. Ce fut un coup de tonnerre quand mes parents eurent le coup de téléphone de M. Onckok. Toute l'équipe se mit au travail. Même Mme Onckok prêta main-forte à ma mère, non pas pour lui apporter ses connaissances en matière de cuisinière mais pour la rassurer et, accessoirement, faire les sandwiches pour le déjeuner.

Pendant ce temps, M. Onckok s'était concentré sur la constitution de la société. Une fois toute la paperasserie faite, prête à être déposée à la Chambre de commerce, il s'aperçut qu'il n'y avait qu'une case qui n'avait pas été remplie : le nom de l'entreprise. Un petit détail qui risquait de poser problème. Il réfléchit cinq minutes et prit une décision irrévocable. La société s'appellerait : « O & A », pour Onckok et Avallon Associés.

Les documents étaient déjà partis à la Chambre de commerce quand il se rendit dans les ateliers pour voir comment tout cela se déroulait. Puis il monta dans les bureaux pour voir ma mère.

– La société s'appelle O & A, dit M. Onckok à ma mère. Ça vous va ?

– Oui, très bien, dit ma mère qui était concentrée sur ce qu'elle faisait et n'avait même pas écouté, mais vous avez déjà constitué tout le dossier ?

– Oui, madame, le Seigneur a fait le monde en sept jours, je peux bien monter une société en huit. Et il éclata de rire.

– Oh, je vous fais confiance.

– Comment ça se présente ? demanda-t-il.

– Très bien. Édouard Legge est très efficace comme manager. Actuellement, je suis en train de finir les dessins, ma collaboratrice peaufine les détails, avant qu'Édouard fasse les cotations. Ensuite, c'est envoyé dans l'atelier en bas et ils fabriquent tout de suite la pièce. Pour tous les systèmes de robinet et de brûleurs, nous avons démonté une vieille cuisinière car nous n'avons pas le temps de fabriquer les nôtres. On verra ça pour les modèles de série. Si tout va bien, le premier prototype devrait être achevé ce week-end.

– Excellent, ça prend tournure…

Ils avaient travaillé à ce rythme pendant toute la semaine, et la veille du fameux rendez-vous de présentation, ce n'était pas un mais deux prototypes qui avaient été réalisés. Toute l'équipe était euphorique d'avoir réussi ce tour de force. On avait même organisé un petit pique-nique dans l'atelier avec les employés pour fêter ça. Tous avaient travaillé plus de 15 heures par jour pour en arriver là et il fallait leur montrer de la reconnaissance. Mon père les rejoignit en fin d'après-midi et mes parents y passèrent ensemble une partie de la soirée.

De son côté, mon père avait passé toute la semaine à s'occuper de la Hot Chestnut Cie, et les affaires marchaient très bien. L'organisation de l'entreprise fonctionnait à merveille et il avait même beaucoup de temps pour affiner les détails. Il passait le soir pour chercher ma mère et rentrait à la maison. Ils se racontaient mutuellement leur journée, et ce soir-là, la fatigue commençait à se faire sentir. Au moment de se coucher, ma mère fut prise d'une crise d'angoisse.

— Et si ça ne plaisait pas à McHover ? demanda-t-elle d'un ton angoissé.

— Mais pourquoi ça ne lui plairait pas, elles sont magnifiques tes cuisinières.

— Mais comment peux-tu être objectif, tu es trop près du projet et en plus tu m'aimes, tu es prêt à répondre n'importe quoi, dit ma mère sur un ton agressif.

— Ma chérie, hou hou ! c'est moi, William, ton mari. Il n'y a pas de problème, elles lui plairont, j'en suis sûr.

Elle grommela quelque chose que mon père ne comprit pas puis elle s'endormit immédiatement. Le stress et la fatigue étaient tels qu'elle était arrivée au point de rupture. Il était grand temps que M. McHover arrive.

M. McHover

Le lendemain matin, toute l'équipe s'était réunie pour présenter les nouvelles cuisinières du mieux possible. Une petite estrade avait été installée où les modèles trônaient magistralement. M. Onckok, accompagné de Mme Onckok, était allé chercher M. McHover à l'aéroport. La voiture se gara devant le hangar et ses passagers entrèrent d'un pas décidé. À la grande surprise de mes parents, Charles Ellis était avec eux. Ma mère sentit ses jambes se dérober sous elle et faillit tomber à la renverse. Mon père la soutenait en lui tenant le bras. L'incident dura quelques fractions de seconde et passa inaperçu, enfin c'est ce qu'ils croyaient.

M. Onckok fit les présentations et, comme à son habitude, ma mère piqua un fard. Mon père n'en menait pas beaucoup plus large, mais au moins il essayait de garder une certaine contenance. Après une présentation sommaire, M. Onckok proposa à ses invités de regarder le matériel.

M. McHover fit le tour lentement de chaque cuisinière, examinant attentivement les détails sans rien dire. Il passa plusieurs minutes sur chaque appareil, touchant ici, tournant le robinet là, vérifiant la stabilité de l'appareil, passant son doigt sur les tôles. Son inspection générale dura plus de dix minutes. Charles Ellis faisait exactement la même chose, toujours dans un silence religieux. Dans ce grand hangar, qui était encore partiellement vide, seuls les bruits de l'industrie alentour se faisaient entendre. Mes parents étaient pétrifiés.

Puis chacun des deux hommes se regarda par-dessus les machines. Leurs regards se posèrent sur les deux cuisinières pendant quelques instants. Puis ils se regardèrent de nouveau et Charles Ellis fit un signe de tête à M. McHover, signifiant clairement : « Oui, tu peux y aller ». À cet instant précis, M. Onckok prit la parole.

— Messieurs, si vous voulez bien passer au bureau, c'est par là, et il désigna l'escalier qui montait au bureau de l'étage.

Mes parents n'étaient pas sûrs de comprendre. Ils les regardèrent monter tous les trois l'escalier, suivis de Mme Onckok qui leur fit signe de monter d'un clin d'œil. Arrivés dans le petit bureau, ils s'installèrent autour de la table à dessin de ma mère. M. McHover regarda ma mère dans les yeux et lui dit.

— Alors c'est bien vrai, c'est vous la créatrice ?

— Oui, c'est exact, M. McHover, j'espère que les cuisinières vous ont plu.

— Très honnêtement, je dois vous avouer que si je suis là, c'est parce que Charles Ellis m'a fait une description si enthousiaste des modèles Hot Chestnut Cie que je voulais absolument les voir. En revanche, quand j'ai su que vous aviez monté une structure de production industrielle, j'ai craint que vous ayez dénaturé les modèles qu'il avait vus. À ce que je comprends, ce n'est pas le cas.

– Absolument pas, dit Charles Ellis. J'ai beaucoup aimé le modèle que vous aviez présenté chez M. Onckok, et je dois dire que je suis très agréablement surpris que vous ayez réussi à créer un modèle industriel tout aussi beau. Madame, je vous félicite sincèrement. C'est un très beau travail.

Décrire les modèles de ma mère n'est pas une tâche aisée. C'étaient des modèles inspirés de ceux utilisés dans les bateaux, donc relativement parallélépipédiques, et utilisant les matériaux bruts. Mais ma mère avait le souci du détail et sa féminité l'avait amené à harmoniser ces matériaux bruts en les juxtaposant à des matériaux décorés. L'ensemble était sobre tout en étant élégant. Les deux modèles pouvaient s'intégrer dans des cuisines de différents styles.

De plus, ma mère avait repris tout un tas d'astuces des modèles utilisés sur les bateaux, bien pratiques pour installer de grosses casseroles comme des petites, suspendre des accessoires, et équipés de systèmes de sécurité pour ouvrir les portes ou maintenir les casseroles en place. C'était très révolutionnaire pour l'époque.

Pour des questions d'industrialisation, elle avait dû simplifier énormément les modèles de la Hot Chestnut Cie mais n'avait en rien altéré le design général. Édouard Legge avait trouvé le moyen d'alléger les matériaux, de façon à construire moins cher tout en gardant le style d'origine. Si l'on ajoute la multitude d'astuces trouvées par Édouard, le processus de fabrication leur permettait d'envisager des temps de production extrêmement courts pour l'époque.

– Quoi qu'il en soit, je vous félicite, dit M. McHover. Je trouve vos modèles superbes. Si le responsable des achats ne découvre pas de problèmes majeurs et surtout si le prix est bon pour lui, que les services techniques donnent leur approbation, je suis très intéressé. Maintenant, Charles Ellis m'a parlé des modèles Hot Chestnut Cie. J'aimerais bien les voir. Où sont-ils ?

– Ils sont dans notre boutique de Boston. Si vous voulez les voir, je vous propose de vous y emmener maintenant, dit mon père.

– Très bonne idée, dit M. Onckok. Puis nous irons au restaurant. Ça me donne toujours faim, les bonnes nouvelles.

O & A

Dans la boutique, les deux visiteurs craquèrent complètement sur les modèles exposés. M. McHover regrettait amèrement que les prix soient trop élevés pour qu'ils puissent prendre place dans les cuisines qu'il installait dans ses maisons. Mais il se consola en commandant pour chez lui la plus belle et la plus grande cuisinière que la Hot Chestnut Cie fabriquait. Charles Ellis fit de même avec un modèle plus petit, plus adapté à sa maison de San Francisco, dont la cuisine était au premier étage. Les deux hommes, en revanche, avaient pris des modèles sur mesure et avaient demandé à ma mère de créer un petit détail original pour qu'ils restent uniques.

En début de soirée, tout le monde se retrouva au restaurant pour fêter dignement cette rencontre. Ma mère était détendue et M. McHover comme Charles Ellis la trouvèrent charmante. Ils l'invitèrent avec mon père à venir les voir à Chicago et San Francisco. Les choses se déroulaient si bien que M. Onckok, qui ne perdait jamais le nord, glissa sa requête concernant l'Exposition universelle. Il demanda tout net s'il était envisageable d'installer un stand de l'O & A au milieu des maisons pour présenter les modèles de cuisinières. M. McHover accepta avec bienveillance et précisa qu'il fallait absolument le tenir informé s'il y avait le moindre problème.

Le lendemain, les choses sérieuses commencèrent. Le travail reprit de plus belle mais à un rythme moins soutenu. Quelques jours plus tard, ils reçurent un câble de la McHover Construction Inc., qui proposait un rendez-vous trois semaines plus tard pour inspection des modèles et discussion des prix. Il n'y avait pas de temps à perdre.

Trois nouveaux modèles complétèrent la gamme qui avait été présentée à M. McHover. Il y avait désormais un modèle d'entrée de gamme à un prix très intéressant, trois modèles intermédiaires de tailles différentes et aménagés différemment, un modèle haut de gamme réservé aux maisons cossues. Les cinq modèles avaient été mis au point pour une fabrication industrielle et un assemblage en série.

Ma mère dessina de nouveaux robinets et de nouveaux brûleurs. Ils partirent directement chez Onckok pour être moulés et fondus. Les robinets étaient en laiton et les brûleurs en fonte. Bien évidemment, les modèles s'harmonisaient parfaitement avec les cuisinières. Puis on mit au point différents accessoires fabriqués à base d'acier et encore une fois adaptés à la fabrication industrielle. Bref, les cinq modèles furent terminés à temps pour l'inspection et la grande expérience de M. Onckok permit d'établir une grille de tarifs. L'O & A était prête.

Pendant ce temps, la Hot Chestnut Cie ronronnait tranquillement. Les produits alimentaires se vendaient bien tandis que du côté des cuisines une liste d'attente avait été ouverte. Cela tenait aux effets de la publicité et de la notoriété engendrée par la garden-party.

La visite technique de la McHover Construction Inc. ne fut qu'une formalité. Les produits étaient conformes et aucun problème particulier n'avait été relevé. S'ensuivit une discussion entre l'acheteur et M. Onckok durant laquelle on négocia âprement les tarifs. Ils finirent par tomber d'accord et une commande ferme fut passée. Elle était destinée aux maisons témoins installées dans les différents endroits de commercialisation du Michigan. Une quarantaine de cuisinières en tout devaient être livrées fin juillet. Pour l'Exposition universelle, les cinq prototypes devaient être confiés à McHover. Les cinq autres modèles devaient être installés sur le stand, à proximité des maisons témoins et livrés en même temps. L'O & A devait trouver des personnes pour faire la présentation des produits.

Vers la fin avril, la société était prête à produire ses propres modèles. Même M. Onckok n'avait jamais vu ça. Ils avaient mis au point une entreprise capable de produire des cuisinières en moins de deux mois. Bien sûr, il n'y avait que deux chaînes d'emboutissage et, à l'avenir, elles seraient complétées par trois autres presses. Mais le hangar était suffisamment grand pour organiser les chaînes de montage et la production commença tout de suite.

Vers mi-mai, une fois chargées dans le camion les dix cuisinières à destination de l'Exposition universelle, mes parents décidèrent de se rendre à Chicago. Ils prendraient l'avion pour superviser l'installation à l'Exposition universelle. Puis M. Onckok décida de les accompagner.

Le transport aérien à cette époque était très à la mode mais restait très cher. Il y avait peu de vols commerciaux entre Boston, Détroit ou Chicago. Le train était souvent le seul moyen de transport. Mais M. Onckok avait beaucoup de relations et avait sympathisé avec le responsable de la Pan Am qui, depuis 1929, avait obtenu l'autorisation de vol pour le courrier entre différentes villes du nord, notamment Détroit et Chicago. Il avait donc régulièrement la possibilité d'emprunter ces vols, peu confortables mais beaucoup plus rapides. Il avait évidemment proposé à mes parents de bénéficier de ce privilège.

Le stand

Quand ils arrivèrent à l'Exposition universelle, alors qu'elle devait ouvrir 15 jours plus tard, ils découvrirent non pas un parc d'exposition mais une véritable ville en pleine ébullition, en marge de Chicago, tout le long du lac Michigan. Après avoir présenté leurs cartes d'accès, ils prirent un autocar qui les emmena en direction du village américain. C'était absolument gigantesque. De grands buildings en dur avaient été construits un peu partout. De grands halls étaient alignés le long de l'allée centrale. Ils passèrent devant le grand building de la General Motors, puis un petit peu plus loin devant celui de la société Ford, et encore plus loin celui du groupe Chrysler où un circuit de voitures avait été installé. M. Onckok montra à mes parents les deux grandes tours reliées par des câbles sur lesquels était suspendu une sorte de train futuriste qui permettait aux gens d'aller d'une rive à l'autre du grand chenal et offrait une vue panoramique sur l'ensemble de l'Exposition.

Dans le ciel tournoyait un dirigeable aux couleurs de la société Goodyear, célèbre société de pneumatiques. Dans le village américain, on trouvait également un grand parc d'attractions pour les enfants dont le thème était les dinosaures. Autre vedette, King

Kong, dont le film était sorti en mars 1933. L'ensemble des bâtiments était très coloré, du rouge, du blanc, du jaune, du bleu, de l'orange.

Puis il y avait les villages du reste du monde. Ils étaient disséminés un peu partout dans l'Exposition. L'on pouvait voir ici le pavillon de la France, un petit peu plus loin celui de l'Italie ou encore de l'Angleterre, bref plus de 60 pays étaient représentés. Mais ils n'étaient pas là pour visiter. Il fallait aller au plus vite sur les lieux de la présentation, au milieu des maisons témoins de la McHover Construction Inc.

Au village américain, M. Onckok et mes parents se rendirent à l'endroit où les maisons témoins étaient exposées. C'était magnifique. On se serait cru dans une de ces banlieues chic. Les villas avaient été construites en rotonde autour d'une petite place ronde où était garée une voiture, comme si elle appartenait à l'un des propriétaires. La première maison, très jolie, était de style traditionnel avec sa façade de bois peint. Les autres permettaient de retrouver les différents styles de la région du Michigan. Quant à la plus grande, elle était révolutionnaire. Construite en béton, elle avait, avec de grandes baies vitrées, une avancée au-dessus d'une allée pour ranger les voitures qui donnait, au fond, sur un garage fermé. On sentait une envie de progrès, de dynamisme dans le design. C'était parfait pour mettre en valeur les cuisinières.

À l'entrée de ce véritable petit hameau résidentiel, un superbe stand avait été construit au nom de l'O & A. Non seulement ce n'était pas le petit présentoir avec les cinq cuisinières alignées mais on avait construit une véritable boutique. Mes parents furent très surpris et regardèrent M. Onckok d'un air interrogateur. Ça ne correspondait absolument pas au plan qu'ils avaient fait et ils ne retrouvaient pas le matériel qui avait été fabriqué à l'atelier. C'était une petite maison agrémentée d'une vitrine où l'on pouvait voir les cuisinières.

– Vous étiez au courant ? demanda mon père en regardant M. Onckok.

– Absolument pas ! Je ne sais pas du tout ce qui s'est passé, ça me paraît tellement incroyable. Allons voir !

Ils entrèrent dans la maison et tombèrent sur une charmante hôtesse qui leur souhaita la bienvenue.

– Bonjour mesdames, bonjour messieurs, bienvenue à l'O & A, puis-je vous renseigner ?

– Bonjour mademoiselle, dit M. Onckok. Je me présente, je suis John Onckok, voici monsieur et madame Avallon.

– Je suis ravie de vous rencontrer, je suis Andie, votre responsable de stand. M. McHover m'avait prévenue de votre arrivée et je suis ravie de vous souhaiter la bienvenue.

– Je suis ravi également, mais j'aurais besoin de quelques explications. Nous avions préparé un stand qui aurait dû être livré en même temps que les cuisinières. Et j'aimerais savoir qui a donné l'ordre de fabriquer cette maison sans nous prévenir.

– M. McHover, dit Andie. Il a pensé que ça vous conviendrait car il avait peur que les cuisinières ne se voient pas à côté des maisons. Comme il restait de la place sur l'espace qui lui était imparti, il a préféré faire comme ça. Mais il vous expliquera ça lui-même. Il m'a chargé de vous remettre ce billet, il vous attend à l'hôtel pour le déjeuner. Au Pick Congress Hotel sur Michigan

Avenue.

Comme ils avaient encore le temps avant l'heure du déjeuner, ils firent la visite approfondie de la petite maison-stand de l'O & A. Toute la présentation avait été réalisée avec soin et cela mettait véritablement les cuisinières en valeur. Ils étaient très contents. Ils restaient malgré tout très surpris de l'initiative de M. McHover. D'un autre côté, la présentation était bien mieux que ce qu'ils avaient imaginé, mais ils se demandaient combien cela allait leur coûter.

Puis ils partirent se promener pour visiter les différents halls qui étaient aux alentours. C'était magique ! En passant d'un hall à l'autre, on changeait d'univers. Tout était remarquablement fini, souvent d'un grand luxe presque ostentatoire. Et pourtant, la plupart des stands n'étaient pas terminés et de nombreux ouvriers travaillaient sous leurs yeux comme dans une fourmilière. Les uns faisaient de la peinture, les autres plantaient des clous quand d'autres étaient en train d'étaler de la moquette ou installaient du carrelage. Ils étaient impressionnés.

Leur chemin les mena au bâtiment Ford. Il était majestueux. L'entrée était un immense hall au milieu duquel trônait un gigantesque globe terrestre de métal chromé et rutilant, tournant sur lui-même. Au-delà du globe, différentes portes donnaient accès à certaines démonstrations. Sur la gauche, on pouvait voir une enfilade de voitures où tous les modèles de la marque étaient présents. Au milieu, hormis le restaurant gigantesque, il y avait des boxes pour les présentations individuelles. Sur la droite, on rentrait dans une usine d'assemblage où la société Ford avait reconstitué la fabrication complète des voitures. Des machines-outils étaient en mouvement : à un poste on assemblait les moteurs, plus loin on montait les intérieurs et, tout au bout du hall, les voitures sortaient, prêtes à être utilisées. C'était incroyable. Le temps passa et ils durent reprendre le car pour retourner à l'entrée de l'Exposition. Une fois à l'extérieur, ils prirent un taxi pour se rendre à l'hôtel.

Le business à la McHover

Arrivés au Pick Congress Hotel, ils se firent annoncer auprès de M. McHover. On les fit patienter dans un petit salon privé et, quelques minutes plus tard, l'homme fit son entrée.

– Comment trouvez-vous votre stand ? demanda M. McHover à la cantonade.

– Il est formidable, répondit M. Onckok. Mais je vous avoue que nous sommes un petit peu surpris. Vous n'avez pas aimé notre stand ?

– Soyons francs ! Pour ce type d'exposition, il ne valait pas trois clous.

Un silence pesant tomba comme une chape de plomb. Tout ce petit monde se regarda en écarquillant les yeux. Visiblement, ils étaient vexés. M. McHover reprit :

– Mais non, je plaisante. Mais j'ai dû faire face aux impératifs de la foire et votre stand ne convenait pas. Je me suis arrangé, je vais vous expliquer. Tout d'abord, bienvenue à Chicago ! Je vous en prie, asseyez-vous, je vous ai fait préparer un repas typique du Michigan.

Un peu soulagé, tout le monde prit place autour d'une grande table. Dans un coin, ils remarquèrent un immense bureau enfoui

176

sous une tonne de papiers. Visiblement, il travaillait là.

– Je vois que vous avez remarqué mon bureau, c'est effectivement ici que j'ai installé mon QG pour organiser la foire. Mes bureaux sont dans la grande banlieue de Chicago, de l'autre côté de la ville. Pour moi, c'est plus simple de demander à mes collaborateurs de passer ici. J'ai même loué une dizaine de chambres pour eux. Ils travaillent souvent très tard le soir et retournent à l'Exposition très tôt le matin. Je préfère qu'ils restent en forme pour être pleinement opérationnels. À ce sujet, je vous ai réservé deux chambres.

– C'est très gentil de votre part, mais vous nous voyez un petit peu confus, dit M. Onckok. Pourquoi tant de gentillesse ?

– Ce n'est pas de la gentillesse, c'est le business !

– Et vous recevez toujours vos fournisseurs dans ces conditions ?

– Non, pas du tout. Quand je dis que c'est le business, c'est que j'ai quelque chose en tête.

– Au sujet des cuisinières ? dit mon père.

– Entre autres, mais je vais vous expliquer.

M. McHover partit dans une grande explication. L'organisation de sa société était extrêmement structurée. En dehors de la fabrication des maisons ou des immeubles, il avait un département marketing et publicitaire. Pour lui, la réussite de toute entreprise passait forcément par une communication étudiée et extrêmement précise. Il avait remarqué que la société O & A avait d'ores et déjà beaucoup d'atouts dans ce domaine. Non seulement les produits étaient de grande qualité, mais ils étaient accompagnés par des catalogues et des prospectus haut de gamme.

Pour lui c'était très important. Il souhaitait que tous les produits installés dans ses maisons aient un soutien publicitaire de qualité pour promouvoir ses propres constructions. S'il avait fait appel à eux, c'est qu'il avait réalisé une étude de marché auprès de ses clients. Dans la grande majorité, ils avaient réclamé des produits de qualité supérieure, mais pas seulement. Les clients avaient systématiquement donné une marque concernant tel ou tel produit, que ce soit en matière de meubles, de literie ou de produits électroménagers. L'étude montrait notamment que dans le domaine de la cuisson, la plupart des clients étaient à la recherche de produits nouveaux et au design original. Ce qui jusqu'alors n'avait pas été proposé par les fournisseurs de la société de M. McHover.

– Vos produits correspondent complètement à la demande de nos clients, mais pour l'instant vous n'êtes pas une marque. Mon engagement envers vous n'est pas sans intérêt. Dans ce domaine spécifique de la cuisinière de luxe, vous n'avez pas de concurrents pour le moment. Mais en revanche, vous n'êtes pas connus, j'ai fait des recherches. Pour M. Onckok, ça n'a pas été très difficile et je dirais même très rapide. C'est un homme d'affaires connu et estimé, considéré comme très compétent dans son domaine et sur lequel on peut compter. De plus, il s'est construit lui-même en partant de très loin. Quant à vous, William, je sais très bien d'où vous venez. Je ne vous ferai pas l'affront de vous raconter votre vie, mais je la connais parfaitement. Je sais que vous connaissez mes difficultés dans le domaine immobilier car vous fûtes l'un des plus grands de

Boston. Mais il y a deux choses importantes. La première, c'est que malgré le traumatisme du Krach, vous avez remonté une société qui aujourd'hui est bénéficiaire, en appliquant un management et un marketing qui ont fait votre succès. La deuxième, c'est que j'ai plus confiance en un homme qui a subi un revers qu'en un homme auquel tout a toujours réussi. Vous avez appris de vos erreurs et cette expérience est sans équivalent. Je suis convaincu que je peux vous faire confiance. En ce qui vous concerne, Susan, et pour résumer ma pensée, retenez ces mots « je vous considère comme la future designer de ce siècle ».

Très embarrassés, les invités ne purent répondre. Mais que dire? C'était un mélange de compliments et de vérités. Les arguments de M. McHover étaient évidents. Tout ce qu'il avait dit était non seulement exact, mais très finement analysé. Ce n'était pas un ami, c'était un partenaire. Ma mère en revanche ne put s'empêcher de commenter le compliment.

— Je pense que vous me surestimez, dit ma mère.

— Pas du tout, ce n'est pas dans mes habitudes. Je le dis simplement car je l'ai constaté de visu. J'espère que vous me pardonnerez, mais je connaissais déjà vos produits avant même notre premier rendez-vous. Je vous avais espionnée avant de vous faire l'appel d'offres. Je n'ai pas de temps à perdre, et si je n'avais pas été convaincu par vos produits, je ne me serais même pas déplacé. Mais croyez-moi, j'ai été impressionné par votre travail! Passer de la fabrication artisanale à la fabrication industrielle, ce n'est pas donné à tout le monde. Surtout dans le domaine de la création. On vous l'a déjà dit, avec M. Ellis, mais l'adaptation que vous avez faite des cuisinières pour qu'elles puissent être fabriquées à la chaîne, est remarquable. Pour vous, cela peut paraître évident, mais des esprits créateurs comme le vôtre il y en a très peu, et je sais de quoi je parle. J'ai moi-même un bureau d'études d'une vingtaine de personnes qui ne s'occupent que de design et je dois honteusement reconnaître qu'ils ne m'ont jamais présenté un projet de cette qualité.

— Mais dites-moi, vous ne seriez pas en train de recruter mon associée, par hasard, dit M. Onckok de sa voix rauque et grave.

— Et pourquoi pas ? dit M. McHover, le sourire aux lèvres. Non, rassurez-vous, je sais très bien que je n'aurai aucune chance. Cela dit, j'aimerais vous expliquer ce que j'ai en tête.

Il expliqua qu'il avait différents points à voir avec eux. Le premier était la fourniture des cuisinières pour les maisons qui seraient fabriquées dans un proche avenir. Comme il n'était pas homme à laisser les choses dans l'inconnu, il avait contacté des clients déjà installés à qui il avait présenté les nouveaux modèles de cuisinière. Le retour était très positif. Ils avaient même reçu des commandes. Une dizaine de cuisinières avait été commandée sur catalogue. On ne pouvait espérer mieux. De ce fait, il était très optimiste pour l'avenir.

En ce qui concerne le stand, il l'avait trouvé très beau mais la foire lui avait imposé des règles strictes : les organisateurs avaient refusé un stand ouvert pour la présentation des cuisinières, dans un espace qui était réservé à la construction immobilière. Il avait donc modifié un garage indépendant, qu'il avait transformé en boutique. Elles étaient bien mieux présentées et donnaient un certain relief à la société O & A.

Mais ce n'était pas tout. Dans son étude de marché, on

constatait donc que ses clients étaient à la recherche de choses modernes et au design novateur. Or McHover construisait des maisons où l'on pouvait directement intervenir sur le bâtiment lui-même. En revanche, tout ce qui était porte, fenêtres, escaliers, etc. était acheté à l'extérieur. Dans ce domaine, ses fournisseurs habituels ne faisaient que des produits traditionnels. Même pour les fenêtres, il avait dû constituer lui-même ce fameux bureau d'études de design au sein de son entreprise pour réaliser les plans d'exécution. C'est en voyant le travail de ma mère qu'il eut l'idée avec un grand I.

Il s'agissait de signer un contrat avec ma mère afin qu'elle devienne designer en chef pour tous les accessoires autour de la construction. McHover souhaitait qu'elle se penche sur ces produits pour en concevoir et en réaliser une nouvelle génération. Il avait notamment besoin, en urgence, d'un escalier en colimaçon de grande taille, réalisé en acier inox. Il avait même pris contact avec Joseph Watterson pour vérifier la faisabilité d'un tel escalier.

Il y eut un court silence pendant lequel on sentait d'intenses réflexions, faisant bouillonner les cerveaux en présence. Puis M. McHover reprit la parole.

— Je sais bien que vous ne vous attendiez pas à ça. Vous avez maintenant les grandes lignes de mon idée, et je vais vous laisser le temps d'y réfléchir entre vous pour que nous puissions avancer. Comme je vous l'ai dit, je n'ai pas de temps à perdre et je souhaiterais arriver à un accord de principe assez rapidement. J'ai maintenant un rendez-vous qui va me prendre une heure et je reviendrai vous voir. Puis il sortit de la pièce.

M. Onckok et mes parents n'avaient rien dit. Ils l'avaient laissé sortir en le regardant un peu stupéfaits. On entendit une mouche voler pendant quelques minutes avant que M. Onckok prenne la parole.

— Eh bien, pour de l'inattendu, c'est réussi.

— Attendez, dit mon père, laissez-moi récapituler. Si j'ai bien compris, il voudrait que Susan travaille pour lui à la création. Mais à Chicago ?

— Je n'en suis pas sûre, dit ma mère. Et puis de toute façon, avec tout le travail que j'ai à l'usine je ne vois pas comment je pourrais faire.

— Écoutez les enfants, dit M. Onckok. Il est intéressé par deux choses : les produits de l'O & A d'une part, et que Susan fasse de la création pour lui d'autre part. Ce n'est pas forcément incompatible. Je veux dire par là que si l'on pouvait mettre en commun les forces de l'O & A et de la McHover Construction Inc., cela pourrait faire des

étincelles. Il faudrait simplement trouver une organisation aux petits oignons.

— John, nous avons encore tous les produits professionnels à développer, dit ma mère. Il y a également tous les accessoires de cuisine et les services de table. Au programme, nous avons du travail pour au moins deux ans. Comment pourrait-on en plus ajouter des projets pour M. McHover ?

— Comme je vous l'ai dit, il s'agit de s'organiser. Prenons d'abord le sujet principal. Susan, est-ce que travailler pour M. McHover vous intéresserait ? Je veux dire par là, fabriquer des escaliers, des fenêtres, etc., ça vous intéresse ?

– Eh bien, à vrai dire, je ne me suis jamais posé la question. C'est vrai que j'aime beaucoup la décoration, et d'après les réalisations que nous avons faites cela a souvent bien fonctionné. Maintenant, tout dépend du travail que cela demande.

– Et puis il ne faut pas oublier la Hot Chestnut Cie, dit mon père. Susan travaille déjà pour les deux entreprises. En ajouter une troisième, je ne suis pas sûr que ce soit possible, ne serait-ce qu'en termes de temps.

– Vous avez tous les deux raison, dit M. Onckok. Mais je suis sûr qu'il ne nous a pas tout dit. Il nous laisse mijoter. Arrêtons de nous poser des questions dont il a, je pense, déjà les réponses. Laissons-le revenir. Je suis sûr qu'on en apprendra davantage.

Et c'est exactement ce qu'ils firent. Ils passèrent le reste de l'heure à discuter du stand et de tout ce qu'avait dit M. McHover. Ils ne pouvaient s'empêcher de faire des suppositions, mais étaient très positifs sur l'analyse qu'ils en avaient faite. M. McHover revint à l'heure prévue et reprit place à la table.

– Désolé de vous avoir abandonnés, mais il fallait absolument que je voie des détails concernant l'Exposition. Eh bien, en avez-vous discuté entre vous ?

– Oui, dit M. Onckok. Pourriez-vous nous en dire un peu plus sur votre projet ?

– Oui, bien sûr, j'avais presque oublié que j'avais affaire à vous, John, dit-il un sourire aux lèvres et le regard malicieux. On ne vous la fait pas, à vous, hein ?

– Oh, ne voyez aucune stratégie dans mes propos, mais je connais la vie, M. McHover, et comme je l'ai dit à mes associés, je suis sûr que vous avez un projet tout près que vous vous ferez un plaisir de partager avec nous. N'est-ce pas ?

– Oui, c'est bon, je me rends. Voici l'idée…

D'une enveloppe en papier kraft, il sortit quatre grosses liasses de papier dactylographié et en distribua un exemplaire à chacun. Sur le document, il y avait marqué McAvon design.

Le design aux États-Unis dans ces années-là était balbutiant, mais terriblement attirant pour la plupart des industriels et des architectes. Ces derniers étaient la plupart du temps à l'origine du développement de cette spécialité. L'industrialisation galopante réclamait des cerveaux créateurs à tour de bras. On pourrait citer des noms comme George Nelson (1908-1986), Eero Saarinen (1910-1961), Charles Ormond Eames junior, dit Charles Eames (1907-1978), Harry Bertoia (1915-1978) ou encore Stanley Tigerman, Frank Owen Gehry, Sam Maloof et Wendell Castle et bien d'autres qui furent les fers de lance du développement industriel. Autant dans l'automobile que dans les appareils électroménagers ou les meubles, que ce soit aux États-Unis ou dans le monde entier, leur empreinte fut énorme ! Beaucoup d'entre eux n'étaient pas encore connus en 1934…

Sans rien dire de plus, les trois associés commencèrent à lire le document. Il était question de société, de montage, de bureaux de design, de partenariat et de commande ferme. La liasse était trop importante pour la parcourir en quelques secondes et les trois regards se tournèrent vers M. McHover.

– C'est un protocole d'accord, dit M. McHover. Je vais vous en faire un résumé.

Il prit la deuxième page sur lesquels étaient inscrits les titres de chaque chapitre, puis les commenta un par un.

« Analyse du marché de la création industrielle et du design ». M. McHover et ses collaborateurs avaient fait une énorme étude de marché, non seulement dans leur domaine mais dans des domaines industriels tout à fait différents. Ils avaient constaté une énorme demande en même temps qu'un déficit cruel en matière de créateurs.

« Les besoins de la McHover Construction Inc. » En ce qui le concernait, sa demande était énorme. La concurrence était féroce et il avait besoin de nouveaux produits pour la contrecarrer. Il était convaincu que grâce à cet apport nouveau, il pourrait capter de nouveaux marchés et augmenter en notoriété.

« Les besoins de l'O & A et de la Hot Chestnut Cie ». À ce niveau, il était convaincu que le succès de l'O & A et de la Hot Chestnut Cie était dû notamment aux nouveaux concepts développés. C'était la preuve que le design les avait menées au succès. Il était bien conscient de l'apport énorme des créations de ma mère.

« Analyse des points forts de Susan Avalon ». Il avait analysé les produits qu'il achetait jusqu'à présent, les avait comparés aux créations de ma mère. Non seulement les produits plaisaient par leur style, mais leurs concepts eux-mêmes avaient amené beaucoup de clients à en commander, même sur catalogue, ce qui était un tour de force. Il croyait beaucoup à l'ouverture d'esprit de ma mère et avait pu constater que sa féminité apportait un regard neuf sur les produits et leur utilisation.

« Étude de marché, besoins et demandes de l'industrie ». À l'occasion de l'Exposition universelle de Chicago de 1933, il avait vu à quel point le design avait fait bondir les ventes dans beaucoup d'industries. La conclusion était sans appel : la demande était très forte. Le marché en était à ses débuts et était occupé par de jeunes immigrés du nord de l'Europe. Il était plus que temps de se mettre sur ce secteur.

« Étude de marché dans la construction immobilière ». Depuis les années folles et après 1929, malgré un coup de blues sur le marché immobilier, la construction de gratte-ciel avait apporté avec elle une énorme demande de modernité. On voulait de plus en plus haut, de plus en plus beau et de plus en plus original. Cet engouement se traduisit par les mêmes demandes dans les maisons individuelles. Il fallait qu'elles soient de plus en plus grandes, de plus en plus modernes et de plus en plus originales. S'il pouvait répondre au niveau du bâtiment lui-même, il avait besoin de créer de nouveaux accessoires à la construction.

« Étude de marché de l'électroménager grand public ». Malgré un développement énorme de nouveaux matériaux et de nouvelles façons de les utiliser, la demande était exponentielle. Tout le monde voulait avoir un réfrigérateur, mais voulait avoir le plus beau et le plus pratique. Les grille-pain, les machines à laver, les cuisinières, et même de nouveaux appareils comme les aspirateurs ou les portes de garage automatiques, étaient devenus des produits dont personne ne voulait se passer.

« Étude de marché dans le domaine des cuisines professionnelles et industrielles ». La demande était encore plus forte au niveau des professionnels. On voulait faire du design pour les locomotives, les bateaux, les voitures et même l'aviation. Ces marchés, qui jusqu'alors avaient plus réagi qu'agi en termes de besoins, commençaient à demander du design. Et quel que soit le domaine dans lequel on faisait des recherches, c'était devenu la coqueluche des industriels. Les cuisines des grands restaurants, des grands hôtels ou même les cuisines de la production alimentaire industrielle cherchaient de la modernité. Là aussi, c'était souvent pour démontrer leur puissance vis-à-vis de leurs clients.

« Avantages et inconvénients de la création d'un bureau de design ». Les avantages étaient nombreux, car elle permettait d'envisager la mise en place d'équipes de travail pour simplifier la tâche du créateur lui-même. Le principe était que ce dernier, cette dernière en l'occurrence, se consacrait uniquement à la création alors que l'équipe d'ingénieurs développait les dessins industriels et les plans d'exécution. L'inconvénient majeur était la confidentialité et l'exclusivité. C'était notamment pour cela que McHover avait décidé de participer, d'une manière ou d'une autre, à la création un bureau de design indépendant. Il était financièrement difficile de garantir suffisamment de travail à un créateur unique, et notre homme pensait que les rémunérations des créateurs iraient en augmentant. Il aurait donc du mal à les attirer, et peut-être même, à les rentabiliser avec sa seule entreprise. De plus, il était convaincu que ma mère refuserait de travailler exclusivement pour lui.

« Communauté d'intérêts ». La McHover Construction Inc., l'O & A ainsi que la Hot Chestnut Cie avaient tout intérêt à travailler de concert. Pour M. McHover, les avantages étaient communs. Si sa société se développait, elle entraînait avec elle automatiquement les deux autres. Que ce soit en termes de création, ce qui était le sujet de ce rapport, mais également dans le développement commercial. En effet, achetant énormément de produits chez des fabricants extérieurs, voire chez des sous-traitants, il était souvent en contact avec le monde de la distribution. La plupart du temps, il avait affaire aux vendeurs de ces sociétés de distribution qui venaient le démarcher. Mais depuis longtemps il était aussi en contact avec les acheteurs, toujours à l'affût de nouveaux produits. Comme son besoin était important, il faisait souvent la démarche d'aller chercher lui-même les nouveaux produits chez les fabricants. De ce fait, il était devenu une source d'informations importante pour les acheteurs des grands réseaux de distribution avec lequel il entretenait les meilleurs rapports. C'était un atout non négligeable pour les sociétés O & A et Hot Chestnut Cie.

« Proposition pour la création de la société McAvon design ». En conséquence, il proposait la création d'un bureau indépendant dont ma mère serait la créatrice et seule responsable.

Il avait imaginé le nom de McAvon design comme un clin d'œil aux personnes qui étaient à l'origine de la découverte du talent de ma mère. Il évoquait le fait que si l'O & A avait été créée, c'est que M. Onckok l'avait remarquée en tant que créatrice. Si cette société avait été montée, c'était aussi grâce au succès de la Hot Chestnut Cie. Lui-même avait été impressionné par son talent et il avait donc choisi ce nom en prenant les deux premières lettres des personnes concernées : Mc pour McHover, Av pour Avallon et on pour Onckok. Ce n'était qu'une proposition, mais il avait trouvé cette idée amusante.

En lui donnant une pleine autonomie de principe, il

considérait que ma mère pouvait travailler pour toutes les entreprises. Son idée était que ce bureau serait organisé de manière à la laisser se concentrer sur la création, tandis qu'une équipe constituée autour d'elle la déchargerait du travail purement industriel. De cette manière, elle aurait une capacité de production bien supérieure à ce qu'elle avait aujourd'hui.

Il considérait que ma mère serait beaucoup plus dynamique et encore plus créative en s'intéressant à des secteurs différents. Elle devait apporter sa sensibilité féminine à des secteurs éminemment masculins, et ce dans tous les secteurs qui avaient été évoqués plus haut.

« Financements et fonctionnements ». C'était une partie qui restait à discuter, mais il avait d'ores et déjà prévu de verser en acompte sur facture la somme de 15 000 $, de façon à pouvoir lancer l'entreprise. Il pensait que M. Onckok pourrait faire de même, de cette façon ma mère n'aurait pas à débourser un cent de sa poche pour constituer son « bureau de design ».

« Business plan ». Il avait rédigé un business plan qui garantissait à ma mère des revenus confortables tout en ayant un rythme de travail tout à fait raisonnable. En ce qui le concernait, il avait prévu une trentaine de contrats tournants autour des accessoires immobiliers et notamment son escalier, qu'il mettait en priorité. C'était un cas d'urgence. En ne prenant que ces futurs contrats, elle avait déjà au moins un an de travail.

« Conclusion ». En conclusion, prenant toutes les projections qui avaient été faites, il pensait que c'était une affaire gagnante pour tout le monde. L'O & A et la Hot Chestnut Cie ne perdaient pas sa créatrice mais l'externalisait, la société McHover

Construction Inc. pouvait commander des projets, et ma mère pouvait développer sa petite entreprise à sa convenance et travailler à un rythme plus en adéquation avec son talent. Sans oublier une rémunération qui, il en était convaincu, serait très importante.

— Voilà, vous savez à peu près tout. Avez-vous des questions ?

M. Onckok et mes parents se regardèrent et regardèrent M. McHover. Ils avaient écouté attentivement sans l'interrompre, ils voulaient être sûrs d'avoir bien compris. Même M. Onckok avec son regard profond était resté muet. M. McHover reprit la parole.

— Je pense que vous voudrez étudier de plus près ce document. Nous pourrons en reparler plus tard.

— Où croyez-vous que ce bureau doit être installé, à Chicago ou à Boston ? demanda mon père.

— J'aurais préféré à Chicago, je ne vous le cache pas. Mais je sais très bien que Susan ne quittera pas Boston et je n'ai aucun problème avec ça.

— Je crois mon chéri, dit ma mère, que cette question est un petit peu prématurée. Nous avons besoin de réfléchir et j'aimerais qu'on puisse en parler d'abord avec John. Il sera toujours temps de poser des questions après.

— William, dit M. Onckok, je suis d'accord avec vous. Mais c'est Susan qui décide. M. McHover, quelle est votre date limite pour la réponse ?

— Comprenez-moi, il n'est pas question que je vous force la main et, en même temps, j'ai besoin de prendre des décisions. Je vous laisse quelques jours pour réfléchir. Vos chambres sont prêtes et sont réservées pour toute la semaine. De plus, je reste à votre disposition quand vous le souhaitez. Vous me trouverez ici tous les jours, sauf le jeudi matin, jour où je me rends à l'Exposition, et le samedi toute la journée.

– C'est entendu, dit mon père. Vous aurez notre réponse à la fin de la semaine, nous nous y engageons.

Pour M. Onckok et mon père, il n'y avait pas à réfléchir à grand-chose. Il était évident que c'était un bond en avant énorme pour ma mère, et que ni l'un ni l'autre ne souhaitaient l'empêcher. De plus, ils étaient convaincus que le projet de M. McHover était parfaitement ficelé. Il n'y avait donc pas à hésiter.

En revanche, du côté de ma mère, c'était la panique totale. Si elle avait apprécié d'être mise en avant comme ça, elle était beaucoup plus critique sur elle-même que ne l'avaient été ces messieurs. De plus, tout ça allait si vite qu'elle finissait par en perdre les pédales. En deux ans et demi, ils avaient monté deux sociétés, fabriqué des cuisinières artisanales, distribué des produits pour la pâtisserie, alimentaient un réseau de vendeurs des rues en produits à base de châtaignes et venaient à peine de monter une société de fabrication des cuisinières industrielles. Elle se sentait fatiguée et ne se voyait pas à la tête d'une troisième entreprise. Mais sur le coup, elle ne laissa rien transparaître.

Ils échangèrent encore quelques amabilités avec M. McHover avant de prendre congé pour aller s'installer dans leurs chambres.

Le brainstorming

À n'en pas douter, M. Onckok et mes parents eurent un sacré mal de tête. Ce projet avait fait l'effet d'une bombe et il en était question du soir au matin. Hormis quelques heures réservées à la gestion du stand de l'Exposition universelle, ils passaient énormément de temps à discuter tout en se promenant dans l'expo. Les arguments étaient partagés mais la majorité masculine l'emporta quant à la décision finale. Ma mère n'était pas d'accord. Il y avait déjà assez à faire avec l'O & A pour se lancer dans un deuxième projet, sujet à caution selon elle.

De plus, ils n'avaient pas revu M. McHover depuis le 17 mai, deux jours après leur arrivée, l'industriel ayant dû partir à Minneapolis, distant de 650 km, parce qu'une grève générale des ouvriers venait de débuter. Cela affectait plusieurs chantiers en cours dans la ville et il avait dû partir précipitamment pour tenter de régler la situation. C'était un mouvement contestataire d'une certaine importance dont les titres des journaux mettaient en avant la soudaineté et l'ampleur. M. Onckok était particulièrement inquiet de voir le mouvement s'étendre à Boston. Il espérait, ayant signé « The Blue Eagle At Work », qu'il n'y aurait pas de répercussions sur la société Onckok. Il téléphona à Jo qui lui confirma que tout allait bien. La même réponse lui fût donnée en provenance de l'O & A.

De son côté, mon père avait téléphoné à la Hot Chestnut Cie et tout roulait comme sur des roulettes. Le carnet de commandes était plein, la pâtisserie ronronnait tranquillement et les ventes de produits alimentaires marchaient fort. Pas une ombre au tableau.

Nous étions le samedi 18 mai et ils devaient théoriquement donner la réponse avant la fin du week-end.

Ma mère décida unilatéralement une réunion, pour discuter de tous les points qui avaient été évoqués pendant les jours précédents et aboutir à une décision finale. Bien lui en prit, car le matin, en descendant au petit-déjeuner, le réceptionniste leur remit une carte qui indiquait que M. McHover serait là pour le dîner.

Ils demandèrent au manager de l'hôtel de disposer d'un petit bureau pour organiser leur réunion. Ils s'installèrent confortablement devant la grosse liasse de documents de M. McHover que chacun avait annotée. Ils reprirent les chiffres, les idées, les informations. Ils discutèrent pendant des heures.

Ce qui se confirmait, c'est que M. Onckok et mon père étaient d'accord pour dire que c'était une chance inespérée pour ma mère et qu'elle ne devait pas risquer de la laisser passer.

De l'autre côté, ma mère essayait par tous les moyens d'imaginer ce que serait sa vie professionnelle une fois installée dans un bureau de design et elle ne voyait pas comment organiser ce travail. Mon père prit la parole :

– Ma chérie, je crois que cette fois c'est toi qui as shooté dans le marron.

– Qu'est-ce que tu veux dire par là ? dit ma mère.

– Je veux dire que ton talent de créatrice n'est pas à remettre en cause. Même si comme tu me l'as dit, je ne suis pas complètement objectif, John et M. McHover l'ont démontré sans préjugé. C'est un fait. Je pense qu'un bel avenir s'ouvre devant toi et que tu dois aller de l'avant.

– Je ne dis pas le contraire, mais dessiner des cuisinières est une chose, dessiner un escalier en est une autre. Je n'ai aucune expérience.

– Mais moi j'en ai une, dit mon père. M. McHover est très intelligent. Souviens-toi de ce qu'il a dit, qu'il comprendrait très bien tes difficultés en matière immobilière. N'oublie pas que je suis dans ce secteur depuis mon enfance. N'oublie pas que j'ai construit des centaines de maisons. Je peux apporter toute mon expérience pour t'aider dans ces travaux. Je ne pourrai pas dessiner à ta place, mais je pourrai juger du bien-fondé de tes projets. Je serai à tes côtés.

– William a raison, dit M. Onckok. Après toutes ces années, je l'avais presque oublié. McHover est loin d'être un imbécile. Il sait exactement ce qu'il veut. Pour ma part, je suis convaincu.

– Admettons que vous ayez raison, dit ma mère. Mais comment allons-nous nous organiser ?

– Ma chérie, regarde ce que l'on a fait depuis deux ans et demi. Est-ce que tu penses franchement que ce projet est plus compliqué ? Non, crois-moi, ce sera beaucoup plus simple qu'il n'y paraît. La seule question qui compte est : ce métier te plaît-il ?

– Oui, évidemment, dit ma mère. J'adore dessiner. Cela date de mes cours avec Frank Weston Benson à « The Guild of Boston Artists », se souvint ma mère avec une pointe de nostalgie dans l'œil et dans la voix. Mais John, vous le connaissez, je crois ?

– Oui, bien sûr, je le croise encore de temps en temps au cocktail organisé par « The Ten American Painters », mais il n'est plus tout jeune. C'est une sommité, que dis-je, un grand peintre. Il est même considéré comme un véritable rebelle dans son domaine. Je suis toujours en contact avec lui pour réaliser des fontes de bronze. Je ne savais pas que vous aviez suivi des cours avec lui.

– Oh, cela reste entre nous ! J'aime beaucoup son œuvre. Il trouvait que j'étais douée pour monter des expositions. Il m'a proposé de suivre son cours de façon informelle. Mais ça nous a beaucoup rapprochés. J'ai passé trop peu de temps avec lui et je le regrette. Mais il avait tellement de responsabilités. C'est amusant maintenant que vous m'y faites penser. Je voulais tout le temps peindre des toiles et lui me faisait dessiner des objets ou des natures mortes. Il me parlait tout le temps de l'académie. Comment s'appelait-elle déjà… Oh ! mon Dieu !

Les deux hommes levèrent la tête en direction de ma mère. Elle avait les yeux écarquillés et une main sur la bouche.

– Mais oui ! dit-elle. Je comprends tout. Il est membre permanent de la National Academy of Design de New York. C'est incroyable, je n'ai jamais fait le rapprochement. Il me faisait travailler sans cesse les perspectives. Il appelait cela « le dessin en trois dimensions ». C'est incroyable… incroyable… je comprends mieux maintenant pourquoi tout le monde trouve que j'ai du talent. Il m'a juste enseigné un métier. Mais pourquoi ne me l'a-t-il jamais dit ? C'est évident, je sais dessiner une cuisinière parce qu'il m'a appris ce qu'il fallait savoir pour le faire. Mais oui, il me faisait dessiner l'intérieur de l'atelier et j'ai effectivement dessiné des escaliers. Avec les perspectives, c'était un cauchemar.

— Eh bien tu vois, ma chérie, je suis sûr qu'il avait remarqué ton talent. Quand nous serons rentrés à Boston, nous reprendrons contact avec lui. Est-ce que ça te ferait plaisir ?

— Sûrement, dit ma mère, j'ai un tas de questions à lui poser.

Frank Weston Benson était né en 1862 à Salem, Massachusetts, à une trentaine de kilomètres au nord de Boston. À partir de 1880, il étudia à the School of the Museum of Fine Art de Boston avant de traverser l'Atlantique pour étudier à l'académie Julian à Paris en 1883. Il eut une grande carrière comme professeur au département de the School of the Museum of Fine Arts de Boston. Il fut membre fondateur de the Ten American Painters, American Academy of Arts and Letters et The Guild of Boston Artist, entre autres. Il fut élu membre permanent à la National Academy of Design de New York en 1905. Ce fut un grand peintre américain, très connu pour ses œuvres impressionnistes et ses dessins à la pointe sèche.

Alors que les deux hommes continuaient à discuter, ma mère était perdue dans ses pensées. Elle s'était levée et faisait le tour du bureau en marchant nerveusement. Par moments, son visage s'assombrissait, puis à d'autres elle se mettait à sourire.

Visiblement, elle revivait toute une époque.

– Susan, dit M. Onckok en direction de ma mère, mais elle n'entendit pas. Susan ? insista M. Onckok. Ma mère sursauta.

– Oui ! dit-elle d'un air stupéfait.

– Je ne veux pas vous bousculer mais nous avons dix mille choses à voir. Maintenant que l'on sait d'où vient cette technique, êtes-vous rassurée ?

– Non, enfin oui. Je suis en train de réaliser, mais je me pose encore plus de questions qu'avant. La technique est une chose, la création en est une autre. J'étais en train de me demander si, sans en être consciente, je n'ai pas copié les modèles que j'ai dessinés. Les ai-je réellement créés ? Ça fait une sacrée différence.

– Oui, je vois, dit M. Onckok. Si vous en êtes là, c'est que tout va bien. Croyez-vous franchement que des professionnels comme M. McHover seraient passés à côté de ce genre de détail ? Je ne crois vraiment pas. Je comprends que vous vous posiez des questions mais ça n'a pas de rapport avec votre talent. Je veux dire que ce n'est pas lié au succès des modèles que vous avez dessinés. Même si des modèles ont déjà été conçus dans cc style, ils ne sont jamais arrivés sur le marché. En ce qui me concerne, ça me suffit.

– Là, je crois que John a raison. Il faut que tu arrêtes de te poser des questions à ce sujet. Je crois même que tu as répondu à la question principale que l'on se posait : tu aimeras faire ce métier, pour moi c'est une certitude. Maintenant, mettons-nous au travail ! Nous n'avons que quelques heures pour faire une nouvelle proposition à M. McHover.

Et ils se mirent à l'ouvrage. M. Onckok protesta quand sonna midi et demi. Comme d'habitude, les nouveaux projets lui donnaient toujours faim, et cela faisait plus d'une heure qu'il dansait sur sa chaise en espérant que l'un ou l'autre finisse par proposer de passer à table. Le déjeuner fut expédié rapidement, même un petit peu trop rapidement pour M. Onckok.

Il ne cessait de répéter qu'il fallait faire simple. Il passait son temps à plaisanter et contestait tous les montages fumants que ma mère et mon père lui proposaient. En fait, M. Onckok était comme un collégien surexcité. Il jubilait. Comme il l'avait dit, les projets l'excitaient et il avait l'impression de revivre. Mes parents, en revanche, prenaient ça très sérieusement et n'étaient pas très généreux pour les plaisanteries de M. Onckok. Vers la fin d'après-midi, ils avaient enfin un programme. Il était consternant de simplicité.

– C'est quand même incroyable d'avoir passé autant de temps à vérifier tous les chiffres, toutes les hypothèses pour en arriver là. Il y a des moments, c'est décourageant d'être aussi bête, annonça mon père.

– Je n'arrête pas de vous le répéter, mon cher William. Faire simple est la garantie de la réussite. Je ne dis pas qu'il faut éviter les montages subtils, mais dans le cas qui nous intéresse, c'est la meilleure solution.

– Donc, dit ma mère, je récapitule. On ne changera rien à l'organisation actuelle de l'O & A et de la Hot Chestnut Cie. Je m'installe au rez-de-chaussée de l'aile gauche de la maison où nous créons quatre bureaux. On y aménage le bureau de design. On engage quatre collaborateurs et on commence à travailler pour nos deux sociétés ainsi que pour la McHover Construction Inc. Et c'est tout ?

— C'est tout, dit M. Onckok.

Mon père avait suggéré l'installation dans la maison pour que ma mère soit plus au calme. C'était temporaire mais, dans un premier temps, il trouvait nécessaire que ma mère soit dans un endroit calme et familier pour se rassurer.

Ma mère finit de taper le document sur la machine à écrire que l'hôtel avait mis à sa disposition. Un document d'une vingtaine de pages où était repris l'essentiel des idées de M. McHover, avec quelques aménagements que ma mère avait souhaités. Le seul point sur lequel elle avait véritablement insisté était que le bureau serait installé à Boston. Vers 19 heures, ils montèrent dans leurs chambres pour se rafraîchir et attendre patiemment l'arrivée de M. McHover.

En rentrant dans la chambre, mon père avait un petit air absent. Ma mère le regarda et lui demanda : « William, quelque chose qui ne va pas ? » Mon père resta un moment à la regarder, sans rien dire. Il lui sourit, il se laissa tomber en arrière de tout son long sur le lit.

— Quelles journées de dingue ! Je repense au moment où nous n'avions plus rien, en dehors de la maison, et que je me demandais comment nous allions faire. On en était arrivé à avoir faim et froid, sans espoir. Alors que là on vient de passer la journée à rédiger un document qui va engager tout notre avenir, et surtout le tien, et puis… rien.

— Comment ça, rien, dit ma mère d'un ton surpris. Qu'est-ce que tu veux dire par « rien » ?

— Rien, dit mon père d'un ton fatigué. Rien, je ne ressens rien. Aucune crainte, aucune appréhension, j'ai l'impression que c'est le déroulement normal. Comme si on avait fait ça toute notre vie. Je retrouve les sentiments que j'avais quand on avait les sociétés immobilières. Une affaire parmi d'autres. C'est très bizarre de ressentir ça à nouveau.

— Mais je ne comprends pas, qu'est-ce que tu veux dire par « rien » ? Il y a un problème ?

— Pas du tout. Il n'y a aucun problème. Mais as-tu regardé attentivement ce qui s'est passé depuis quelques jours ? Allons plus loin, depuis qu'on a rencontré John Onckok. Enfin, je devrais dire retrouvé John Onckok. Les rencontres !

— Je ne te suis pas, dit ma mère.

— Les rencontres ! Celles dont je parlais à John lors de notre premier rendez-vous. Ça a fonctionné. Tout ça, ce ne sont que des rencontres. Mais s'il n'y avait pas « toi », il ne se serait rien passé. Rien de tout ça ne serait arrivé. Et tous ces événements datent du jour où je t'ai rencontrée. C'est John qui a raison. Tu es un ange.

— Arrête avec ces sornettes, dit ma mère un peu énervée. Je ne suis pas un ange.

— Si, c'est même tout à fait évident quand je te regarde te déshabiller.

Ma mère s'était mise à l'aise et prévoyait de prendre une douche. Mon père se leva dans sa direction et l'embrassa longuement.

M. McHover is back

Alors qu'ils étaient toujours en train de s'embrasser, on frappa à la porte et ils entendirent : « Service d'étage ». Ma mère se cacha derrière la porte pendant que mon père l'entrebâillait. Le groom lui remit une enveloppe dans laquelle il y avait une carte. Ils étaient conviés à une réunion dans le bureau de M. McHover. Visiblement, il était arrivé et il les attendait.

Ma mère prit sa douche en quatrième vitesse et, après s'être rhabillés, ils retrouvèrent John Onckok devant l'ascenseur.

– Vous êtes prêts, les enfants ? demanda M. Onckok.

– Fin prêts, répondit mon père.

– Vous m'avez l'air parfaitement décontracté, mon cher William ? demanda M. Onckok.

– Je vous l'avoue, j'ai retrouvé de vieilles sensations. C'est un peu bizarre, c'est comme si j'étais saoul. C'en est même agréable.

M. Onckok se mit à rire, suivi par mes parents.

Quand ils rentrèrent dans le bureau, M. McHover était au téléphone. Il leur fit signe de s'asseoir en ayant un petit geste d'excuses. Quelques secondes plus tard, il raccrocha. Son air était grave et des sourires furtifs, presque des tics nerveux, apparaissaient de temps à autre sur son visage. Il était visiblement très préoccupé.

— Bonjour, je suis navré d'avoir dû vous laisser si longtemps, mais ces grèves sont un véritable cauchemar. Comment s'est passée cette semaine ?

— Très bien, répondit mon père d'un ton dégagé. Nous avons bien avancé.

— Bien, très bien, dit M. McHover. Et alors ? dit-il d'un ton angoissé.

— Je suis d'accord, dit ma mère d'un ton très ferme.

— Bien, très bien, dit-il d'un ton soulagé.

— Voici le document que nous avons rédigé. Ma mère le posa sur son bureau, devant lui.

— Merci, mais ce n'était pas nécessaire. J'ai toute confiance en vous et je voulais simplement avoir votre accord de principe.

— Mais, c'est un accord de principe. Il y aura des détails à voir plus tard.

— Je comprends.

Il prit le document, le feuilleta rapidement pour arriver à la dernière page. Il prit son stylo et le signa. Puis il sortit un chéquier de son tiroir et commença à rédiger un chèque de banque.

— Excusez-moi, dit mon père. Vous avez signé le document sans le lire. Et vous rédigez un chèque ?

— Oui. Je n'aime pas laisser traîner les affaires. Je vous le répète, vos conditions me conviendront. Et de toute manière, la situation a un petit peu changé. Puis il leva les yeux vers ma mère. Susan, j'ai besoin de vous tout de suite. Est-ce qu'il y a quelque chose dans le document que je viens de signer qui vous empêche de travailler dès demain à certains de mes projets ?

Ma mère ne sut quoi répondre. Il y avait, bien sûr, un bon million de raisons. Ne serait-ce que pour l'O & A qui attendait déjà nombre de dessins importants, sans compter que la mise en marche de la production n'était pas au point. Bref, tout restait à faire. M. Onckok et mes parents avaient prévu de rentrer à Boston pour tout mettre en place. Mais il se passait quelque chose, et elle finit par répondre :

– Non.

– Bien, très bien, dit M. McHover. J'ai pas mal de choses à vous raconter. Que diriez-vous si l'on dînait, j'en ai marre des sandwiches. Il avait dit cela d'un ton fatigué, en tendant le chèque de banque à ma mère.

– M. McHover, vous aviez dit 15 000 $. Vous avez signé pour 25 000 $.

– Ah oui ? Ce n'est pas grave, il y a beaucoup de choses à faire, de toute façon. Mais allons dîner, s'il vous plaît ! J'aimerais prendre le temps de vous raconter tout en mangeant un repas chaud. Le premier depuis quatre jours. Puis j'irai me coucher de bonne heure car je n'ai pas vu un lit depuis mon départ. Il ricana nerveusement.

Ils prirent l'apéritif dans le grand salon de l'hôtel où ils ne discutèrent que de banalités. M. McHover avait précisé que les informations qu'il avait étaient confidentielles. Comme il le disait lui-même : « les murs ont des oreilles ». Puis ils revinrent dans le bureau où la table avait été dressée et le repas allait leur être servi.

– Bien, dit M. Onckok, maintenant que nous sommes entre

nous, racontez-nous ce qui se passe.

— Les choses sont difficiles, dit M. McHover. Enfin voilà. J'ai pris de gros chantiers à Minneapolis. Jusque-là, tout va bien. Mais des grèves de camionneurs se sont ajoutées à des soulèvements populaires dans le centre de la ville. Je ne sais pas combien de temps cela va durer, mais ça tombe on ne peut plus mal. Je suis en train de négocier un énorme chantier de rénovation dans le centre-ville. Je suis en concurrence avec un entrepreneur de la région qui ne me laisse pas une minute de répit. Il a profité des grèves pour me casser du sucre sur le dos et introduire un doute dans l'esprit des gens du consortium immobilier qui réalise l'opération. Vous voyez le tableau d'ici.

— Oh oui, très bien, dit mon père.

— Si je prends trop de retard, je ne pourrai pas avoir le chantier de rénovation. Et c'est un gros problème. Il y a déjà eu une grève en février, puis de nouveau en avril, mais à chaque fois ça s'est calmé. Les avancées du chantier et la stabilité de l'entreprise étaient mon argument numéro un. Vous imaginez la réaction du consortium quand il a appris qu'il y avait de nouveau des grèves. Ils ont tout de suite paniqué. Le problème, c'est que cette fois-ci c'est beaucoup plus grave que les fois précédentes. Ils ont envoyé la garde nationale et il y a déjà eu plusieurs morts. La grève a touché Toledo et San Francisco. Ce sont des grèves très dures. Si cela ne s'arrête pas rapidement, je vais avoir des problèmes.

— Mais pourquoi sont-ils en grève, demanda ma mère ?

— Essentiellement pour les conditions de travail et les salaires. D'après ce qu'ils ont expliqué, ce sont les trotskistes qui sont derrière. Il est vrai que c'est un travail très difficile, les camionneurs démarrent à 3 heures du matin et finissent rarement avant 18 heures, tout ça pour seulement 40 $ par mois. Cela étant, la crise n'arrange pas les choses.

– Nous avons téléphoné à Boston et pour le moment nous n'avons aucun problème dans nos deux sociétés. Croyez-vous que ça pourrait s'étendre ?

– Pour Boston, je ne sais pas. En revanche, j'ai bien peur que ce soit le commencement de difficultés économiques pour nos entreprises. Une de leurs revendications est la reconnaissance d'un nouveau syndicat.

– Mais il y en a déjà.

– Oui, et vous savez comme moi que certains des syndicats sont corrompus et acquis au patronat. Enfin, vous savez que l'on ne peut rien y faire, c'est le jeu de la politique dans lequel il ne faut jamais mettre le doigt.

Ce dont parlait M. McHover, c'était la « Longshore Strike » ou, comme on pourrait le traduire, la grève des débardeurs. À partir de 1929, le chômage ne cessa de monter jusqu'à plus de 25 % fin 1933. Les salaires dans le même temps avaient baissé de 20 %. Paradoxalement, le nombre d'employés syndiqués avait diminué de 20 % également. C'était probablement dû à l'inefficacité notoire des syndicats, et comme le disait M. McHover, à une probable accointance avec des avantages donnés par le patronat. Les conséquences furent un ras-le-bol général. Il était initié par un mouvement trotskiste dans le secteur du transport, élément stratégique pour les livraisons de charbon et autres matières premières. Ces grèves étaient notoirement attribuées à une section locale appelée 574 qui organisa une grande partie des révoltes et amena plus tard les instances officielles à la création d'une nouvelle centrale syndicale appelée CIO.

– Mais quel est le problème ?

– Oh, vous allez comprendre tout de suite. Je ne pourrai pas facturer les constructions tant que les choses ne seront pas terminées. J'ai un trou énorme entre ces chantiers-là et les suivants. À peu près un an. Or, tel que c'est parti, j'ai bien peur de ne pas pouvoir les finir dans les temps. De plus, si c'est le cas, je risque de me voir passer sous le nez les chantiers pour lesquels je suis en discussion.

– Je comprends, mais d'où vient l'urgence pour les créations de Susan ?

– J'y viens. Depuis le mois de février, vous vous doutez bien que j'ai commencé à chercher des contrats intermédiaires. Grâce à un de nos amis communs, je suis en négociation à Détroit.

– Ah, je vois.

– Oui, c'est bien de lui dont il s'agit, Charles Ellis. Il m'a permis de rencontrer certains géants de l'automobile et je suis en contact avec un consortium qui a racheté une bonne partie des terrains sur le lac Saint-Clair à Grosse Pointe Park. C'est situé à dix kilomètres de la ville de Détroit et des grandes usines, dans la banlieue nord. On est suffisamment loin pour ne pas subir les nuisances de la cité et suffisamment proche pour y loger tous les grands cadres de différents groupes. Une situation idéale pour des maisons de luxe. Nous parlons de plusieurs centaines de maisons, vous voyez ce que je veux dire.

– Jusque-là, je vois très bien que vous avez un fabuleux contrat en vue. Mais où intervient Susan ?

– Nous avons construit une maison très moderne. Une sorte de maison témoin. C'est un concours que je dois remporter pour décrocher le contrat. C'est pour l'un des grands cadres de chez Ford. La maison est quasiment terminée mais cela fait trois fois que l'on nous fait refaire l'escalier et les différents aménagements de la maison. Il est marié avec une femme charmante mais particulièrement difficile. Elle ne jure que par le design et l'art. Elle nous a intimé l'ordre d'intégrer ses œuvres d'art dans la maison et de créer un décor propice à leur mise en valeur. L'escalier distribue toute la maison et est en plein centre, juste après l'entrée. Cela fait trois mois que nous sommes sur le dossier et nous n'avançons pas. C'est pour ça que j'ai besoin de vous, Susan.

– Je comprends, dit ma mère. Mais il faut aller travailler à Détroit ?

– Pour un premier dossier, je serais rassuré. De plus, même si j'ai fait énormément de photos, il serait préférable que vous alliez voir la maison, cela vous aiderait sûrement, n'est-ce pas ?

– Oui, je suis d'accord. Mais aller à Détroit… C'est que nous pensions retourner à Boston pour tout organiser. Et puis il va falloir que je fasse des recherches. Combien de temps ai-je pour tout réaliser ?

– Il faut que tout soit bouclé dans un mois. Au moins une présentation de dessin pour prendre la commande définitive. Si je réalise cette opération, j'aurai la majorité des maisons à construire. C'est un énorme projet qui me tient particulièrement à cœur. Je dois vous l'avouer, je suis un passionné d'automobiles, dit-il en souriant et en regardant les hommes de la table.

— Vous n'avez pas peur d'une contagion des grèves dans le secteur automobile, dit M. Onckok ?

— Oh, je ne crains pas la contagion, certaines usines sont déjà en grève. Mais c'est un contrat étalé sur plusieurs années, et suffisamment loin des usines pour espérer ne pas être trop gêné. Je ne suis pas dupe, j'aurai sûrement des problèmes, mais pas plus qu'ailleurs.

— Comment comptez-vous procéder, demanda mon père ?

— Nous allons faire simple. Demain, je présenterai Susan à l'équipe de design de mon entreprise. Cela lui permettra d'avoir un temps d'adaptation pour l'organisation du travail avec mes collaborateurs. En fonction de ça, nous ferons un déplacement à Détroit. Après, nous verrons bien. En ce qui vous concerne, demain après-midi je vous présenterai les équipes qui vont s'occuper de l'expo, comme ça, vous pourrez rentrer à Boston tranquillisés. Quand aviez-vous prévu de partir ?

— Eh bien… dit M. Onckok, j'avais réservé un vol pour lundi.

— J'aimerais vous garder quelques jours de plus, si cela est possible.

— On doit pouvoir s'arranger, mais pourquoi ? demanda mon père.

— Eh bien, j'ai une petite surprise pour vous. Il se trouve que lundi et mercredi, je dois recevoir à déjeuner les responsables des achats pour les magasins Baney's et Nordstrom. Il serait judicieux que je vous les présente, ne croyez-vous pas ?

– Mais c'est formidable, dit M. Onckok.

– Oui, je crois, dit M. McHover. Mais croyez-le bien, non seulement ça me fait plaisir mais c'est du business. S'ils aiment vos produits, ils feront de vous des stars et, par voie de conséquence, je vendrai plus de maisons. N'oubliez jamais, la notoriété c'est le succès.

Puis ils levèrent leurs verres aux futurs succès, en espérant que les événements se calment et que l'avenir leur soit favorable.

La séparation

Dès le lendemain matin, M. McHover fit ce qu'il avait dit. Ma mère rencontra l'équipe de designers, et à peine quelques minutes plus tard, elle était déjà au travail. Son premier contact fut idyllique, les personnes aimant beaucoup ce qu'elle faisait et la totalité des collaborateurs étant de très haut niveau. Elle apprit rapidement à déléguer, même si ce n'était pas son habitude. À peine avait-elle fait un croquis que les équipes de techniciens se jetaient dessus pour réaliser un dessin d'exécution digne d'une œuvre hyperréaliste. Elle était aux anges.

Quant à mon père et M. Onckok, ils rencontrèrent toute l'équipe en charge de la foire dans le bureau de M. McHover. Ils passèrent la journée à voir défiler les équipes les unes après les autres. Il y avait l'équipe de nettoyage, l'équipe des hôtesses, les responsables logistiques, les équipes d'intendance, etc. Dans les jours qui suivirent, ils prirent des rendez-vous sur le site de la foire pour vérifier tous les détails. Chez M. McHover, on travaillait 24/24. L'esprit était bon et le personnel se démenait sans compter.

Le lundi suivant, le déjeuner fut donc organisé avec l'un des acheteurs des grands magasins.

Ma mère fut présentée comme la créatrice du moment par M. McHover et l'acheteur fut particulièrement intéressé. Ils avaient pris rendez-vous sur le stand après l'ouverture de la foire qui devait intervenir le samedi suivant. Ils eurent aussi d'excellents contacts avec un autre acheteur. Un rendez-vous fut pris le dimanche au même endroit.

Le jeudi matin, M. McHover et ma mère devaient partir pour l'aérodrome afin de prendre un avion en direction de Détroit. Ils devaient juste y passer la journée, visiter la maison, prendre quelques photos supplémentaires si ma mère en avait besoin et rentrer le lendemain matin. Mais il y eut un petit accroc. Mon père n'avait jamais quitté ma mère depuis leur mariage et voyait d'un très mauvais œil qu'elle parte seule avec M. McHover, surtout qu'ils devaient passer la nuit sur place. Le petit-déjeuner fut houleux dans la chambre.

— Mais enfin, William, dit ma mère, qu'est-ce que tu veux qu'il m'arrive ?

— Mais je ne sais pas moi, il pourrait y avoir une panne d'avion, c'est déjà arrivé !

— Arrête de me prendre pour une idiote, c'est à cause de M. McHover ?

— Non, pas du tout, enfin si. Je n'aime pas la façon qu'il a de te regarder.

— Mais ma parole, tu es jaloux !

— Eh bien oui ! Je n'ai pas envie de te voir seul avec lui. Qu'est-ce que tu veux que j'y fasse ?

— D'abord, tu vas te calmer, et ensuite, souviens-toi qu'il s'agit de business. On ne va pas à Détroit pour faire une partie de jambes en l'air. Je te rappelle que c'est toi que j'ai épousé et qu'il est hors de question que j'aie une aventure extraconjugale. Il y a des moments, je ne te comprends pas.

— Enfin, mets-toi à ma place !

— Mais je n'en ai pas envie. Tu es en train de te monter la tête et c'est tout. Il va falloir te faire une raison parce que M. McHover m'attend dans le hall et que je n'ai pas l'intention de le faire poireauter. Je rentre demain midi et nous reprendrons cette conversation.

Mon père n'avait même pas eu le temps de répondre que la porte se ferma sèchement. Il était un petit peu désespéré. Mais de son côté M. Onckok l'attendait pour aller à l'Exposition. Il le retrouva dans le hall de l'hôtel.

— Quelque chose ne va pas William, dit M. Onckok ?

— Non, rien, dit mon père d'un ton agacé.

— Oh, ça, ce n'est pas vrai. Qu'est-ce qui se passe, ils ont posé le papier peint à l'envers dans votre chambre ? dit M. Onckok sur un air de plaisanterie.

— Oui, bon, ça va. Je n'ai pas bien dormi et il est temps que l'on se mette au travail.

— William, dit M. Onckok qui avait parfaitement compris la situation, M. McHover est probablement charmant vis-à-vis du sexe féminin, mais c'est un businessman qui ne se laisse pas distraire par des aventures amoureuses. Concernant Susan, vous n'avez aucune inquiétude à vous faire. Je l'imagine mal en femme infidèle. Elle vous aime et il n'y a rien d'autre à dire. Alors vous allez me faire le plaisir de vous calmer et de lui faire des excuses dès son retour, demain.

– Mais…

– Il n'y a pas de « mais », quand on a une femme comme la vôtre… Enfin quoi ?

M. Onckok avait dit ça d'un ton sévère qui n'appelait pas à la discussion. Il était effectivement très contrarié par l'attitude de mon père. Quant à ce dernier, il se sentait très gêné par la colère qu'il avait déclenchée. Il tenta une explication fumeuse que M. Onckok rembarra aussi sec.

Le but de la journée était de vérifier l'installation des cuisinières dans les maisons témoins de la société McHover Construction Inc. Ils devaient valider tous les détails, y compris la décoration intérieure des cuisines. Ils devaient passer d'abord au stand pour déposer leurs affaires. Une cliente à la silhouette vraiment très agréable était déjà là à observer les différents modèles. Les deux hommes se regardèrent et entrèrent dans la maison. Là, une femme superbe se tourna et les regarda avec un large sourire. Elle était grande, blonde, parfaitement proportionnée et portait un ensemble à la fois chic et sobre. Ils pensèrent tout de suite que c'était l'une des hôtesses. M. Onckok ne l'avait pas vue lors des réunions des jours précédents et les deux hommes restèrent un moment les yeux écarquillés et la bouche ouverte. Heureusement pour eux, ils n'eurent pas le temps de poser la question, la charmante femme prit la parole :

– M. Onckok et M. Avallon, je présume ? Je me présente, je suis Annabelle McHover, dit-elle d'une voix si douce que l'on aurait cru un rêve.

– Heu ! oui, c'est ça… dit mon père.

– Enchanté de vous rencontrer, dit M. Onckok, tout en

donnant un énorme coup de coude à mon père.

— Je suis ravie de faire votre connaissance. Mon mari m'a beaucoup parlé de vous, et je voulais voir de mes yeux les créateurs de ma superbe cuisinière. Je tenais à vous remercier personnellement car depuis qu'elle est entrée dans la maison je me suis remise à cuisiner. Et j'adore ça…

— Eh bien, nous en sommes enchantés, dit M. Onckok.

— Heu ! Oui, je suis heureux que… la cuisinière vous plaise, dit mon père d'une voix hésitante.

— Mais fermez donc la bouche, William. Vous êtes ridicule, chuchota M. Oncock.

— J'aurais aimé voir votre femme mais je devrai attendre demain. Je suis venue voir les maisons avec quelques amies. Elles ne devraient pas tarder. Me permettez-vous de convier mes amies à faire un petit tour sur votre stand ? Je sais que la foire n'est pas ouverte mais je voudrais leur présenter vos modèles. On ne sait jamais, dit-elle en faisant un clin d'œil. Puis elle sortit.

Mon père était à la limite de tomber à la renverse. Il était sous le charme de Mme McHover. M. Onckok regardait mon père qui suivait des yeux Mme McHover s'éloigner.

— Dites-moi, mon petit bonhomme, dit M. Onckok, vous voulez des jumelles ?

— Hein ! dit-il en sursautant. Non, je suis désolé, mais… elle est très belle et je ne m'attendais pas à ce qu'un homme comme M. McHover ait une femme comme ça. On dirait un mannequin que l'on voit dans les magazines.

— Vous n'avez pas tout à fait tort, c'est effectivement un ancien mannequin de mode. C'est ma femme qui me l'a dit. Et en parlant de femmes, je vous trouve un peu gonflé de réagir comme ça. Après la scène que vous avez faite à Susan ce matin.

– Mais ça n'a rien à voir, Susan, ce n'est pas pareil.

– Allez donc lui expliquer ça ! Et puis maintenant vous savez que notre ami McHover a ce qu'il faut chez lui, non ? Allez, assez plaisanté, on se met au travail !

M. Onckok avait marqué un point, voire plusieurs. Mon père se sentait ridicule et décida de ne plus jamais faire acte de jalousie envers ma mère. John avait raison, c'était un ange qui ne méritait pas l'odieux mari qu'elle se trimbalait depuis tant d'années.

Susan à Détroit

Pendant ce temps, après un vol d'un peu plus de deux heures et un trajet en voiture de près d'une heure, ma mère et M. McHover arrivèrent devant la fameuse maison en rénovation. Ils étaient attendus par l'architecte et le responsable du chantier. La maison était située à 150 mètres du rivage et était séparée du lac par la route qui longeait toute la côte, la Lake Shore Drive. Sa situation était idéale...

Elle était beaucoup plus grande que ma mère ne l'avait supposée d'après les photos. Elle lui semblait très différente également des dessins qu'avait réalisés l'architecte. Elle était très moderne. Il n'y avait pas véritablement de façade, le terrain étant légèrement en pente et la maison semblant à demi enterrée sur sa partie arrière. Sur le devant, une immense baie vitrée prenait la moitié de la maison et donnait sur un large balcon. On pouvait distinguer des rambardes sur le toit qui faisaient penser qu'il y avait une terrasse. L'ensemble semblait de guingois, mais était parfaitement harmonieux. Elle était magnifique.

Plus ils s'approchaient de la maison, plus elle paraissait gigantesque. Ils entrèrent et se trouvèrent face au grand escalier. Ma mère comprit pourquoi M. McHover lui avait demandé de travailler sur le projet. Si techniquement l'escalier était de qualité, en revanche au niveau du style ma mère n'aurait pas fait ça. Puis le responsable du chantier leur fit visiter toute la maison. L'architecte, qui était resté en retrait, faisait un tout petit peu la moue. La plupart des décorations intérieures et des accessoires, y compris l'escalier, étaient sa création et il voyait d'un mauvais œil cette lubie de M. McHover : confier la décoration à cette inconnue ! Quelques minutes plus tard, ils se retrouvèrent tous les quatre dans le salon.

— Alors, questionna M. McHover, qu'est-ce que vous en pensez, Susan ?

— La maison est magnifique, répondit-elle d'une voix timide.

— Vous pouvez parler librement, il s'agit de travailler ensemble et je n'ai pas l'intention de supporter une quelconque rivalité entre vous. Que les choses soient claires, à partir de cette minute vous travaillez en équipe.

— Comme vous voudrez, répondit ma mère. Je crois que l'intérieur de la maison n'est pas en accord avec l'extérieur. Je la trouve très moderne, alors qu'on a gardé des standards de décoration très traditionnelle à l'intérieur. Je pense qu'il faudrait faire une décoration la plus sobre possible. Pour mettre plus en valeur le côté architectural. Pour mettre des œuvres d'art en valeur, il n'y a rien de mieux. De la sobriété et du blanc. Pour l'éclairage, grâce aux grandes baies vitrées, la lumière naturelle inonde les pièces et, pour ce qui est de l'éclairage électrique, on devrait utiliser des spots. À mon avis, il y a plus à retirer qu'à ajouter. Quant à l'escalier, j'avais lourdement sous-estimé le volume. Il faudrait là aussi faire le plus sobre possible mais en utilisant des matières nobles. Voilà ma première impression.

– Je suis bien d'accord avec vous, dit l'architecte. Le problème, c'est la cliente. Elle vient à tout bout de champ imposer un matériau ou un autre. Croyez-moi, bon nombre des matériaux utilisés à l'intérieur ne sont pas mon choix. Quant à l'escalier, j'ai essayé de faire au mieux avec les impératifs que m'imposait la cliente. Je suis d'accord avec vous, je ne l'aime pas non plus.

– Bon, on avance, dit M. McHover. Susan, avez-vous des suggestions ?

– Pour commencer, je ne vois qu'une solution : éloigner la cliente.

– Éloigner la cliente ? mais comment pouvez-vous…

– Moi, je ne sais pas. Mais vous, il va falloir trouver la solution. Si l'on veut pouvoir réaliser quelque chose dans cette maison, il ne faut pas qu'on soit dérangés avant que tout soit fini. Si elle continue à venir mettre son nez dans notre travail, on n'y arrivera pas. De plus, à travers les choix qu'elle a faits, on voit très bien qu'elle n'y connaît rien. Il faut la surprendre. Éloignez-la !

– Oui, je comprends. Mais enfin, cela ne va pas être facile.

– C'est votre problème, dit ma mère. Pour nous, c'est une nécessité. Je m'appelle Susan Avallon, dit ma mère en regardant l'architecte.

– Joachim Leprince, enchanté.

– M. McHover, je pense qu'il est temps que l'on se mette au travail avec Joaquim. Si vous pouviez vous occuper de notre problème pendant ce temps-là, je vous en serais reconnaissante.

– Euh, oui bien sûr ! Je vais trouver quelque chose. Je repasse vous chercher pour le dîner.

Ma mère convia l'architecte et le chef de chantier à la rejoindre dans le bureau. Elle ouvrit un carton à dessin dans lequel elle avait rangé toutes les esquisses qu'elle avait faites à Chicago. Cette conversation avait mis tout le monde à l'aise et l'atmosphère fut tout de suite détendue.

– Je suis désolée, mais je n'ai pas pris en compte un tel volume, dit ma mère. Je crois que tous les dessins sont à mettre au feu. Il faut tout recommencer.

– Je ne suis pas d'accord, dit Joachim. Cet escalier est magnifique et je crois qu'on pourrait reprendre quelques éléments.

– Je suis d'accord, dit le chef de chantier. Techniquement, j'ai l'impression que ça correspond parfaitement à l'ouverture dans le plafond. De plus, les marches sont très belles et harmonieuses. Tout à fait en accord avec les baies vitrées.

– J'ai utilisé… le nombre d'or, répondirent en chœur ma mère et l'architecte.

Ils se regardèrent tous les trois et se mirent à rire aux éclats. La collaboration était lancée et c'était très excitant pour ma mère. Elle pouvait enfin exprimer son talent artistique. Elle se sentait parfaitement comprise par un technicien capable d'en faire quelque chose. De son côté, l'architecte était surpris de la rapidité d'esprit avec laquelle ma mère scannait littéralement les volumes et restituait en quelques minutes une création qui s'intégrait parfaitement dans les lieux. Le chef de chantier, lui, avait du mal à suivre. À peine une idée avait-elle germé qu'elle était prise immédiatement par Joachim qui la transformait en dessin coté. Dans la foulée, le chef de chantier devait analyser la faisabilité. Une fois la chose faite, il n'avait pas le temps de revenir les voir pour leur donner son résultat que l'idée avait déjà changé. Au bout d'un moment, il demanda grâce.

Ils travaillèrent dans toute la maison. Pièce après pièce, tous les détails étaient vus, corrigés, modifiés et ils finirent même par tomber en panne de papier. Ils continuèrent sur des blocs-notes et au dos des premiers dessins. Certains dessins furent même réalisés sur les murs. Ils avaient abattu un travail énorme et en ce qui concernait ma mère, elle comprenait parfaitement, maintenant, ce qu'avait voulu faire M. McHover. Vers 19 heures, ils étaient installés sur la terrasse du toit et regardaient le lac   quand M. McHover arriva. Ils descendirent le rejoindre dans le grand salon.

– Bien ! dit M. McHover. Ça n'a pas été facile, mais j'ai trouvé une idée. Je lui ai dit que c'était le plus grand décorateur des États-Unis qui intervenait incognito sur sa maison et qu'il ne voulait pas être dérangé avant la fin des travaux. Nous avons un mois. Où en êtes-vous ?

– J'ai fini, dit ma mère.

– Nous avons fait différentes listes des choses que nous pouvons faire tout de suite, dit Joachim, et les équipes pourront se mettre au travail dès demain matin. Pour le reste, il me faut une semaine pour finir les plans. D'ici dix jours, j'aurai tout fait.

– Un mois, pas de problème, dit le chef de chantier.

– Ah bon ! dit M. McHover. Vous avez tout fini ?

— Oui, dit ma mère, un grand sourire aux lèvres.

— Mais je croyais que vous deviez faire des recherches et qu'il vous faudrait beaucoup de temps pour tout analyser.

— Oui, c'est ce que je croyais. Mais quand on travaille avec de véritables professionnels, ça va beaucoup plus vite, dit-elle en regardant Joachim et le chef de chantier.

— Bon! Puisque vous le dites! Vous me montrez? demanda M. McHover.

— Avec plaisir, répondirent-ils tous ensemble.

Ils firent le tour de la maison et à chaque point de détail ils lui expliquèrent ce qui avait été prévu. Il n'arrêtait pas de faire des commentaires positifs. Sa phrase préférée était : « Mais pourquoi ne l'a-t-on pas fait tout de suite ? » Joachim finit par lui répondre : « Susan n'était pas là ». Après la visite, et comme il l'avait proposé, M. McHover les emmena au restaurant. Un endroit charmant sur le bord du lac non loin de Détroit. Le temps était calme et doux. ils étaient installés sur un ponton au-dessus des flots.

— Donc, si j'ai bien compris, vous allez travailler avec nous dorénavant, demanda Joachim.

— Non, pas exactement, répondit ma mère, je…

— Susan vient de créer son propre studio de design et elle est installée à Boston, dit M. McHover. Mais je vous rassure, nous avons un accord privilégié avec elle, n'est-ce pas Susan ?

— Oui, en quelque sorte. Il n'y a rien de nouveau, il me semble ?

— Non, mais croyez bien que je regrette que vous ne restiez pas avec nous, dit M. McHover

— Je suis tout à fait d'accord, vous êtes un apport énorme, dit Joachim.

— C'est vrai, vous avez un œil formidable, dit le chef de chantier, et les choses vont vite avec vous. Il n'y aurait pas moyen de…

— Que les choses soient claires, messieurs. Ma vie est à Boston et il n'est pas question que ça change. Je travaillerai avec vous aussi souvent que possible. Je peux même envisager de faire quelques déplacements dans l'année, en fonction de mes possibilités. Mais je ne serai pas exclusive pour la société McHover Construction Inc. On est bien d'accord ? dit-elle en regardant M. McHover.

— Oui, oui…, répondit-il en baissant la tête. Nous avons un accord, messieurs, et Susan ne peut pas rester. Désolé.

Cette dernière phrase avait jeté un froid. L'architecte et le chef de chantier affichaient une mine consternée et surprise. Ma mère en déduisait que M. McHover aurait voulu beaucoup plus que ce qu'il avait offert. Elle pensa qu'il avait dit des choses à son entourage qui ne correspondaient pas tout à fait à ce qui avait été décidé dans le protocole d'accord. Après le dîner, arrivée à l'hôtel, elle demanda à lui parler dans le salon principal, un petit peu
à l'écart.

— Y a-t-il quelque chose que vous voulez me dire ? demanda ma mère en regardant M. McHover.

— Non, je ne vois pas.

— Je voudrais être certaine que l'on se soit bien compris. Toute cette aventure est née grâce à vous. Et je vous avoue qu'aujourd'hui que je vous en suis très reconnaissante. J'ai entendu ce que vous vouliez et j'ai fait mon travail. Mais je retourne à Boston avec mon mari prochainement et il n'y a rien que vous puissiez faire pour changer ça. Est-ce qu'on est sur la même longueur d'onde ?

— Oui. Mais vous savez, je me disais que… enfin, c'est un travail qui vous intéresse. Vous avez une équipe formidable ici, vous voyez ce que je veux dire.

— Si je comprends bien ce que vous voulez dire, je crois que notre collaboration s'arrêtera toute de suite. Alors, dites-moi. Ai-je bien COMPRIS ce que vous vouliez dire ?

— Non !… Il se tut quelques instants. OK. J'ai COMPRIS. On s'en tient au protocole d'accord.

— Bien ! Là, nous nous sommes COMPRIS, puis elle tourna les talons et partit en direction de l'ascenseur. Elle s'arrêta net et fit demi-tour. Qu'il n'en soit plus jamais question, dit-elle d'une voix douce et ferme, son regard planté dans celui de M. McHover.

Pendant le voyage de retour, ils firent comme si rien ne s'était passé. M. McHover était charmant comme à son habitude. Ils discutèrent du projet pendant tout le voyage. Ma mère décida de ne pas en parler à mon père mais de rester vigilante à l'avenir.

La soirée d'ouverture de l'Exposition universelle

À leur arrivée à Chicago, ils retrouvèrent mon père et M. Onckok à l'hôtel. Ils leur racontèrent tout ce qui s'était passé à Détroit avec moult détails. Ma mère montra ses croquis, expliquant ce qui allait être réalisé dans la maison. Les deux hommes furent fort impressionnés et mon père très fier. M. McHover fit beaucoup de compliments au sujet de ma mère. Mon père eut une petite réaction qui fut corrigée immédiatement par le regard de M. Onckok.

Ce dernier leur raconta ce qu'ils avaient fait pendant ce temps et leur rencontre avec Mme McHover. Ses amies étaient repassées sur le stand et avaient beaucoup aimé les modèles de cuisinière. Elles étaient restées un long moment et certaines d'entre elles semblaient intéressées. Bref, le stand était fin prêt à recevoir les futurs clients et ils en étaient très heureux.

Le 26 mai, la veille de l'ouverture au public, une grande soirée fut organisée par la mairie de Chicago où étaient invités tout le gratin des industriels et des personnalités de tous horizons. Ils étaient attendus à partir de 19 heures dans une grande salle de la maison de l'Amérique, au cœur de l'Exposition. Joseph Watterson était venu avec son équipe de cadres chargée de la construction des deux tours, ainsi que son inséparable secrétaire, Mlle Whitley.

Les femmes étaient pomponnées et avaient mis leurs plus belles robes. Les hommes étaient en smoking. Quand ils arrivèrent dans l'immense salle où se tenait le cocktail, tout le monde fut impressionné. Un orchestre de plus de quarante musiciens jouait sur la scène tandis qu'était dressé un gigantesque buffet où le champagne coulait à flots. Il y avait toutes les boissons qu'on puisse imaginer, avec un grand stand Coca-Cola, dont de nombreux whiskies venus des quatre coins des États-Unis. Des canapés et autres salades étaient à disposition en quantité presque illimitée. Ils n'avaient pas fait vingt mètres qu'un serveur passa avec un plateau. M. Onckok se jeta sur lui et attrapa des coupes pour les distribuer autour de lui.

– Prenez tous du champagne, nous allons porter un toast. Mais où est votre femme ? demanda-t-il à M. McHover.

– Elle avait malheureusement d'autres engagements pour ce soir.

– Ah bon ! Messieurs, mesdames, je porte un toast à la réussite dans nos affaires et dans la vie. Je porte également un toast aux « rencontres », dit-il en faisant un clin d'œil à mon père.

– À vous tous, dit M. McHover, et il engloutit sa coupe de champagne cul sec.

Puis le petit groupe déambula dans la grande salle, M. McHover disant bonjour à énormément de monde. Ce qui n'était pas étonnant compte tenu du fait qu'il y avait une majorité d'industriels de la région de Chicago qu'il connaissait depuis des années. Il ne manqua pas de faire les présentations à chaque fois, avant d'être interpellé par un homme.

– M. McHover ! dit l'homme arborant un large sourire.

– M. Whilmore, comment allez-vous ? Je suis ravi de vous revoir. En toute honnêteté, je savais que vous seriez là.

– Ah, oui ? dit l'homme surpris. Et comment le saviez-vous ?

– Ce n'est pas très difficile, votre ballon dirigeable passe au-dessus de nos têtes trois fois par jour, dit-il avant d'éclater de rire.

– Oui, et c'est exactement ce que je veux. Que tout le monde le voie. Cela tombe très bien que je vous rencontre, je voulais vous demander une chose. Est-ce vous qui avez construit ces deux magnifiques tours, celles avec le téléphérique au-dessus du chenal ?

– Désolé, ce sont les établissements Schirmer. J'avais été contacté, mais mes équipes étaient déjà engagées ailleurs et je n'ai pas pu avoir ce contrat. Il avait dit ça en regardant M. Onckok d'un œil amusé.

– Quel dommage, j'étais persuadé que c'était vous ! Je suis à la recherche d'une entreprise spécialisée en ingénierie de structure métallique.

– Vous avez des projets ?

– Oui, nous avons impérativement besoin de construire un hangar pour le prochain prototype. Il devra être construit à côté du premier, à Akron. C'est pour ça que j'avais pensé à vous. Mais comme vous le savez, ces hangars doivent être construits en charpente métallique. Le premier avait eu des malfaçons et je voudrais que cette fois il soit parfaitement réalisé.

– Non, je suis désolé pour vous. De mon côté, j'ai déjà construit pas mal de hangars en charpente métallique. Ce sont les établissements Onckok qui en ont réalisé les pièces d'assemblage.

— Ah ? La société Onckok ? Je ne les connais pas. Où sont-ils installés ?

— À côté de Boston.

— Vous les connaissez ?

— Oui, et même très bien, dit-il en souriant.

— Écoutez, c'est un projet d'un type particulier. L'armée... vous voyez ce que je veux dire. Pourriez-vous me les présenter ?

— Absolument, quand voulez-vous les rencontrer ?

— Le plus vite possible.

— Maintenant ? dit-il en étouffant un début de fou rire.

— Comment ça maintenant ?

— Vous avez dit le plus vite possible. Faisons « le plus vite possible ». Je vous présente M. John Onckok et M. Joseph Watterson, propriétaires associés de la société Onckok. Messieurs, je vous présente M. Whilmore, président de la Goodyear-Zeppelin.

— Vous m'avez bien eu ! dit-il en éclatant de rire. Enchanté, messieurs ! Avec M. McHover, les choses vont vite, mais là, il bat tous les records.

La société Goodyear fut fondée en 1898 par Frank Seiberling. Elle porte le nom Goodyear en hommage à l'inventeur de la vulcanisation du caoutchouc découverte en 1839 par Charles Goodyear. La société est installée dans la banlieue d'Akron, Ohio, de l'autre côté du lac Érié, à moins de 200 km par la route de Détroit. Au commencement, elle fabriquait des pneus de vélo et de calèches. En 1901, elle fournit des pneus de course pour Henri Ford et la célèbre Ford T à partir de 1908 ce qui lui apporta une belle notoriété. Puis elle s'intéressa fortement à l'aviation et produisit, dans un premier temps, des pneus pour les avions avant de commencer la fabrication de dirigeables souples pour l'armée américaine à partir de 1911, les fameux Blimp (le ballon dirigeable marqué de la publicité Goodyear dont parlait M. McHover). Même s'ils ont été un peu modifiés, ils volent toujours aujourd'hui. Compte tenu de sa spécialité, le caoutchouc, Goodyear s'intéressa après la Première Guerre mondiale aux Zeppelin. Après l'obtention des brevets allemands par les alliés en 1918, il y eut la création d'une division appelée Goodyear-Zeppelin. Ce fut un secteur très important de son développement dans les années 30, mais il fut démantelé dans les années 40 après la perte d'intérêt de l'armée américaine pour les dirigeables. Pour la petite histoire, Goodyear fabriqua également des avions, dont le fameux Chance Vought F4U, ou plus familièrement appelé « Corsair ». Cet avion mythique de la guerre du Pacifique, produit à plus de 12 000 exemplaires, était fabriqué par trois sociétés différentes. La France en avait commandé en 1940, mais ils ne furent jamais livrés à cause de la guerre, et atterrirent finalement en Angleterre. Mais c'est une autre histoire…

Après avoir fait les présentations d'usage de tous les convives réunis autour de lui, M. Whilmore partit bille en tête dans une conversation avec les quatre hommes. Il voulait tout savoir de la société Onckok et comprendre leur rôle dans la construction des tours. Joseph Watterson, qui dorénavant, était en charge de la société, lui expliqua qu'il avait reçu des plans d'exécution de la société Schirmer. Après avoir fait une vérification de résistance, ils apportèrent les modifications nécessaires. Ils avaient réalisé toutes les pièces et les systèmes d'assemblage. Puis il fit une présentation générale de la société.

— Alors comme ça, vous travaillez tous les métaux.

— Oui, tous, à l'exception des métaux précieux. Enfin presque, si l'on considère la baisse du prix de l'aluminium, on peut dire ça.

— Vous travaillez l'aluminium ?

— Oui, nous avons des contrats avec la marine américaine et ils sont très demandeurs de pièces d'exécution spéciales. On fait des profilés et on tourne des pièces de mécanique ou d'assemblage.

— Mais c'est bigrement intéressant. Messieurs, il faut que l'on prenne rendez-vous au plus vite. Quand pouvons-nous nous rencontrer ?

— À partir de lundi, quand vous voulez, répondit Jo. Je rentre à Boston jeudi matin.

— Où puis-je vous contacter ? Le temps de vérifier mon planning et je vous proposerai une date.

Et c'est ainsi qu'à peine quarante minutes après leur arrivée, le déplacement à Chicago s'était déjà avéré fructueux pour Onckok et mes parents.

Pour remettre les choses dans leur contexte, il faut préciser que l'utilisation de l'aluminium n'en était qu'à ses débuts au niveau industriel. Les techniques d'affinage permettant un prix raisonnable venaient juste d'être mises au point. L'arrivée de ce nouveau métal allait révolutionner l'industrie. À ses débuts, à la fin du XIXe siècle, il fut utilisé pour certains prototypes, comme le fameux Defender, bateau mythique qui gagna la coupe de l'America en 1895. À l'orée du XXᵉ siècle, l'avion des frères Wright en 1903, et surtout le Spirit of Saint-Louis que Charles Lindbergh pilota à travers l'Atlantique en 1927, étaient dotés d'un châssis en tube d'aluminium. Son utilisation se démocratisa après la guerre de 14-18, notamment dans les États du nord des États-Unis, avec le développement de la société PRC, fondée en 1888 à Pittsburgh et qui deviendra Alcoa en 1907. Bien que la découverte fût française, c'est Pierre Berthier qui, en 1821, découvrit l'alumine dans les terres des Baux-de-Provence, ce sont des chimistes d'Europe puis des États-Unis qui finirent par maîtriser l'extraction du minerai à partir de 1893. K. Bayer et P. Héroult déposèrent un brevet connu sous le nom de procédé Bayer. Petite anecdote, l'une des premières voitures à carrosserie en aluminium fut la Rolls-Royce Silver Ghost de 1907. C'est grâce à l'aviation, handicapée par le poids des pièces mécaniques et de fuselage, que l'aluminium se démocratisa et envahit petit à petit l'industrie. Dans la vie de tous les jours, l'aluminium entra dans les maisons à partir de 1934 avec la fabrication d'objets de luxe et de design.

Georges Western a laissé un message

Après cette magnifique soirée, ils rentrèrent à l'hôtel. Tout le monde était euphorique. Ils avaient rencontré bon nombre d'industriels et les carnets de rendez-vous étaient pleins. Mon père était en train de plaisanter dans le hall quand le concierge s'approcha de lui.

– Bonsoir, M. Avallon, j'ai un message pour vous.

– Un message ?

– Oui, le voici. Je reste à votre disposition.

Tout le monde s'arrêta net de parler et regarda mon père ouvrir fébrilement l'enveloppe. Il avait téléphoné régulièrement à Boston et était très surpris d'avoir un message. Il provenait de Georges Western.

« Nous avons un problème. Rappelez-moi à votre maison de Brookline. Urgent. »

Tout ça était aussi clair que du jus de boudin et n'avait fait qu'empirer l'inquiétude de mes parents. Mon père demanda un téléphone et alla s'installer dans une cabine. Il était tard, il se demandait si quelqu'un serait encore à la maison à cette heure-là. Au bout de quelques minutes, il eut enfin la communication.

– Allô !

— William Avallon au téléphone, à qui ai-je l'honneur ? demanda mon père qui n'avait pas reconnu la voix.

— Salut, William, c'est Georges.

— Que se passe-t-il ?

— On a un problème. La grange a été visitée et ils ont pratiquement tout cassé.

— Ils ont cassé quoi ? Et qui ils ?

— Mes concurrents, enfin, tu vois ce que je veux dire ?

— Excuse-moi, mais je ne comprends rien. Tu as été cambriolé ? Tu as appelé la police ?

— Oui, c'est un cambriolage un petit peu spécial. Ils n'ont rien volé mais ils ont tout cassé. Et oui, la police est venue. Ils ont débuté l'enquête. Mais je n'ai pas besoin d'eux pour découvrir qui sont les auteurs. Je le sais pertinemment.

— Mais enfin, de qui parles-tu ?

— De la mafia.

— La mafia ? Mais qu'est-ce que ça veut dire ?

— Ça veut dire que je déménage cette nuit et qu'il va falloir qu'on parle.

Mon père tomba sur le strapontin de la cabine. Ses jambes l'avaient trahi. Il avait le souffle coupé et n'était pas sûr de comprendre. En dehors des problèmes que Georges Western pouvait avoir avec la mafia à cause de sa licence de production d'alcool, il réalisa que la maison devenait une cible potentielle. Il comprit pourquoi Georges avait décidé de déménager au plus vite : pour garantir la sécurité de ses amis. Après avoir retrouvé son souffle, mon père reprit le téléphone.

— Qu'est-ce que tu veux que je fasse ? demanda-t-il.

– Il faudrait que tu rentres au plus vite.

– C'est impossible. L'Exposition commence demain matin et j'ai déjà des rendez-vous toute la semaine prochaine.

– Je suis désolé de vous mettre dans cette situation. Mais il y a des décisions à prendre, et à prendre rapidement. Est-ce que Susan pourrait rentrer ?

– Écoute, ce soir je ne sais pas quoi te répondre. J'y réfléchis, rappelle-moi demain matin à 9 heures, j'aurai pris une décision.

Mon père fut obligé de raconter à ma mère ce qui s'était passé. Il était furieux mais n'en voulait pas à Georges. Le deal qu'ils avaient fait les avait amenés là où ils étaient aujourd'hui et il n'y avait rien à regretter. Ce n'était pas de sa faute, mais il devrait faire plus attention à ce problème potentiel. Surtout que ma mère devait s'installer dans la maison et qu'il était hors de question qu'elle soit exposée à des problèmes de ce genre.

– Georges est en train de déménager ? demanda ma mère. Les choses vont rentrer dans l'ordre, il n'y a pas à s'inquiéter, dit-elle sans en croire un mot.

– Oui, ma chérie, mais je ne veux pas sous-estimer les problèmes que ça pourrait poser. J'ai décidé de prendre un gardien.

– Un gardien ? Oui, pourquoi pas ? Est-ce que tu n'es pas trop excessif ?

– Je préfère prévenir que guérir, surtout quand il s'agit de toi. Je ne sais pas comment faire mais il va falloir que tu t'en occupes.

– Je suis d'accord, j'ai fini mon premier travail avec M. McHover et ils n'ont pas besoin de moi plus longtemps. De toute façon, si c'était le cas, nous travaillerions par courrier. Je vais voir avec John s'il est possible qu'il nous trouve des places d'avion pour demain.

À cette période, la pègre travaillant autour de l'alcool était désorganisée une fois entérinée la fin de la prohibition. Après les arrestations multiples des gros bonnets, comme Al Capone, beaucoup de clans se tiraient dessus à tout bout de champ, parfois juste pour un bout de rue qu'ils considéraient être leur territoire. Même si ce type de fusillades avait diminué par rapport à la grande époque de Chicago, le nombre de victimes collatérales dû aux bagarres entre les différentes familles restait légion. Ils utilisaient souvent la fameuse Tommy Gun, une mitraillette Thomson particulièrement meurtrière. D'un gros calibre (11,43 mm ou 45), sa capacité destructrice n'avait d'égale que son imprécision. Une légende urbaine raconte qu'un homme mitraillé à moins de dix mètres, sur lequel on avait vidé un chargeur de 35 cartouches, était ressorti sans une égratignure, alors que dans le même temps, deux passants avaient été tués à plus de cinquante mètres de là.

Mon père imaginait ma mère se retrouvant au milieu d'une fusillade. Il voulait que la maison soit gardée 24 heures sur 24, du moins au départ, le temps que les choses se calment.

Dès le lendemain matin, après une courte conversation avec Georges, ils informèrent M. McHover et M. Onckok du cambriolage et qu'ils avaient décidé de rentrer tous les deux à Boston. John Onckok se chargerait d'assurer seul les rendez-vous. Ils ne firent aucun problème, comprenant parfaitement leur inquiétude. John avait fait jouer ses relations et mes parents purent prendre l'avion de midi.

Arrivés à la maison, ils tombèrent sur George Western qui les attendait.

— Bonjour William, bonjour Susan, désolé pour tout ça.

— Bonjour Georges. Alors quels sont les dégâts ?

— Ils ont pratiquement tous détruit. Le stock de bière et de whisky, mais surtout l'alambic. Ils ont aussi perforé les cuves de maltage. Enfin, j'ai tout vidé, on a même fait le ménage. La grange est complètement vide.

— Et la maison, il y a eu des dégâts ?

— Non, j'ai fait le tour plusieurs fois, je n'ai rien remarqué.

— Où vas-tu aller ?

— J'ai trouvé un local à Dorchester, juste en face du centre de la police. En plus, ce sont des bâtiments sécurisés. Pour le moment, j'ai tout entreposé là-bas et je me sers du hangar sur le quai pour continuer à travailler. Je devrais avoir le bail d'ici deux ou trois jours, puis je remettrai en production là-bas.

— Je suis vraiment désolé, dit ma mère.

— Vous plaisantez ! C'est moi qui suis désolé de vous avoir mis dans une situation pareille. Je me doutais qu'ils me feraient des misères, mais là j'ai été beaucoup trop naïf. Je vais faire paraître, dès demain matin, un communiqué dans le journal pour prévenir du changement d'adresse. Pour le moment, je ne vois pas ce que je peux faire de plus.

— Ces deux personnes-là, qui sont-elles ?

— Ce sont des gars à moi. Ils vont rester avec vous quelques jours. Au cas où…

— C'est très gentil de ta part. De toute façon, nous allons

chercher un gardien. Sais-tu comment on s'y prend ?

– Oui, j'ai ma petite idée. La plupart de mes gars, je les ai recrutés grâce au père Andrew.

– Le père Andrew ? Il s'occupe de ça ?

– Non, mais il connaît beaucoup de gens qui viennent chercher de l'aide. Du coup, il essaie de leur trouver de quoi les nourrir, des vêtements et parfois un travail. Pose-lui la question, tu ne risques rien !

– Bonne idée, dit ma mère. Le temps de poser nos bagages, je vais lui téléphoner.

– Au sujet du deal, comment fait-on ? dit mon père.

– Tu rigoles ! C'est de l'histoire ancienne pour moi. Tu as fait ta part. Nous sommes quittes.

– OK ! Je trouve un gardien et je te renvoie tes gars. Merci encore pour tout.

Jack Neighborhood

À cette période-là, mes parents avaient une employée de maison. Elle venait le matin, faisait le ménage puis préparait le dîner du soir. Elle était restée après le déménagement des activités à l'usine. À l'époque où elle avait été engagée, elle préparait le déjeuner pour tout le personnel. Elle devait normalement les rejoindre pour travailler en cuisine, mais ma mère lui avait demandé de rester quelque temps pour s'occuper de la maison.

Ma mère était débordée et n'était plus sur place. Elle n'avait pas le temps de s'en occuper elle-même. Elle appela le père Andrew qui fut agréablement surpris de son appel téléphonique.

– Susan, j'ai enfin de vos nouvelles. Ça fait longtemps que je ne vous ai pas vue.

– C'est vrai, mon père. Nous étions partis à Chicago pendant quelque temps. Mais nous sommes de retour. Je vous appelle parce que je cherche un gardien pour notre maison. Notre ami Georges Western nous a dit que vous pourriez peut-être nous aider dans le recrutement de cette personne.

– Oui, tout à fait. Quel genre de personne cherchez-vous ?

– Eh bien, il s'agit de garder la maison, s'il pouvait faire aussi un petit peu de jardinage, ce serait parfait. Pour le moment, j'ai une employée mais elle doit normalement partir bientôt travailler à l'usine. Dans l'idéal, j'aimerais avoir un couple.

– Oui, je comprends. Laissez-moi réfléchir… j'ai peut-être quelqu'un. Mais il faut que je lui en parle d'abord. Je vous rappelle plus tard.

– Nous devons passer aux ateliers mais nous n'allons pas tarder à revenir. Pouvez-vous me rappeler vers 16 h-16 h 30 ? Nous serons sûrement de retour.

– C'est parfait, à cet après-midi.

Ma mère raconta sa conversation avec le père Andrew puis ils partirent. Mon père déposa ma mère chez O & A avant de rejoindre la Hot Chestnut Cie où il passa la matinée et une partie de l'après-midi. Les affaires marchaient tranquillement et toute l'organisation était en place. Chez O & A, la production des cuisinières fonctionnait parfaitement, même si Édouard trouvait que ça n'allait pas assez vite. À la Hot Chestnut Cie, il n'y avait pas grand-chose à dire, c'en était presque vexant pour mon père, qui se sentait un peu de trop dans les ateliers. Les ouvriers avaient pris leurs habitudes et s'étaient organisés. La production tournait à haut rendement grâce à Arnold, qui dirigeait tout cela de main de maître.

Ils n'avaient pas évoqué le projet de l'atelier de design, pour éviter de tournebouler les têtes des employés. Ils préféraient avoir les premiers résultats de la foire.

Comme ma mère l'avait prévu, ils furent de retour à 16 h 30. En arrivant devant la maison, ils trouvèrent un vieux camion, poussiéreux, fatigué et chargé de tout un bric-à-brac indescriptible, garé sur le côté de la cour. Étaient entassés tant bien que mal des malles, des chaises, une sorte de bassine en fer rouillé duquel dépassait un pot en terre avec une batte à beurre, une planche de lavoir, des

tapis enroulés et bien d'autres choses empilées et maintenues par une corde.

— Mais qu'est-ce que c'est que ce fourbi ? dit mon père en regardant ma mère. Tu as appelé l'Armée du Salut ?

— Non, je ne comprends pas. Encore des cambrioleurs ?

— Sauf si tu m'as caché des choses, je ne reconnais pas les objets sur le camion.

— Non, moi non plus. Ce n'est pas à nous.

À ce moment précis, les deux hommes de Georges avancèrent vers eux.

— C'est à vous ? leur demanda mon père.

— Non, monsieur, c'est aux gens qui sont avec le père Andrew.

— Le père Andrew ? Mais où est-il ?

— Il est dans la cuisine. Il y a un problème ?

— Non, non…

Et alors qu'il répondait, le père Andrew sortit accompagné d'un homme qu'ils ne connaissaient pas.

— Ah, vous voilà ! Je vous présente Jack Neighborhood. C'est l'homme de la situation.

— B'jour M'dam, dit l'homme d'une voix rauque, très lente et monotone.

Mes parents écarquillèrent les yeux. Ils avaient demandé un gardien pour une maison de Brookline, située sur Chestnut Hill, le quartier le plus huppé de Boston et de ses environs. Et le père

Andrew avait ramené un paysan mal dégrossi, habillé d'une salopette en jean crasseuse, chaussé de bottes dont l'une était entourée par de la ficelle pour maintenir la semelle. Jack Neighborhood n'était pas très grand mais semblait particulièrement musclé. Sa peau était mate et fripée. Mal rasé, une chevelure châtain clair tout ébouriffée sous un chapeau de cow-boy en paille percé de multiples trous, des yeux clairs sans véritable couleur et des dents jaunies et tout aussi abîmées que sa voix par le tabac. Il n'avait guère plus de 40 ans, mais en paraissait au moins 50. Le père Andrew comprit tout de suite qu'il était nécessaire d'avoir un entretien en tête-à-tête avec mes parents avant qu'ils fassent plus ample connaissance avec Jack Neighborhood.

— Jack, pouvez-vous attendre là ? je vais discuter quelques minutes avec M. et Mme Avallon.

— M'père, dit l'homme avec un fort accent rural, portant deux doigts sur le bord de son chapeau, voulant signifier qu'il le saluait.

Le père Andrew fit signe à mes parents de l'accompagner dans la cuisine.

— Mon père, qu'est-ce que… dit mon père d'un ton solennel.

— Il est merveilleux !

— J'ai bien peur, mon père, que nous n'ayons pas les mêmes critères de sélection pour les employés.

— Merveilleux n'est pas exactement l'adjectif que j'aurais utilisé en le regardant, dit ma mère.

— Je veux dire par là qu'il est l'homme de la situation. C'est un ancien agriculteur. Pour le jardin, c'est parfait. Il sait bricoler et pas simplement avec du bois. Vous avez vu son camion, rendez-vous compte qu'il est venu avec du Nebraska ! Il sait pratiquement tout faire. Cela fait trois semaines qu'il est arrivé, et si je ne manquais pas de place je l'aurais bien gardé à l'église. Il a fait toutes les réparations qui traînaient depuis plus de dix ans. Il a des mains en or. De plus, c'est un bon catholique, honnête et travailleur. Pour une maison comme celle-ci, c'est exactement ce dont vous avez besoin.

— Il habite à l'église, demanda ma mère ?

— Oui, enfin en quelque sorte. Il a planté sa tente sur la pelouse derrière l'église. Il a tout le matériel. Ça fait six mois maintenant qu'il est parti du Nebraska et qu'il parcourt les routes.

— C'est une sorte de romanichel, demanda mon père ?

— Non, pas du tout. C'est un fermier qui vient de la région d'Omaha. Il est parti à cause des tempêtes. Maintenant il cherche un nouvel endroit pour s'installer mais il ne trouve pas. Vous savez, en général, ces gens-là sont mal accueillis.

— Ah, je comprends, dit mon père, les tempêtes de poussière du Middle West. J'ai lu des articles à ce sujet. C'est un véritable drame.

— Oui, il a tout perdu. Il n'avait même plus de quoi trouver à manger et mettre de l'essence dans son camion.

Mes parents se regardèrent. Ils se souvenaient qu'il n'y a pas si longtemps, toutes proportions gardées, ils étaient pratiquement dans la même situation.

— Comment l'avez-vous connu ?

— C'est la police qui me l'a ramené après l'avoir arrêté pour vol à l'étalage. Ce sont de pauvres bougres et ils ne sont pas méchants. Ils ont faim. Alors la police préfère me les amener pour que je leur donne à manger. Dans la grande majorité des cas, il n'y a plus de problème après qu'ils sont passés par chez moi.

– Nous comprenons, dit ma mère. Je suis certain que c'est quelqu'un de bien, mais nous avons besoin d'un couple, vous vous souvenez.

– Mais c'est parfait, il vit avec sa fille et son gendre. À eux trois ils vous garderont la maison, feront l'entretien, le ménage, la cuisine et plein de choses encore.

– Sa fille et son gendre ? Mais je ne les ai pas vus, dit mon père en regardant par la fenêtre.

– Ils sont très timides. Ils n'ont même pas osé entrer dans la maison. Ils sont très inquiets aussi de votre réponse.

Mes parents se regardèrent une nouvelle fois et mon père comprit tout de suite que ma mère avait pris sa décision.

– Eh bien, soit, nous pouvons au moins les rencontrer, dit mon père, ça n'engage à rien.

Il sortit de la cuisine et alla à la rencontre de Jack Neighborhood.

– M. Neighborhood, je suis William Avallon, dit mon père, et voici ma femme Susan.

– M'sieu, m'dam, je suis Jack Neighborhood mais mes amis m'appellent Jack.

– Alors, vous venez du Nebraska ? dit ma mère.

– Oui, m'dam.

– Ah… et d'où exactement ?

– Norfolk, au nord-est d'Omaha, m'dam.

– Et vous aviez une ferme, dit mon père ?

– Oui, m'sieu. Mais ce sont les banques qui m'l'ont volée, m'sieu.

– Oui, j'ai entendu parler de cette tragédie dans des journaux. Je suis désolé.

– Vous n'avez pas à être désolé, m'sieu, c'est pas votre faute.

– Alors, cette place de gardien vous intéresse ? demanda ma mère.

– Oui, m'dam.

– Et vous êtes prêts à faire…

– Tout ce que vous voudrez, m'dam.

– Euh… je n'ai pas vu votre fille ni votre gendre, on pourrait les rencontrer ?

– Bien sûr, m'dam. Il mit les doigts dans sa bouche et siffla très fort. Ma mère sursauta. Il y a un problème, m'dam ?

– Non, c'est que je suis un peu stressée. Ça m'a surprise, c'est tout.

Ma mère eut une vision étrange, comme une apparition sortie de derrière le camion. Celle de la fille de Jack, petite, menue et très mignonne, mais bigrement sale dans une robe à carreaux au-dessous du genou qui tenait debout de crasse. Visiblement très timide, elle ne soutenait pas le regard plus de quelques fractions de seconde. De son côté, le gendre faisait plus de deux mètres de haut et probablement un mètre cinquante de large. C'était une énorme masse de muscles, au-dessus de laquelle il y avait une petite tête blonde qui inspirait la sympathie. Il tenait sa femme par la main comme des écoliers qui allaient chercher un premier prix en philosophie. La disproportion entre les deux était amusante. Il y avait presque un mètre d'écart entre sa femme et lui.

— Ma fille Marie et son mari Junior, m'dam.

— Bonjour Marie, dit ma mère. Bonjour... Junior ?

— B'jour, m'dam, dit Marie.

— B'jour, m'dam, dit Junior.

— Et on vous appelle Junior ? demanda mon père. Vous n'avez pas de prénom ?

— Si m'sieu, je m'appelle Jack, Jack Jack. Alors avec mon beau-père c'est trop compliqué. Pour qu'on se trompe pas, on m'appelle Junior.

— Votre nom c'est Jack Jack ? demanda ma mère.

— Oui m'dam. En fait, je suis de l'assistance. Y m'ont appelé comme ça parce qu'avant de savoir parler je faisais un bruit qui ressemblait à « djack ». Je le faisais toujours deux fois et ça faisait : « djack djack », alors ils m'ont appelé Jack Jack.

Les fameuses tempêtes de poussière, connues sous le nom de Dust Bowl sévirent pendant les années 1930. La plus importante, appelée Black Sunday, eu lieu à partir du 14 avril 1935. Pour comprendre ce phénomène, il faut se représenter la carte des États-Unis. Une grande quantité d'air froid descend du Canada, à travers les plaines du Midwest. Dans le même temps, de grandes quantités d'air chaud remontent du golfe du Mexique. C'est l'alliance de ces deux phénomènes météorologiques qui explique la plupart des tempêtes violentes qui peuvent se déchaîner quand ces deux masses d'air se rencontrent. Tornades, ouragans, pluies diluviennes ou terrible sécheresse sont fréquents dans ces régions. Pour en revenir aux tempêtes de poussière des années trente, il faut savoir qu'à partir de 1932 plus d'une dizaine de grosses tempêtes de poussière furent signalées par an. En 1933, on en compta même 38. En 1934, leur nombre augmenta encore et plus de 100 millions d'acres de terres agricoles furent totalement détruites. Certains historiens considèrent que la surexploitation des terres agricoles et le manque de diversité dans les plantations furent à l'origine de l'augmentation, en nombre et en puissance, de ces tempêtes. En 1935, ces tempêtes durèrent des semaines entières et finirent par ravager les cultures sur plus de quatre États. Les fermiers exsangues qui louaient leurs fermes furent contraints d'abandonner leurs terres, expulsés par les propriétaires terriens et les banques, devenus leurs créanciers. C'est cette histoire qui est notamment racontée dans le livre de John Steinbeck *Les raisins de la colère*, adapté au cinéma par John Ford (1940). La majorité des fermiers partirent vers l'ouest en direction de la Californie. Ceux qui avaient de la famille dans le nord ou à l'est du pays migrèrent avec l'espoir d'y trouver de l'aide. Malheureusement, la crise faisait rage et les fermiers trouvèrent rarement l'accueil qu'ils avaient espéré. Dans certains récits, on raconte que ces immigrés américains étaient considérés comme des sous-hommes qui venaient grossir les rangs des chômeurs dans les grandes villes de l'est.

Après le récit de Junior concernant son nom, l'atmosphère s'était détendue et tout le monde souriait, sauf Jack qui restait impassible. Mon père ne savait pas encore s'il prenait la petite famille à son service ou pas. Il préférait les prévenir des risques qu'il y avait à travailler ici et il prit Jack à l'écart.

– Jack, il faut que je vous explique quelque chose. On a eu un problème ici.

— C'est à cause de l'alcool ?

— Comment le savez-vous ?

— Ça sent la gnôle à trente kilomètres.

— Oui, c'est ça. Voilà ce qui s'est passé…

Mon père lui raconta l'histoire du cambriolage. Par ailleurs, il lui donna quelques détails sur les projets de ma mère. Il lui précisa que George avait déménagé et qu'il avait fait paraître un message dans la presse.

— Vous inquiétez pas, ça va aller, m'sieu.

— Vous êtes sûr ? Je ne peux pas vous garantir que vous n'aurez pas de visite désagréable. Et votre travail sera de protéger ma femme. Vous êtes prêts à faire ça ?

— M'sieu, je vais vous dire une chose. J'ai pas l'habitude de répéter plusieurs fois. Si je ne comprends pas, je vous le dirai. Là, j'ai compris.

— Bon, alors en dehors de ce problème, j'aurais besoin de vous pour entretenir la maison, faire le ménage, la cuisine, enfin tout quoi. Il y a…

— Ça m'va, m'sieu !

— Et pour les salaires, je n'ai pas eu le temps de réfléchir…

— Je n'ai pas l'habitude de boire le lait avant d'avoir trait la vache. Vous jugerez du travail et on verra après.

— Bon… d'accord, dit mon père qui trouvait cet homme très sage.

Puis il revint vers le petit groupe, en regardant ma mère qui était déjà acquise à la cause.

— Bien, je crois que nous sommes d'accord. Ça te va, ma chérie ?

– Je suis ravie. Je vais vous montrer votre logement et…

– Ça va aller, m'dam. On a tout ce qu'il faut, dit Jack de sa voix lente et monotone.

– Qu'est-ce que vous voulez dire, demanda ma mère ?

– On va aller s'installer dans l'bois, m'dam.

– C'est hors de question, dit ma mère d'un ton qui n'autorisait pas la discussion. Il y a une maison, contiguë à la cuisine, qui vous est réservée. Il y a du ménage à faire mais elle est en très bon état. À partir de maintenant, vous logerez là. Ça vous pose un problème ?

– Bah oui, m'dam. On surveille moins bien la maison, quand on est à l'intérieur.

– Je suis sûr que vous trouverez une solution, mais vous logerez dans la maison.

Jack regarda la maison puis les alentours. Il fit quelques pas, lentement, en regardant les axes de surveillance de l'allée, se positionna devant les fenêtres de la maison pour regarder ce qu'il pouvait voir du reste de la bâtisse. Puis il traversa la cour pour aller jeter un œil du côté de la grange et des écuries. Il revint lentement, d'une démarche de cow-boy.

– On fera avec, m'dam.

– C'est entendu. Marie, venez avec moi, je vais vous donner la clé !

– M'dam, dit Jack qui regarda ma mère dans les yeux pendant quelques instants avant de continuer, vous inquiétez pas. On est là, maintenant.

Jack avait parfaitement compris que ma mère était inquiète. Son extrême nervosité, sa façon de danser d'un pied sur l'autre et de regarder régulièrement autour d'elle l'avait alerté. Même si pour lui le danger était faible, ma mère avait très mal vécu l'intrusion dans la grange. Elle se sentait rassurée d'avoir ces deux bonshommes pour veiller sur eux.

— Les enfants, je suis ravi, dit le père Andrew. C'est magnifique. Je vous laisse, il faut que je retourne à la paroisse. C'est magnifique... magnifique, dit-il en s'éloignant dans l'allée.

— Junior, on décharge, dit Jack.

— Je crois que ce ne sera pas nécessaire, lui dit mon père. La maison est meublée.

Ma mère fit visiter la maison aux trois nouveaux arrivants qui, les yeux émerveillés, regardaient une maison saine. Elle avait besoin d'un petit peu de ménage, certes, mais par rapport à ce qu'ils avaient vécu depuis des années elle ressemblait plus à un palais qu'à une maison de gardiens. Marie faillit tomber à la renverse quand elle vit qu'il y avait une salle de bains avec une baignoire. Elle remercia ma mère en lui faisant la révérence. Même si c'était déplacé, ma mère trouva cette façon de faire très touchante. Jack raccompagna mes parents sur le pas de la porte, enleva son chapeau en le posant sur son cœur.

— Vous êtes de bonnes personnes. Mon fusil est à vous m'sieu'dam. Puis il rentra.

Mon père fut un petit peu surpris de cette dernière phrase, mais l'attribua au fait qu'il venait de la campagne et que cela devait être une coutume locale ou une façon de parler chez les cow-boys. Il dit aux hommes de Georges qu'ils pouvaient rentrer chez eux, que la situation était en main.

Il était 19 heures quand le téléphone sonna. C'était M.

Onckok. Il demanda d'abord des nouvelles au sujet du cambriolage.

Mes parents le rassurèrent et lui expliquèrent rapidement ce qui s'était passé, sans donner trop de détails. Puis John donna des nouvelles de l'Exposition universelle. Elles étaient bonnes. Que ce soit dans les maisons ou sur le stand, les réactions au sujet des cuisinières étaient encourageantes. Ils avaient distribué beaucoup de catalogues et avaient engrangé beaucoup d'adresses de clients potentiels. Mais le plus important, c'est qu'ils avaient rencontré l'acheteur de chez Barneys, une des grandes enseignes de l'époque, et qu'il avait été enthousiaste. M. McHover s'était joint à lui pour la visite du stand, ce qui avait fini de le convaincre. Il était prévu qu'il passe à Boston pour les voir au calme. La journée avait été très fatigante. Il passa un rapide coup de fil avant d'aller se coucher directement. Il demanda quand mes parents comptaient rejoindre Chicago, mais mon père resta évasif et lui dit qu'il resterait encore quelques jours à Boston avant de revenir.

Le soir, mes parents eurent une longue conversation. Ils mettaient beaucoup d'espoir dans cette nouvelle rencontre avec Jack Neighborhood et sa famille, et avaient l'impression de ressentir ce que John avait évoqué avec mon père lors de leurs premières rencontres. La dette dont il avait parlé était vis-à-vis du monde entier. Ils avaient l'impression de comprendre enfin ce qu'il voulait dire : être capable de faire le bien autour de soi était un sentiment rare, ils en prirent pleinement conscience. Faire le bien sans idée de retour...

Jack, Marie et Junior

Mes parents furent réveillés en sursaut par un tapage infernal qui venait de la grange. Mon père sauta du lit et se précipita dans l'escalier. Il fouilla dans le porte-parapluies pour y trouver un bâton qu'il avait laissé là au cas où il aurait à se défendre. Il prit beaucoup de précautions pour regarder par la fenêtre de l'entrée, cherchant une vue sur la grange. Alors qu'il scrutait à l'extérieur, il sursauta en entendant une voix qu'il reconnut immédiatement.

– Y a un problème, m'sieu ?

Il se retourna brusquement et vit Jack, qui était arrivé sans bruit dans le chambranle de la porte qui donnait sur la cuisine, un fusil à la main. Mon père écarquilla les yeux, mais il y avait plus urgent, comprendre ce qui se passait dans la grange.

– Il y a du bruit dans la grange et d'ici je ne vois rien.

– Vous inquiétez pas m'sieu, c'est Junior qui répare.

– Junior, mais quelle heure est-il ?

– Je sais pas, m'sieu, dans les 6 heures.

– 6 heures ? Mais c'est trop tôt pour commencer à faire un bruit pareil.

– On vous a réveillés ? Désolé m'sieu, on a l'habitude de

commencer à travailler quand on y voit clair.

— Oui, mais ici il ne faut pas faire de bruit avant 7 ou 8 heures. Je ne sais pas, j'ai cru que c'était encore…

— Ouais, j'ai compris m'sieu. Marie a préparé votre petit-déjeuner. Je retourne à mon travail.

— Oui, bonne idée. Mais dites-moi, vous promenez ce fusil avec vous tout le temps ?

— Non, m'sieu, j'étais en train de le nettoyer.

Mon père remonta l'escalier quatre à quatre pour rassurer ma mère. Elle était à la fenêtre en train d'essayer de voir ce qui se passait. Mon père lui raconta son entrevue avec Jack.

— Il a un fusil ? dit ma mère. Mais ce n'est pas un peu dangereux ?

— Cela dépend de quel côté tu es. Je te charrie, mais pour la protection ce n'est pas complètement idiot. Je pense que de là où ils viennent, c'est monnaie courante. Pour nous, cela fait un peu exotique. Mais je ne te cache pas que de savoir que Jack est armé me rassure un peu.

— Oui, enfin, je n'aime pas savoir qu'il y a un fusil dans la maison.

— Ma chérie, il faut savoir ce que tu veux. Avec Jack ici, tout le monde est en sécurité.

Après une rapide toilette, ils s'habillèrent et descendirent prendre le petit-déjeuner. Sur la table de la cuisine, il y avait un véritable festin. Marie avait préparé du café, des pancakes, du bacon et des saucisses. Une énorme omelette trônait dans un grand plat près d'un pot de lait et du fromage. Marie avait sorti tout ce qui était dans les placards de la cuisine. Au bout de la table, Jack avait étalé, non seulement son fusil qui était partiellement démonté, mais aussi un pistolet. Il frottait son fusil d'un chiffon sale en regardant mes parents entrer dans la cuisine. Mon père eut un petit temps d'arrêt avant de continuer son chemin pour aller s'asseoir. Ma mère était restée debout, en regardant les armes.

— B'jour, m'dam, dit Jack.

— B'jour, m'dam, b'jour m'sieu, dit Marie. Je ne savais pas ce que vous preniez pour le petit-déjeuner, alors j'ai préparé comme je pensais.

— Merci, Marie, dit mon père, mais d'ordinaire on ne prend que du café et des toasts. Mais c'est bien, nous allons goûter à tout ça.

— Vous en avez encore beaucoup ? demanda ma mère d'un ton fâché.

— Des armes ? répondit Jack.

— Oui, dit-elle d'un ton cassant.

— Quelques-unes, répondit Jack de sa voix lente.

— Je n'aime pas ça.

— Je m'en doute, dit Jack.

— Mais d'où viennent toutes ces armes ? interrogea mon père.

— De l'armée, répondit Jack. J'crois que l'moment des histoires est arrivé. Marie !

Au son de son prénom, Marie regarda mes parents, fit volte-face et sortit de la cuisine. Jack fit un signe à ma mère de s'asseoir, posa son fusil et, croisant les doigts de ses grosses mains abîmées, lâcha un énorme soupir avant de s'adresser à mes parents :

— Si l'on veut que ça se passe bien, il faut que vous ayez confiance en nous. Je vais vous raconter notre histoire. Après, on n'y reviendra pas. Si vous avez des questions, ce sera maintenant ou plus jamais. Je suis né à Norfolk, dans la ferme de mon père. Ma mère est morte quand j'avais six ans. Mon père m'a élevé tout seul et j'ai travaillé à la ferme aussi loin que je me souvienne. Les armes, j'en ai toujours eu dans les mains. On vivait beaucoup de la chasse en dehors de ce que l'on cultivait. J'ai épousé ma femme en 1914, elle est morte quand Marie est née. Après, je suis tombé dans l'alcool. À force, ils m'ont retiré la petite et l'ont mise dans un orphelinat à Omaha. Un soir où j'avais trop bu avec des copains, on a fait un pari idiot. Je me suis retrouvé enrôlé dans l'armée. En 1917, ils m'ont envoyé au camp Lewis à côté de Tacoma, dans la 91e division d'infanterie. En juillet 18, on est partis pour la France. Ils ont dit qu'il y avait la guerre en Europe. Je me suis retrouvé à La Nouvelle-Orléans et, quelques semaines plus tard, on était en France. On était plusieurs copains. J'ai été blessé à Meuse-Argonne à côté de Verdun, c'est une ville en France. Il y a eu une grosse bataille et j'ai été salement touché. Tous les copains sont morts. Le temps qu'on me soigne, la guerre était finie. Ils m'ont donné la croix de guerre et j'ai pu rentrer qu'en 1919. À l'arrivée à Norfolk, mon père était mort et la ferme avait été vendue. Les habitants ont fait la fête pour mon retour parce que j'étais décoré. Le maire m'a offert un bout de terrain. J'ai remonté une ferme et quelque temps plus tard, j'ai été chercher Marie. Le maire avait fait une lettre et ils étaient d'accord pour me la rendre. Marie avait un copain et elle se souvenait pas de moi. Elle a pas voulu venir sans son copain. Alors j'ai pris les deux. C'est comme ça que Junior est avec nous. Ils m'ont aidé à la ferme pendant toutes ces années. Il y a quelque temps, les tempêtes ont commencé et on a eu de plus en plus de mal. On ne récoltait pas grand-chose et je pouvais plus payer le loyer. L'année dernière, une banque a dit que le terrain était à elle. Quand je suis allé à la mairie, ils ont dit qu'ils ne pouvaient rien faire. Ils ont décidé de m'expulser. Il y a eu une bagarre et on a fini en prison. Comme j'avais une médaille, le juge nous a laissés partir à condition qu'on quitte la région. Alors on a vendu ce que l'on pouvait, on a mis de l'essence dans le camion et on est partis au Nord. Sur la route, on a travaillé à droite et à gauche, et on est arrivés à Boston. J'espérais retrouver de la famille… mais ça a rien donné. C'est comme partout. Pas de travail pour nous. Voilà, maintenant vous savez tout. On vous aime bien et on voudrait travailler pour vous.

Il s'était arrêté net. Il regardait mes parents et attendait leur réaction. Mes parents étaient médusés. Son histoire était d'une tristesse à pleurer et il l'avait racontée avec cette voix lente et rauque, avec cette monotonie qui les avait presque hypnotisés. Ma mère fut la première à parler.

– De quoi est morte votre femme ?

– De maladie. La typhoïde, comme ma mère M'dam.

Si la famille McHover avait fait fortune dans l'assainissement des eaux, c'est qu'il y avait une bonne raison. La plupart du temps, dans les campagnes, les eaux usées étaient utilisées pour l'épandage. Au début de l'industrialisation, rien n'était prévu et elles étaient rejetées dans les rivières, dans les lacs et dans les mers. Au début du XXᵉ siècle, la mortalité due à des infections était très importante. Ce n'est qu'à partir de 1914 qu'un corps d'action sanitaire fut créé, le USPHS. Il travailla d'arrache-pied pour trouver des solutions et ce n'est qu'à partir de 1918 que des actions concrètes furent menées. En 1921, seuls trente-cinq États bénéficiaient de régies sanitaires. À l'époque, la maladie la plus courante était la typhoïde.

– Vous avez été décoré de la croix de guerre. C'est impressionnant. Quel grade aviez-vous ? demanda mon père.

– Sergent-chef, m'sieu. Mais vous savez, les médailles, ça n'efface pas les souvenirs.

– Oui, je m'en doute. Et l'alcool, vous buvez toujours de l'alcool ?

– Non, m'sieu. Pendant toutes ces années, je n'ai pensé qu'à Marie. Je ne dis pas que je n'ai pas picolé pendant la guerre, mais à mon retour je n'avais qu'une obsession, récupérer ma fille. Alors j'ai dit adieu à l'alcool et je n'y ai plus jamais touché.

Les États-Unis étaient restés neutres jusqu'en 1917. En 1914, l'armée des États-Unis comptait moins de 200 000 hommes. Elle était mal équipée tant au niveau des armes qu'au niveau du matériel. Si la neutralité était un argument politique pour la réélection de certains députés et du président Woodrow Wilson, un grand pacifiste, c'était aussi une question de nécessité. À partir de 1914, le gouvernement consentit à faire un effort financier énorme pour développer l'armée. On recruta à tour de bras, grâce notamment à la fameuse affiche connue dans le monde entier où l'on voit l'Oncle Sam disant : « I want you, for US army » (« Je te veux pour l'armée américaine »). Fin 1918, l'armée avait recruté plus de 4 300 000 hommes. Mais à partir de 1917, plusieurs navires, dont le pétrolier de Georges Western, furent coulés par les U-boat allemands dans le cadre du ravitaillement envoyé vers l'Angleterre. De plus, les États-Unis avaient prêté beaucoup d'argent à leurs alliés européens. C'est, entre autres, ce qui conduisit les États-Unis à entrer en guerre. À la fin des hostilités, plus de 1 700 000 Américains avaient été envoyés en France pour combattre auprès des Anglais, des Canadiens et des Français. Les pertes américaines furent d'un peu plus de 115 000 hommes, 4 500 disparus, et le nombre de blessés dépassa les 200 000 (les chiffres divergent selon les sources, en fonction des méthodes de calcul). Après le conflit, les États-Unis jouèrent un rôle majeur dans le redressement des pays de l'Entente en prêtant plus de dix milliards de dollars.

— Le père Andrew nous a dit que vous aviez eu un problème avec la police. J'aurais aimé avoir votre version des faits.

— Rien de bien méchant. Mes petits avaient faim, ils n'avaient pas mangé depuis trois jours. On ne trouvait pas de boulot, alors j'ai chapardé quelques pommes.

— Des pommes ? dit ma mère stupéfaite.

— Oui, des pommes, quoi.

— Que s'est-il passé ?

— Le gars de la boutique m'a vu et ils sont sortis à trois ou quatre avec des manches de pioche. Je n'ai rien pu faire. La police est arrivée et les flics nous ont attachés à leur voiture. Puis le shérif est venu et il a dit aux gars de nous emmener chez le père Andrew. Il voulait plus d'ennuis avec nous. Le père Andrew nous a donné à manger, puis du boulot. C'était gentil de sa part. C'est un homme bien...

— Le père Andrew nous a dit que vous étiez catholiques, c'est exact ?

— Oui, m'dam.

— Et les enfants, enfin je veux dire Marie et Junior, ils sont mariés ? demanda ma mère.

— Oui, m'dam. Ils se sont mariés un peu après notre départ de Norfolk. C'était important pour Marie.

Mes parents se regardèrent. Ils avaient presque pitié de lui et de ses enfants. En même temps, ils avaient honte d'avoir eu peur de lui. Visiblement, et comme le père Andrew l'avait dit, c'était un pauvre bougre.

— Jack, dit ma mère, j'ai peur des armes. Je ne voudrais surtout pas avoir d'ennuis à cause de ça. Sont-elles légales au moins ?

— Oui, m'dam. C'est un fusil que j'ai acheté pour la chasse il y a plus de dix ans. Celui-là, c'est mon Colt 45 de l'armée, que j'avais quand j'ai été blessé. Je l'ai gardé, mais c'est le général John Pershing qui l'a autorisé, j'ai même le papier. J'ai aussi une Winchester pour le gros gibier. C'est tout.

— Pourquoi m'avez-vous dit que votre fusil était à moi ?

— Parce que…

Un bruit de moteur se fit entendre dans la cour. Une voiture s'arrêta et trois hommes en descendirent et se positionnèrent devant la maison. Jack regarda par la fenêtre et mon père tourna la tête pour regarder à son tour. L'homme au centre du trio cria en direction de la maison. Mon père comprit la phrase malgré le cigare que l'homme avait dans la bouche :

— Georges Western, sors de là !

Mon père sortit dans la cour.

– Il n'est pas là, dit-il.

– T'es qui, toi ? dit l'homme.

– Je suis William Avallon, à qui ai-je l'honneur ?

– Ah ! Je veux voir Georges Western !

– On t'a dit qu'il n'était pas là, mon gars, dit Jack qui était sorti sans bruit et se tenait juste à côté de mon père.

– Et t'es qui toi ? demanda l'homme.

– Celui qui va te botter le cul si tu restes là. Il n'est pas là et vous allez partir, maintenant !

– T'es pas du coin, toi, dit l'homme en rigolant. Il fit un pas en avant.

– À ta place, j'avancerais pas mon gars, dit Jack.

– Et pourquoi… ?

Un coup de feu retentit et fit valser son cigare. Il venait de la fenêtre de la cuisine. Mon père se retourna brusquement pour comprendre ce qui se passait. Il vit Marie qui gardait en joue l'homme de gauche.

– Marie ! cria mon père.

– Le premier qui bouge une oreille sera mort avant de toucher le sol, dit Jack calmement.

Mon père se retourna et fut abasourdi. Jack avait sorti son Colt 45 et tenait lui aussi l'homme de gauche en joue. Ce dernier n'avait pas eu le temps de dégainer. Junior était arrivé de nulle part et avait passé son bras autour du cou de l'homme qui venait de perdre son cher cigare. Il commençait à manquer d'air car ses pieds ne touchaient plus la terre. Il avait lui aussi un Colt avec lequel il tenait en joue l'homme de droite qui gisait inconscient.

— Vous avez votre réponse, m'sieu ? dit Jack en s'adressant à mon père.

— Quoi ? cria mon père qui n'avait pas eu le temps de réagir.

— Tu vas sortir ton arme avec deux doigts et la poser devant toi, tout doucement, mon gars, dit Jack à l'homme de gauche.

L'homme fit ce que Jack avait dit. Mon père regardait de tous les côtés, complètement affolé.

— Mais qu'est-ce qui se passe, à la fin ?

— Marie, dit Jack suffisamment fort pour qu'elle entende.

Marie sortit de la cuisine avec la Winchester à la main, ramassa l'arme de l'homme de gauche, puis alla vers l'homme au cigare et lui retira son arme. Puis elle alla récupérer celle de l'homme inconscient. Elle avait fait tout ça calmement comme si c'était habituel et normal. Puis elle reprit sa mise en joue de l'homme à terre en se positionnant devant mon père. Jack fit un signe de tête à Junior qui relâcha sa prise et l'homme au cigare tomba lourdement à genoux sur le sol. Le temps qu'il reprenne son souffle, il commença à hurler.

— Non, mais ça va pas, vous savez pas à qui vous avez affaire ? dit-il avec un fort accent italien.

Jack fit de nouveau un signe de tête et Junior rangea son arme dans sa ceinture. Puis il prit l'homme au cigare par le col de sa veste et, après l'avoir secoué en lui disant « chuuuuut », il lui colla une énorme

259

claque. L'homme retomba sur ses genoux. Jack s'avança et lui dit très fort.

– Giuseppe, écoute !

L'homme le regarda surpris mais ne dit rien. Jack s'avança et s'accroupit devant lui comme un cow-boy sur la plaine. Il posa son arme à terre et lui parla à voix basse. Il avait l'air décontracté, calme, mais ferme. Mon père ne pouvait pas entendre ce qu'ils se disaient. Ils eurent une conversation de plusieurs minutes. L'homme paraissait surpris et, juste après, il regarda le ciel comme s'il priait. L'homme regarda Marie et recommença à regarder le ciel.

L'homme de droite reprit connaissance. Il eut une réaction réflexe. L'homme au cigare cria : « Marco, c'est bon ! » et l'homme se calma instantanément. Puis Jack et l'homme au cigare se relevèrent et ce dernier lui serra la main. Il souriait. Puis il appela les deux hommes auprès de lui, leur parla à voix basse et ils ne bougèrent plus d'un cil.

– C'est bon, dit Jack en regardant Marie qui baissa son arme.

S'ensuivit une scène incroyable. L'homme au cigare s'avança vers Marie et la prit dans ses bras. Puis Marie mit un genou à terre, comme pour faire la révérence, et l'homme la releva précipitamment en lui faisant un signe de respect. Il y eut un bref échange de paroles puis l'homme examina Marie millimètre par millimètre. Enfin, il se tourna vers mon père et s'adressa à lui tout en se rapprochant :

– Je suis désolé, je me suis trompé. Ce n'est pas votre Georges Western que je voulais voir. Une erreur... désolé !

Puis il fit volte-face et partit en direction de Junior. Il lui serra la main et prit son bras, comme pour le féliciter de sa force et de sa rapidité, tout en lui parlant à voix basse. Il jeta un regard vers Marie et lui fit un signe de félicitation. Puis il se tourna vers Jack.

— Adieu, Jack! Adieu!

Puis il monta dans la voiture suivi par les deux hommes qui avaient ramassé leurs armes. La voiture démarra et disparut.

— Mais que se passe-t-il? demanda mon père en colère.

— C'est réglé, m'sieu, dit Jack. Et si on allait délivrer vote femme, m'sieu?

— Susan! cria mon père.

— Tout va bien, m'sieu, dit Marie, elle est dans la cave.

— Dans la cave? dit mon père. Puis il se précipita dans la maison.

Une fois dans la cuisine, mon père se jeta sur la porte de la cave et l'ouvrit. Ma mère en sortit rouge de colère et chercha Marie du regard.

— Non, mais ça ne va pas? Marie, qu'est-ce que ça veut dire? Elle regarda mon père et continua. Vous étiez à peine sortis qu'elle m'a prise par la main et m'a entraînée dans la cave. Je n'ai pas eu le temps de me retourner qu'elle m'avait enfermée. Et ce coup de feu! Ça fait un quart d'heure que je vous appelle de là-dedans!

— J'suis désolée, m'dam, c'était pour vous protéger, dit Marie en regardant ses chaussures.

— Mais me protéger de quoi?

— Jack! dit mon père, en colère lui aussi, pouvez-vous vous expliquer?

— On appelle ça « le petit manège », m'sieu. C'est quand on est attaqués. Pour qu'il n'y ait pas de blessés, quoi !

— Quand vous êtes sortis, dit Marie, Pa m'a fait le signe (elle montra le signe en faisant tournoyer son index en l'air). Alors je me suis dit qu'il fallait protéger m'dam. Après, j'ai pris le fusil et j'ai attendu que Junior se fasse voir de moi. Je lui ai fait le signe et il s'est mis en position, dans le petit bosquet, entre la voiture et l'homme de droite. Pendant ce temps, vous discutiez et j'avais le leader en joue. C'est mon rôle, dans le petit manège…

— Mais vous auriez pu le tuer… dit mon père.

— Elle vise bien, dit Jack. Continue, ma puce !

— J'ai attendu le signe de Pa (elle montra son index tendu) et j'ai tiré sur le cigare, je trouvais ça plus drôle que le chapeau, ce que je dois faire d'habitude.

— D'habitude ? s'exclamèrent ma mère et mon père en même temps.

— Pour défendre une ferme, il faut être organisé, vous savez, dit Jack. À toi, Junior.

— On s'était mis d'accord avec Pa hier soir. On savait qu'il y aurait de la visite. À la moindre alerte, on ferait le petit manège. Quand j'ai entendu la voiture, je suis parti dans le bois pour la voir arriver. Quand je vous ai vu dans la cour avec Pa, j'ai regardé vers la cuisine et j'ai vu Marie me faire le signe. Je me suis caché dans le bosquet de façon à ne pas être dans la ligne de tir. Quand y a eu le coup de feu, je suis sorti, j'ai assommé l'homme de droite et j'ai étranglé le leader.

— Mais je ne vous ai pas entendu arriver ! dit mon père.

— C'est que j'ai de l'entraînement, m'sieu. Je chasse le lapin à main nue, dit Junior en souriant.

— Mais qu'est-ce qui s'est passé? demanda ma mère qui écoutait abasourdi depuis le début les récits de chacun.

Mon père lui raconta ce qui s'était passé. Ma mère se mit à hurler.

— Mon Dieu, mon Dieu, ils vont revenir, c'est la catastrophe…

— Y reviendront pas, m'dam. C'est fini.

— Comment pouvez-vous en être sûr, Jack? demanda ma mère.

— Oui, j'aimerais bien comprendre, dit mon père. Qui est ce Giuseppe?

— C'est l'oncle de Marie, dit Jack avant de raconter toute l'histoire.

Cet homme se nommait Giuseppe Marcossi, c'était l'un des parrains de la mafia locale. Mais c'était aussi le frère de sa femme. La mère de Marie s'appelait Marie Marcossi. Elle avait quitté sa famille très jeune car elle ne supportait pas l'esprit qui y régnait, l'omerta des familles italiennes où les femmes sont des bonnes à tout faire sans avoir droit à la parole. Au début, elle fut recherchée par ses deux frères qui finirent par abandonner car Jack, qui l'avait rencontrée entre-temps, la fit passer pour morte. Quand elle mourut vraiment, Jack envoya un message aux frères pour les informer mais il n'eut jamais de réponse. Il leur demandait de prendre Marie pour qu'elle ait une famille. C'était au moment de sa crise de désespoir où il buvait tant. Quand il se retrouva enrôlé dans l'armée, il écrivit une autre lettre mais il n'y eut pas de réponse non plus. Après son retour et les premières tempêtes de poussière, Jack voulut se rapprocher à nouveau de sa belle-famille, ne serait-ce que pour le salut de Marie et de Junior. Au lieu de partir vers la Californie, ils décidèrent donc de se diriger vers Boston. Mais Jack se méfiait de cette famille, et après avoir appris qu'ils étaient devenus des parrains de la mafia locale, ils décidèrent de ne pas prendre contact. Ils avaient même décidé de repartir vers l'ouest quand il y eut l'histoire des pommes. Puis le prêtre leur avait redonné courage.

– C'est la famille que vous étiez venus retrouver à Boston ?

– Oui, m'sieu.

– Mais alors, vous saviez que c'étaient eux… pour l'alcool et la grange ? dit mon père.

– Non, m'sieu, mais y avait des chances, dit Jack.

– Et que se passe-t-il maintenant ? dit ma mère.

– Rien, dit Jack.

– Comment ça, rien, Marie fait partie de leur famille. Ils vont vouloir… Je ne sais pas mais il va bien se passer quelque chose ?

– Non, m'dam. Rien du tout. C'est fini…

– Fini ? Mais…

– Je vais vous expliquer, dit Jack. Chez ces gens-là, l'esprit de famille est très important. Ça dépasse tout ce qu'on peut imaginer. Quand ils en ont eu la possibilité, ils n'ont pas aidé Marie. Et ça, dans leur milieu, c'est mal. Si les autres familles apprenaient qu'ils ont abandonné une nièce ou une petite fille, ils seraient déshonorés. Maintenant qu'elle est de retour, ils ont un gros problème. C'est que les frères se sont partagé les affaires de la famille. Il faudrait qu'ils partagent de nouveau pour donner à Marie ce qui lui revient. Ils seraient peut-être prêts à le faire, mais vous imaginez les conséquences. Un vrai scandale pour eux. De toute façon, Marie n'en veut pas.

— C'est vrai, Marie ? demanda ma mère.

— Oui, m'dam. Je ne les connais pas et au vu de ce qui vient de se passer je n'ai pas envie de les connaître.

— Bon, admettons, dit mon père, mais ils ne risquent pas de vous faire du mal ?

— Non, ce serait encore pire pour eux. Ils ont demandé à Marie ce qu'elle voulait. Marie, dis-le toi-même.

— J'ai dit que je voulais rester avec vous et ne plus entendre parler d'eux. Que je voulais qu'ils nous laissent tranquilles.

— De toute façon, Marie ne porte pas leur nom, c'est Marie Jack, aujourd'hui. Si personne ne fouille dans les vieux papiers, y aura pas de problème.

Mes parents se regardèrent. Ils avaient du mal à comprendre. Mon père s'approcha de Marie et la regarda dans les yeux.

— Tu te rends compte que cela peut représenter beaucoup d'argent, que c'est ta famille. Tu es consciente de ce que tu abandonnes ?

— C'est pas vrai, m'sieu, ma famille c'est mon père et Junior. Le reste, ça n'a jamais existé pour moi et encore moins maintenant. Vous ne voulez plus de nous ?

Marie commença à pleurer et ma mère se précipita pour la prendre dans ses bras.

« La Der des Der »

– Que personne ne bouge ! cria le shérif de Brookline qui venait de surgir dans la cuisine, l'arme à la main.

Il faut dire que pour un homme en charge de la sécurité des habitants de cette banlieue huppée, se trouver face à un géant de près de 130 kg de muscles avec un Colt 45 à la ceinture, à un cow-boy patibulaire, lui aussi portant la même arme, et à une Calamity Jane avec une Winchester, le tout sale et en haillons, au milieu de la cuisine d'une des maisons les plus luxueuses du coin, c'était un peu trop ! Il fallut un certain temps à mon père pour lui expliquer la situation. Après avoir calmé le shérif, il lui proposa un café et ma mère fit les présentations.

– Shérif, je vous présente Jack Neighborhood, notre nouveau régisseur, dit ma mère. Voici Junior, notre nouvel intendant et Marie, sa femme, notre nouvelle gouvernante. Dorénavant, ils vont travailler chez nous.

– Hum ! Puis-je voir votre arme ? demanda le shérif à Jack.

– Oui, m'sieu. Et Jack lui donna l'arme après l'avoir déchargée.

Le shérif regarda le Colt avec attention pendant un long moment.

– Où étiez-vous cantonné ? demanda le shérif qui avait reconnu la provenance de l'arme.

– Tacoma, camp Lewis, 91ᵉ division d'infanterie, répondit Jack.

– La France ?

– Oui m'sieu, blessé à Meuse-Argonne, m'sieu.

– Croix de guerre, shérif, ajouta mon père timidement.

Le shérif leva la tête vers Jack, les yeux humides. Puis son regard se reposa sur l'arme.

– Première division d'infanterie américaine, les vacances d'été à Toul puis l'enfer sur le front en Picardie.

Personne ne disait mot. Un silence emplissait la cuisine. Puis dans un souffle, on entendit :

« La Der des Der », dit le shérif en triturant le pistolet. Il avait prononcé ces mots en Français.

« La Der des Der », dit Jack.

Puis de nouveau le silence. Le shérif reprit :

– Eh bien, bienvenue dans la communauté, dit le shérif en leur serrant la main, les uns après les autres. Je suis content pour vous, les Avallon sont des gens bien. Pour ainsi dire, je n'ai pratiquement jamais eu à venir jusqu'ici parce qu'il n'y a pas de problème. Enfin, sauf l'histoire de la grange. C'est d'ailleurs pour ça que je suis venu.

– Vous avez des nouvelles ? demanda ma mère d'un air innocent.

– Non, désolé, pas la moindre. Je ne vous cache pas que j'ai ma petite idée. Mais pour le moment je n'ai pratiquement pas d'indices et surtout aucune preuve. J'ai bien peur que cette histoire finisse au classement des affaires non résolues.

— Bien, dit ma mère qui se reprit tout de suite, ah bon, ce n'est pas de chance.

— Ne vous inquiétez pas, nous surveillons bien le quartier. Et si quelque chose de suspect arrive, nous serons là. Croyez-en mon expérience, ils reviennent toujours sur leurs pas.

— Je vous crois sur parole, dit mon père en étouffant un rire.

— Messieurs, Mesdames, merci pour le café. S'il y a quoi que ce soit, n'hésitez pas à me téléphoner. À bientôt.

Le shérif quitta la maison. Mes parents, Jack, Marie et Junior se retrouvèrent de nouveau seuls dans la cuisine et rigolèrent encore doucement sur l'incompétence du shérif. Ils se regardaient sans trop savoir quoi dire. Mon père prit la parole le premier.

— Si j'ai bien compris, vous venez de nous sauver la vie ?

— Faut pas exagérer, m'sieu.

— Et ce n'est pas tout, Marie vient d'échanger sa fortune familiale contre notre tranquillité, à nous et à M. Western ?

— Elle vous a dit ce qu'elle en pensait, m'sieu.

— Nous avons une énorme dette envers vous tous.

— Nous sommes quittes, m'sieu.

— De mon point de vue, on en est très loin.

— Vous savez M'sieu, vous êtes peut-être des gens bien, mais des gens bizarres. J'ai vu beaucoup de choses dans ma vie, mais des gens qui vous donnent un toit après quelques minutes d'entretien, sur la recommandation d'un prêtre, je n'avais jamais vu. Et puis c'est une question de feeling. Marie sent bien ces choses-là. D'autre part, je n'ai jamais raconté toute mon histoire à qui que ce soit. On se sent bien chez vous. Ça fait bien longtemps que j'ai pas vu un shérif me souhaiter la bienvenue, dit-il en souriant. En ce qui me concerne, il n'y a rien à ajouter.

– Mais alors, c'est vrai, demanda Marie, on reste chez vous ?

Mes parents se regardaient un peu surpris. Ma mère s'approcha de Marie et lui dit :

– Mais tu as entendu, Marie. Ce que l'on a dit au shérif, c'est la vérité. Mais il y a une condition…

Jack fronça les sourcils et regarda ma mère. Junior ne savait trop quoi penser. Marie regarda ma mère, droit dans les yeux.

– La condition pour que vous restiez est la suivante : trois bains par semaine au minimum et je veux que vous soyez débarbouillés tous les matins, rasés de près et habillés correctement. D'ailleurs, je vais faire les courses avec Marie cet après-midi. J'ai besoin de vos mensurations à tous. Vous serez nourris, blanchis et vous habiterez dans la maison. Conditions indiscutables. À vous de voir.

Tout le monde éclata de rire, Marie et Junior se mirent à danser dans la cuisine. Seul Jack fit sa moue habituelle quand quelque chose ne lui plaisait pas.

Appels de Chicago

Dans quelques jours, la maison allait changer complètement de physionomie. Jack modifiait le petit salon pour en faire un atelier de quatre bureaux en open space. Seraient rassemblés là les collaborateurs de ma mère. Son bureau allait lui aussi subir quelques modifications pour s'adapter à son nouveau travail. Les deux pièces contiguës donnaient sur la terrasse, à l'arrière de la maison, sur un magnifique paysage vallonné et verdoyant par-dessus le golf.

Après avoir ouvert un compte chez Harriss, le drugstore principal de Brookline, ma mère présenta Marie au responsable afin qu'elle soit autonome pour les achats. Vêtements, bottes et chaussures, matériel, nourriture et produits ménagers avaient été achetés en nombre et Marie serait en charge de tout. Le ménage et la cuisine étaient son domaine. Son bonheur réjouissait ma mère. Quant à Junior, il n'avait pas le temps de chômer : une fois avec Jack pour déplacer de lourdes charges, une autre fois avec Marie pour décharger la voiture, il courait dans tous les coins de la maison comme un enfant de dix ans.

Lavés, rasés, habillés et pomponnés, les Neighborhood ne ressemblaient plus aux pouilleux que mes parents avaient accueillis quelques jours plus tôt. Jack était même un homme très séduisant. Sa peau mate, brûlée par des années sous le soleil, et ses yeux clairs à demi fermés lui donnaient un air mystérieux. Sa coupe en brosse ajoutée à sa dureté physique lui conférait une allure militaire. Il était très impressionnant. Marie était ravissante : cheveux châtain clair et yeux verts, silhouette très bien proportionnée et d'allure sportive due à des années de travail à la ferme. Elle était vive d'esprit, ce qui dénotait par rapport à son langage de paysanne. Quant à Junior, une fois propre et les cheveux courts, il avait un air de gentil catcheur. Sa petite tête, à peine plus large que son cou, le faisait apparaître encore plus musclé qu'avant.

Une chose était sûre, ils ne perdaient pas de temps en bavardages. Le plus souvent, mes parents avaient comme seule réponse à une question « Oui m'dam » ou « Oui, m'sieu ». Entre eux, les phrases n'avaient jamais plus de trois ou quatre mots. Ils se comprenaient d'un regard. Une mécanique bien huilée qui fascinait mon père, tellement les choses étaient organisées en silence et en efficacité.

Mon père avait passé peu de temps à la Hot Chesnut Cie ces jours-là. Au sujet des événements en Europe et notamment en Allemagne, il était resté perplexe. Du grand salon, il entendit Marie crier de l'entrée de la maison, le coupant dans ses réflexions.

– Un appel de Chicago pour vous m'sieu. M. Onckok !

– Bonjour John, quelles bonnes nouvelles ?

– Bonjour, William, tout va bien. On a passé la vitesse supérieure, on prend de plus en plus de commandes fermes. J'ai vu les gens de Nordstrom, les grands magasins, ils sont prêts à passer commande pour la présentation de cet hiver.

– Bien ! Très bien tout ça. Et Goodyear-Zeppelin ?

– J'ai eu de leurs nouvelles, mais justement, avez-vous lu l'article de *Time Magazine* ?

– J'étais en train de le lire quand vous avez appelé. Que se passe-t-il, à votre avis ?

– Je ne sais pas encore, mais j'ai été invité par M. Whilmore à une réunion, organisée par des représentants de l'armée, et je vais accompagner Jo pour la Société Onckok. La réunion est prévue vers le 15 juillet. On aura la date exacte au dernier moment.

– Qui sera là ?

– Beaucoup d'industriels de Chicago et de Détroit. Le plus troublant, c'est que cette réunion tourne autour de l'acier et de l'aluminium et que M. McHover est invité aussi.

– Que faut-il en déduire ?

– Pour le moment, je ne sais pas. Des bruits de couloir parlent de commandes massives de l'armée, et ce dans tous les domaines. Je n'en sais pas plus, mais si on fait le lien avec l'article, vous voyez ce que je veux dire ?

L'article du *Time Magazine* faisait un état des lieux de l'Europe et listait les événements intervenus depuis le début de l'année 1934, principalement en Allemagne. Le titre, à lui seul, faisait froid dans le dos : « Hitler, bientôt les pleins pouvoirs ? » Et le plus inquiétant était que presque personne ne s'en émouvait. Voici ce qui s'était passé en seulement quelques mois :

> Le 30 janvier, Hitler était nommé Chancelier.

> En février, il y a des rumeurs d'invasion par Hitler des pays à l'Est de l'Allemagne.

> Le 23 février, 40 000 hommes, des SS et des SA, sont nommés auxiliaires de police.

> Le 27 février, le Reichstag brûle mystérieusement. Les autorités mettent la catastrophe sur le compte des communistes et les arrêtent.

> En mars, d'autres rumeurs évoquent la construction de camps de travail et de déportation pour des prisonniers civils.

> Le 23 mars, Hitler obtient les pleins pouvoirs.

> Le 1er avril, les Allemands boycottent les magasins tenus par des Juifs.

> Le 10 mai, les nazis brûlent des livres.

C'est cette coïncidence entre la tenue de cette réunion organisée par l'armée américaine et la montée en puissance des nazis qui avait marqué M. Onckok.

– Je ne veux pas tirer de conclusions, mais… enfin, vous voyez ce que je veux dire. Confidentiellement, Jo repart à Boston pour de nouveaux contrats pour la marine. Vous avouerez que tout ça va dans le même sens, non ?

– Oui, dit mon père un peu soucieux. On en avait déjà parlé, et on dirait que vous aviez raison d'être inquiet.

– Bon, pas de panique non plus. Je voulais vous en parler. Pour ce qui est de l'Exposition, tout est sous contrôle. Ne bougez pas pour le moment, je vous tiens au courant !

Pour bien comprendre l'armée américaine, il faut savoir qu'elle est composée de soldats de métier (La Navy, l'US Army et L'US Air Force) d'une part, et de La Garde Nationale d'autre part (créée en 1903, United States National Guard), composée de soldats dits de réserve et non officiels car volontaires civils (comme les pompiers en France, en dehors de Paris et Marseille). Après la Première Guerre mondiale, les gouvernements successifs et les responsables militaires tirèrent de grandes leçons des difficultés à mobiliser une armée en cas de conflit. Pour mémoire, plus de 40 % des soldats de 1918 appartenaient à La Garde Nationale.

Dès les années 1920, un plan de mobilisation rapide fut élaboré. Il devait être constitué de soldats de l'armée régulière et de soldats de La Garde Nationale, regroupant pas moins de 400 000 hommes, bien équipés et mobilisables rapidement sur tout le territoire. Cette force devait être capable d'organiser la mobilisation générale en cas de conflit, d'être la première force de défense en cas d'attaque surprise, mais aussi de remplir la tâche qui lui avait été affectée à ses débuts : protection, aide et sauvetage des populations en cas de catastrophe naturelle, et maintient de l'ordre.

Aux alentours de 1930, un plan fut mis au point, l'Industrial mobilization planning, pour analyser les capacités du pays en termes de production. Il s'agissait de mobiliser les entreprises capables de produire des armes et du matériel rapidement en cas de guerre. Des crédits furent votés pour constituer cette force. Mais la crise faisait rage et malgré la bonne volonté du Congrès, les États-Unis ne purent atteindre les objectifs prévus. Jusqu'en 1933, l'état-major des armées rongea son frein en espérant une embellie de l'économie pour voir enfin ses crédits augmentés. Mais ce ne fut pas le cas.

Début 1933, les hommes politiques, inquiets de voir les événements se précipiter en Allemagne, mais également l'invasion de la Chine par le Japon, la radicalisation du fascisme de Mussolini en Italie, etc., décidèrent d'élever officiellement La Garde Nationale au rang d'armée de réserve. Cela impliquait le vote de nouveaux crédits pour l'équiper au même niveau que l'armée régulière. Mais la crise était toujours bien présente et les crédits furent insuffisants. Alors, l'état-major décida de faire un lobbying énorme auprès de l'industrie et obtint un nouveau programme, The War Industries Administration, qui resta discret, pour ne pas dire secret.

Ce programme fut poursuivi jusqu'en 1939. Inquiet pour sa réélection en 1940, même s'il était soutenu par les syndicats et les supporters du New Deal, Roosevelt finit par l'abandonner au profit de financement direct de l'armée, pour atteindre plus de 575 millions de dollars de crédit, somme colossale pour l'époque.

McAvon design

Plusieurs jours plus tard, les travaux dans la maison étaient terminés. Jack et Junior avaient fait un travail énorme. Les boiseries, l'électricité, la peinture, ils avaient tout fait eux-mêmes. Ma mère était très contente. Il suffisait qu'elle émette un souhait pour qu'ils le réalisent. Les bureaux étaient spacieux, clairs et bien aménagés. Dans la salle des collaborateurs, ma mère avait demandé qu'il y ait sur un côté une paillasse avec une vasque pour les travaux de dessin à la peinture. De l'autre côté, il y avait une grande bibliothèque et, au centre, une grande table de travail restait à installer. Chacun des quatre collaborateurs aurait son propre bureau dans un angle, de façon à ne pas se gêner. Il était temps d'acheter les meubles.

La maison revivait. Marie faisait le ménage du sol au plafond et dès qu'elle avait terminé à un bout elle recommençait à l'autre. Elle était increvable. De plus, ses talents culinaires ravissaient mon père. Une cuisine saine et simple, agrémentée de sauces légères à base de légumes, qui rappelait à mes parents les plus belles tables de Boston.

Il y eut néanmoins un problème. Jack avait parfaitement respecté le contrat qui avait été passé, à un seul détail près, n'importe quel prétexte était bon pour qu'il remette sa vieille salopette. Il était incapable de porter sa nouvelle tenue de travail. Ma mère la lui avait achetée quelque temps auparavant, profitant d'une virée en ville pour l'acquisition des meubles. Elle avait emmené toute la petite troupe pour l'habiller convenablement. L'idée : que tous puissent au moins aller à la messe correctement vêtus et disposer de tenues de tous les jours simples et confortables. Mon père restant à la maison, elle fit grimper la petite famille dans la voiture et partit direction Boston.

Arrivée devant chez Abington, elle dut pratiquement les pousser à l'intérieur du magasin. Elle fit prendre les mesures des garçons et des costumes dignes des gens respectables de Boston furent commandés. Puis ce fut le tour de Marie, à qui ma mère commanda une très jolie petite robe.

Ils se rendirent ensuite dans différents magasins de meubles pour commander les bureaux, les tables à dessin, la grande table de travail et la table de réunion pour le bureau de ma mère. Elle en profita pour acheter tout le matériel de bureau qu'elle pensait nécessaire. Une grande partie devait être livrée dans les jours suivants, sauf les éléments qui étaient à fabriquer sur mesure. Elle en profita également pour acheter quelques cadres et différents objets de décoration.

Dans la même journée, elle passa déposer les documents de la nouvelle structure qui prenait le nom officiel de « McAvon design ». Elle avait hésité à garder le nom qu'avait trouvé M. McHover, mais depuis le début des discussions au sujet de ce bureau de design, elle n'avait rien imaginé de mieux. De plus, il lui semblait logique de rendre hommage à l'homme qui avait permis cette réalisation. Puis elle passa à la banque pour déposer l'énorme chèque de 25 000 $ sur le compte de la toute nouvelle société. Comme il fallait s'y attendre, le banquier lui réserva un accueil digne des plus grands chefs d'État. Ce qui la fit beaucoup rire.

De retour à la maison, un gros paquet venant de Chicago l'attendait. M. McHover lui avait fait envoyer les différents projets sur lesquels il voulait qu'elle travaille. Son bureau étant inutilisable, elle s'était installée dans la cuisine. À l'intérieur, plusieurs enveloppes contenant des documents, des photos, des plans et une lettre explicative. Les sujets sur lesquels elle devait travailler étaient aussi bien des fenêtres, une série de poignées de porte qu'un bar. Les explications étaient très détaillées et agrémentées de fiches techniques avec les dimensions et les spécificités que M. McHover voulait réaliser. C'était un travail très professionnel qui rassurait ma mère sur la possibilité de travailler à distance. En revanche, les délais impartis par M. McHover étaient, pour certains éléments, très courts.

Le lendemain matin, elle se mit au travail de très bonne heure pour étudier les différents dossiers. Elle les classa par ordre de difficultés, puis par ordre d'urgence. McAvon design devait démarrer au plus tôt. Il était temps de passer au recrutement de ses collaborateurs. Elle se rendit à Boston University, qui avait un secteur architecture et dessin industriel, et s'adressa directement au bureau des étudiants. Une étudiante, probablement de dernière année vu son âge, lui souhaita la bienvenue.

— Bonjour, madame, je suis Annie Stuuft, que puis-je faire pour vous ?

— Bonjour, Mademoiselle, je suis à la recherche… Annie, dit ma mère très surprise ?

— Oui… Mme Avallon, s'exclama la jeune fille ! Quel plaisir de vous voir !

— Moi aussi, je suis surprise ! Vous n'êtes plus à Suffolk ?

— Non, enfin, j'ai eu mon Bachelor l'année dernière et j'ai pris ce job en attendant de reprendre un semestre ici l'année prochaine.

Annie Stuuft était une étudiante que ma mère avait eue en 1929 en cours du soir à l'université de Suffolk juste avant le Krach. C'était une étudiante brillante, mais qui comme Jo, n'avait pas les moyens familiaux pour suivre des études. Elle avait commencé en cours du soir, qui, s'ils offraient une possibilité de faire des études de même niveau, les allongeaient considérablement.

— Mais pourquoi n'as-tu pas continué à Suffolk, le master de droit est de très bon niveau ?

— En fait, je souhaite me diversifier. Ici, il prépare à des études de commerce et cela me passionne plus que le droit pur.

— Ah, je vois, c'est une très bonne idée. Il faut faire ce que l'on a envie de faire.

— Et vous, que devenez-vous ? J'ai appris… enfin vous savez… la crise quoi.

— Ça va très bien, je te remercie…

Ma mère lui raconta l'aventure de la Hot Chestnut Cie et la suite.

— Mais alors, la Hot Chestnut Cie, c'est vous ? C'est... Je ne savais pas, c'est merveilleux, je suis ravie pour vous. Et donc vous êtes à la recherche de collaborateurs pour McAvon design ?

— Oui, c'est exactement ça. Tu peux m'aider ?

— Avec grand plaisir, mais le semestre de printemps s'est terminé fin mai et le semestre d'été est en cours. Il n'y a pas beaucoup d'étudiants à contacter en ce moment. Écoutez, voilà ce que je vous propose : je vais passer quelques coups de téléphone, voir s'il y a moyen de vous organiser une présentation sur le campus. Donnez-moi votre numéro de téléphone et je vous recontacte dans quelques jours.

Ce que proposait Annie, et qui est encore valable aujourd'hui, c'est de convier les étudiants à une réunion où le professionnel présente son projet. Déjà à cette époque-là, la plupart des étudiants diplômés cherchaient à rentrer dans de grandes entreprises, attirés par les salaires et les avantages sociaux. À ce petit jeu, ma mère n'avait aucune chance de recruter sans l'aide d'Annie, vu la petitesse de son entreprise. Elle était très contente de l'avoir retrouvée par hasard. Annie prit très précisément les indications que lui avait données ma mère concernant les profils qu'elle cherchait.

Le père Olivier

Le dimanche suivant, ma mère fut très curieuse de savoir si Jack, Marie et Junior allaient spontanément s'habiller avec leurs tout nouveaux vêtements. Elle fut agréablement surprise de les voir arriver dans la cuisine, alors qu'elle prenait son petit-déjeuner, endimanchés jusqu'aux chaussures qui avaient même été cirées pour l'occasion. Junior et Marie arboraient un large sourire tandis que Jack faisait la moue, comme à son habitude. Mais au moment de partir, ma mère se rendit compte que la Ford était trop petite pour contenir les cinq personnes, surtout à cause de la masse imposante de Junior. Elle regarda mon père avec des yeux pleins de malice.

– Il serait peut-être temps de changer de voiture, mon chéri.

– Mais elle marche très bien, dit-il en la regardant d'un air étonné.

– Pour marcher, elle marche. Mais regarde sur la banquette arrière.

Mon père vit Marie complètement écrasée au milieu de la banquette avec, à sa droite, Jack dont le bras pendait à l'extérieur, et Junior à sa gauche tenant la portière qu'il n'avait pas pu fermer et qu'il tenait d'une main, une fesse dans le vide.

De plus, la voiture montrait un signe de gîte évident sur sa gauche. Il est sûr que si cela avait été un bateau, il aurait coulé à pic immédiatement. Mes parents se regardèrent et éclatèrent de rire. Seul Jack faisait la moue.

Après un parcours cahoteux, ils arrivèrent enfin à l'église. Mme Onckok les attendait.

— Mes amis, comment allez-vous ? Le père Andrew m'a tout raconté, c'est magnifique. Vous devez être Jack Neighborhood, vous Marie, et vous, on ne peut pas se tromper quand on a votre description, vous devez être Junior.

Un chapelet de « bonjour Mme Onckok » et de « b'jour m'dame » répondit à Mme Onckok. Puis Jack, Marie et Junior s'éclipsèrent discrètement pour entrer dans l'église.

— Ils ont l'air très bien, dit Mme Onckok.

— Vous n'imaginez pas à quel point, répondit ma mère. Nous sommes vraiment très heureux de les avoir avec nous.

— Je suis contente pour vous. Vous connaissez la nouvelle ?

— Non, quelle nouvelle, répondit mon père ?

— Le père Andrew... il part à Rome !

— À Rome ? dit ma mère surprise et inquiète.

— Oui, il fait un pèlerinage à Rome. Il a toujours voulu le faire et cette fois il en a l'occasion. Il est aux anges, dit-elle en riant.

— Ah ! Un pèlerinage, dit ma mère soulagée. J'ai cru qu'il allait nous abandonner, dit-elle en plaisantant.

— Non, vous pensez bien. Le père Andrew ne veut pas quitter Cambridge, mais il est très content car il n'espérait plus pouvoir se rendre à Rome. Vous pensez, un voyage d'un mois et demi, il va pouvoir visiter le Vatican, être béni par le pape... Pour un prêtre, vous vous rendez compte.

— Oui, c'est merveilleux, dit ma mère.

— Mes enfants, dit le père Andrew en arrivant vers eux ! Je vois que Mme Onckok n'a pas pu retenir sa langue. C'est effectivement merveilleux pour moi.

— Quand partez-vous ? demanda ma mère.

— Je prends le bateau le 15 juillet à New York. Mais ne vous inquiétez pas, je vais vous présenter dès aujourd'hui mon remplaçant, le père Olivier. Il est charmant.

— Oh oui, charmant, dit Mme Onckok en souriant et en soulevant les sourcils à plusieurs reprises, charmant !

Ma mère comprit ce que voulait dire Mme Onckok, par « charmant », quand elle vit le père Olivier rejoindre le père Andrew qui entrait dans l'église. L'adjectif que ma mère aurait utilisé aurait été plutôt « sexy ». Il était en réalité beau comme un dieu, c'était le cas de le dire, et elle ne put s'empêcher de se dire : « il a dû en faire, des malheureuses, quand il est parti au séminaire ». Mon père ne put s'empêcher de remarquer le regard illuminé de ma mère et lui envoya un coup de coude bien appuyé. Ma mère se retourna et le regarda d'un air de dire : « ben quoi ». S'ensuivit une discussion aussi houleuse que silencieuse. Ils finirent par avoir un fou rire qu'ils eurent énormément de mal à contenir.

À la sortie de la messe, et comme à son habitude, le père Andrew attendait Mme Onckok et mes parents. Il leur présenta le père Olivier, qui en plus d'être beau avait une voix magnifique et douce. On sentait chez lui un caractère identique à celui du père Andrew, mais en plus jeune. Le père Andrew laissa le père

Olivier avec Mme Onckok et mon père, et prit ma mère à part.

– Susan, je ne pars qu'un mois et demi. Je compte sur vous pour venir régulièrement à l'église. Même si je ne suis pas là, je prierai pour vous. Le père Olivier sera mon relais.

– Oui, bien sûr. Nous viendrons aussi souvent que possible.

– J'insiste, j'ai une mission à accomplir. Je compte sur vous pour me soutenir.

– Vous pouvez compter sur nous, nous prierons pour vous également.

– Merci, merci aussi pour Jack et ses enfants.

– Oh ! C'est nous qui devrions vous remercier…

– Dieu est avec vous. Il s'interrompit un moment en la regardant dans les yeux. Dieu est avec vous. Je le sais. Vous le savez. Que de bonnes choses peuvent vous arriver. Ne l'oubliez pas !

Il avait dit ces mots d'un ton solennel et grave. Il semblait un petit peu absent. Puis tout à coup, il se reprit, lui fit un large sourire et lui dit « bon dimanche », puis il se tourna vers les paroissiens qui continuaient à sortir de l'église et se dirigea vers eux. Ma mère resta coite quelque seconde. Elle ne comprenait pas exactement ce qui venait de se passer. Elle pensait que le père Andrew avait voulu lui faire passer un message, mais elle n'était pas sûre d'avoir compris.

Une vie calme et paisible

Les jours qui suivirent virent s'installer une petite vie calme et paisible. Le matin, ma mère prenait son petit-déjeuner avec mon père et attendait qu'ils partent à l'usine pour se mettre à l'ouvrage. Après quelques jours, les meubles furent livrés et ma mère put prendre ses quartiers. Elle travaillait beaucoup et cela l'amusait. Elle avait envahi la totalité des bureaux et passait d'une table à dessin à l'autre. Elle avait même demandé à Jack de lui installer un tableau pour accrocher ses dessins et vivait autour de ses créations. Parfois, après seulement quelques heures, elle décrochait un dessin qu'elle avait fait et le déchirait, déçue du rendu.

Mon père, lui, faisait la navette entre la Hot Chestnut Cie et l'O & A. Chez O & A, les commandes affluaient régulièrement. Il avait été nécessaire de trouver des lieux de stockage supplémentaires. Le problème était compliqué. Il fallait parfois stocker plus de cinquante cuisinières avant de pouvoir livrer, et l'atelier n'était pas assez grand. Il s'était arrangé avec la Société Onckok pour trouver un petit entrepôt disponible. Pour la Hot Chestnut Cie, les produits commandés étant faits sur mesure, et étaient livrés à la sortie de la fabrication pour éviter de les stocker.

Le soir, et parfois même en fin d'après-midi au retour de mon père, ma mère arrêtait de travailler et se consacrait à lui. Ils discutaient des choses qu'ils avaient faites dans la journée. Quand il n'y avait pas trop de vent, Marie, dont le romantisme était exacerbé, leur installait un dîner aux chandelles sur la terrasse. Il leur arrivait même de veiller très tard, évoquant cette aventure incroyable qu'était leur vie.

Durant cette période, Jack et Junior avaient pris en charge le domaine. Au-delà des travaux dans les bureaux, ils avaient demandé l'autorisation à mes parents de refaire toute la maison. Ils avaient commencé par le toit et descendaient petit à petit, pièce après pièce, refaisant la peinture, vérifiant et améliorant l'électricité, ramonant les cheminées et tout ce qui était nécessaire pour que la maison soit impeccable. Au fur et à mesure, ils étaient intervenus sur le jardin en créant de nouveaux massifs de fleurs, en entretenant parfaitement le parc. Le travail était loin d'être terminé, mais la maison reprenait vie après un abandon de plusieurs années. Les Neighborhood en avaient même presque pris possession comme de ses habitants. Ma mère s'en rendit compte une nuit où, à la suite d'une insomnie et prise d'une fringale, elle descendit dans la cuisine. Junior, qui n'avait visiblement pas pris le temps de s'habiller, fit irruption en caleçon long et un pistolet à la main alors que ma mère était en train de se préparer un sandwich. Elle poussa un hurlement de frayeur.

— Ah, c'est vous m'dam ?

— Mais enfin, Junior, tu n'es pas un peu fou ?

– Désolé m'dam, mais j'ai entendu du bruit.

– Mais qu'est-ce qui t'a pris, ce n'est pas parce qu'il y a du bruit que c'est forcément un cambrioleur ! Il faut quand même que je puisse descendre dans ma cuisine et me faire un sandwich sans tomber sur une milice armée.

– J'suis désolé, m'dam.

– Oui, c'est bon. Va te recoucher !

Il était clair que la petite famille avait décidé de garantir la sécurité de la maison coûte que coûte. D'un certain côté, c'était rassurant. De l'autre, mes parents avaient l'impression d'être surveillés en permanence. Il suffisait que ma mère ait l'intention d'appeler Jack pour qu'il surgisse comme un diable de sa boîte, à peine avait-elle eu le temps de prononcer son prénom. Si un visiteur, un livreur ou même le postier s'avançait sur le chemin qui conduisait à la maison, immanquablement on voyait Junior le suivre des yeux, caché derrière un arbre ou un buisson, attendant les ordres de Jack. Ma mère dut leur demander de faire un petit peu moins de zèle, ce qui provoqua la moue de Jack. Mais comme sa tête était beaucoup plus dure que le granit, Jack n'en fit qu'à sa tête. Une chose était sûre, mes parents étaient mieux gardés que le locataire de la Maison-Blanche.

Les Neighborhood avaient également refait la grange où plus aucune trace des déprédations n'était visible. Jack y avait garé son camion. Comme l'avait proposé mon père, il n'avait même pas été déchargé, à part un vieux rocking-chair que Jack avait installé devant la cheminée dans leur maison. Mais il maintenait le véhicule en parfait état et mettait le moteur en marche régulièrement pour s'assurer de son bon fonctionnement.

La Ford 1934

Un soir, mon père rentra plus tard qu'à son habitude. Il était au volant d'une Ford 1934, modèle de luxe, quatre portes, V8, d'une superbe couleur beige et aux chromes rutilants. La lourde voiture s'arrêta dans la cour. Mon père en sortit triomphalement...

– C'est bon Junior, ce n'est que moi !

– OK, m'sieu, répondit la voix de Junior qui sortait d'un taillis situé non loin de la maison.

Ma mère sortit sur le perron et admira la voiture et mon père, fier comme un amiral face à sa flotte. Elle éclata de rire.

– Elle est très belle, mon chéri, dit ma mère.

– Je suis content qu'elle te plaise, ça n'a pas été facile de l'obtenir.

Mon père raconta qu'il avait été chez Ford et avait vu cette magnifique voiture en exposition. La même que ma mère avait beaucoup appréciée lors de la visite de l'Exposition universelle où les derniers modèles de la marque étaient exposés. Il faut dire qu'à l'époque, la plupart des voitures de base étaient noires, et que le simple fait de demander une couleur particulière était une option qui coûtait cher. La seule couleur beige coûtait à l'époque

85 $ de plus et il expliqua qu'il avait royalement dépensé la somme scandaleuse de 625 $ pour cette voiture.

En réalité, c'était un modèle d'exposition que le concessionnaire avait commandée pour lui-même. Il fut nécessaire de batailler avec lui plus de trois heures pour le convaincre de vendre la voiture qui, à l'origine, ne devait pas être cédée à un client. Mais sa force de persuasion et une petite rallonge financière eurent raison des grands principes du monsieur. Mon père était revenu par la route en laissant la vieille voiture sur place, chargeant Jack et Junior d'aller la récupérer le lendemain. Il eut un grand succès sur le chemin du retour car certaines personnes reconnaissaient le modèle d'exposition. Junior était sorti de son buisson, Jack et Marie de la cuisine. Tout le monde commença à faire le tour de la voiture pour la regarder de plus près. Mon père s'adressa à Jack :

– Si cela vous convient, dorénavant vous utiliserez notre ancienne voiture comme voiture de service. Elle sera à votre disposition en permanence et même à titre personnel. Pour vous rendre à la messe, par exemple, dit-il en faisant un clin d'œil à ma mère. Bien sûr, tous les frais inhérents à cette voiture seront à ma charge. C'est pour vous rendre plus efficaces. Vous comprenez, n'est-ce pas ?

Jack regarda mon père quelques instants. Une demi-moue apparut sur son visage. Puis chose rarissime, un sourire à peine perceptible effaça la moue. Mes parents se mirent à sourire également. Cela voulait dire que l'affaire était entendue.

Rendez-vous à l'université

Annie avait prévenu ma mère que la réunion pour rencontrer les étudiants se tiendrait le lundi 16 juillet à 14 heures. Elle devait avoir lieu dans l'amphithéâtre de la section architecture de Boston University. Quelques jours auparavant, elle avait préparé tout un tas de documents expliquant ce qu'elle faisait, l'agrémentant de dessins et de photos pour faire une présentation la plus avantageuse possible. Bien qu'elle ne l'eût jamais avoué, cette réunion la stressait énormément. Serait-elle suffisamment convaincante pour attirer des étudiants compétents, originaux et enthousiastes? Là était toute la question.

Malgré l'insistance de mon père, elle souhaitait s'y rendre seule. Arrivée devant le grand bâtiment, Annie l'attendait à l'entrée.

– Bonjour, Mme Avallon, comment allez-vous?

– Bonjour Annie. Très stressée, je te l'avoue. Comment les choses se présentent-elles? Y a-t-il beaucoup de monde?

– Ça devrait aller, ne vous inquiétez pas. Suivez-moi, nous allons passer par l'entrée des professeurs.

Après avoir suivi Annie dans les méandres des couloirs et des escaliers qui conduisaient à l'estrade d'où elle devait faire son exposé, Annie lui fit signe de s'arrêter et de ne pas faire de bruit. Elle entrouvrit la porte qui donnait sur la salle. On entendait un homme qui visiblement était en plein discours. Il s'interrompit quelques secondes au moment où Annie lui fit un signe de la main. Il reprit :

– Mesdames, mesdemoiselles, messieurs, cette histoire passionnante que je viens de vous raconter n'est pas un roman imaginaire mais une histoire vraie, bien réelle. Il se trouve que cette jeune femme fut mon élève pendant quelques années, il y a longtemps. Cette femme ne s'est pas arrêtée à une seule entreprise mais, avec l'aide de son mari, elle est aujourd'hui en passe de devenir l'une des plus grandes créatrices de notre pays. C'est pour la rencontrer que vous êtes venus. J'ai la joie et l'insigne honneur de vous la présenter, Mme Susan Avallon !

Des applaudissements se firent entendre instantanément. Annie attrapa ma mère par la main et la tira littéralement sur l'estrade. Devant elle, les bras grands ouverts, Frank Weston Benson, le peintre à la renommée mondiale, l'attendait. Cet homme   de 72 ans, reconnu universellement pour son œuvre, venait de lui faire l'introduction la plus inimaginable que l'on puisse espérer. Elle se jeta dans ses bras en pleurant. L'émotion la submergeait. Elle ne pouvait rien dire, tenait à peine sur ses jambes, et à travers ses grosses larmes elle était incapable de voir les 150 élèves installés dans le grand amphithéâtre. Frank Weston Benson reprit la parole :

– Je pense qu'il faut laisser quelques secondes à Mme Avallon pour reprendre ses esprits. Vous l'avez compris, nous lui avons fait une surprise à laquelle elle ne s'attendait pas. Je vous propose maintenant d'écouter certains des élèves qu'elle a eus à l'université de Suffolk, quand elle était professeur, il y a quelques années.

Pendant plus d'une heure, quatre étudiants qu'elle avait eus en cours firent son panégyrique. Annie fut la première, suivie de Joseph Watterson, qui avait été mis dans la confidence, et deux autres de ses élèves. Ils racontèrent à l'assistance combien ma mère avait été un professeur qui restait dans leur cœur, tant par sa gentillesse que par son dévouement auprès de ses étudiants, tant par ses compétences que sa finesse d'esprit. Ils expliquèrent tous les quatre à quel point ils la soutenaient dans son projet et étaient convaincus de sa réussite. Unanimement, ils reconnaissaient ne pas avoir soupçonné l'artiste qui se cachait derrière cette spécialiste du droit. Malgré les efforts désespérés que ma mère faisait pour rester digne, elle ne cessait de pleurer. À la fin, Annie, en grande professionnelle du bureau des étudiants, reprit la parole.

— Je vous propose maintenant, avant de passer au sujet même de cette rencontre, de poser à Mme Avallon, toutes les questions qui vous brûlent les lèvres. Qui veut commencer ?

— Jordan, en architecture à Boston University. Qu'est-ce qui vous est réellement arrivé pendant le Krach de 1929 ?

— Eh bien, c'est plutôt à mon mari qu'il faudrait poser la question, répondit ma mère ! La vanité. Je pense que ce serait le mot le plus juste. L'aveuglement devant le gain d'argent. Vouloir être encore plus riche alors que nous l'étions déjà. Je n'entrerai pas dans les détails techniques, car je ne les connais pas. La leçon que j'en retire, c'est qu'il ne faut pas perdre de vue son propre horizon. Rester fidèle à ses convictions et à son travail.

– Jim, graphiste. Vous avez fait des études de droit. Si vous n'aviez pas été ruinés en 1929, auriez-vous continué dans cette voie ?

– Je ne pense pas. J'étais une femme au foyer dont l'occupation principale était l'aide à des associations à but non lucratif. Je m'occupais aussi d'expositions d'art. J'étais active à la paroisse et dans les hôpitaux. Je pense que je n'aurais pas continué.

– Bryan, graphiste. Comment prenez-vous cette nouvelle vie après tant d'années de difficultés ?

– Comme une seconde chance. Mon mari et moi nous nous étions endormis sur une routine quotidienne et confortable. Nous avions perdu de vue le monde réel. Nous avons eu la chance de faire des rencontres qui nous ont apportées une seconde chance. Ne serait-ce que pour ça, nous nous devions de réussir.

– Jack, ingénierie industrielle au MIT. Vous considérez-vous de nouveau à l'abri du besoin ?

– À ce niveau, j'ai une certitude. On n'est jamais à l'abri de quoi que ce soit. Tout peut arriver à tout le monde, à n'importe quel moment. C'est pour ça qu'il est nécessaire d'avoir une vie harmonieuse et saine, entouré des êtres qui vous sont chers, dans une activité qui vous plaît. Là est à mon sens le secret d'un bon équilibre de vie.

– Cooper, Boston University…

Le jeu des questions-réponses continua pendant un long moment. Quand une question était un peu trop personnelle, ma mère bottait en touche : « Avez-vous des enfants ? », « Comment votre mari accepte-t-il que vous travailliez dans votre propre entreprise ? », « Avez-vous des domestiques ? », « Combien gagnez-vous par semaine ? », etc. À la fin, Annie reprit la parole.

— Bien, je crois que vous avez posé à peu près toutes les questions que vous vouliez. Si elle en est d'accord, je proposerai à Mme Avallon de nous présenter sa nouvelle structure. Mme Avallon, c'est à vous.

— Merci Annie. Je voudrais tout d'abord vous remercier d'être si nombreux. Je ne m'y attendais pas. Cela m'a rappelé de bons souvenirs. J'aurai le fin mot de l'organisation plus tard, dit-elle en riant. En tout cas, merci encore. Maintenant, je vais vous expliquer mon projet…

Ma mère expliqua en détail ce qui l'avait amenée à Boston University, à la recherche de collaborateurs. Elle fit passer les documents ainsi que les photos et les dessins. Elle fit un exposé de plus d'une demi-heure. À la fin, elle remercia tout le monde une nouvelle fois et un silence assourdissant s'installa dans la salle. Ma mère ne savait pas quelle contenance prendre et elle se tourna vers Frank Weston Benson. Il la regarda avec un large sourire et lui fit un clin d'œil. Elle se tourna alors vers la salle, et là, plusieurs étudiants avaient la main levée.

— John, architecture à Boston University. Pourquoi avoir choisi l'acier inox pour l'escalier ?

— Eh bien, cela dépend du client. En l'occurrence, c'était plus approprié. D'autre part, j'aime bien travailler de nouvelles matières…

Et le jeu des questions-réponses repartit de plus belle pendant plus d'une heure. Cette fois, elles concernaient toutes la création du studio de design de ma mère.

Il était plus de 20 heures quand Annie, en déployant énormément d'énergie, fit cesser le débat. Elle prit la parole.

— Maintenant que vous avez tous les éléments, vous pourrez déposer vos actes de candidature et vos curriculums vitae à mon bureau à partir de demain matin. Je les transmettrai à Mme Avallon d'ici une quinzaine de jours, après quoi je ne peux vous souhaiter que bonne chance. Merci encore d'être venus et à bientôt.

Elle mit encore plus d'une demi-heure pour faire partir les derniers étudiants et ils purent enfin se retrouver tranquilles, ma mère, Frank Weston Benson, Joseph Watterson et Annie. Ma mère se tourna vers Annie et lui lança un regard interrogateur. Annie souleva sa main à la hauteur de sa poitrine et tendit son petit index vers Frank Weston Benson.

— Oh, dit-il d'un ton un peu solennel, elle est beaucoup trop modeste. C'est elle qui a tout manigancé en retrouvant les anciens élèves de Suffolk. Avec Joseph Watterson, ils ont tout organisé.

— Mais comment saviez-vous ?… dit-elle en se retournant vers Annie.

— Oh moi, je voulais simplement avoir le soutien d'anciens de Suffolk pour vous introduire auprès des élèves. C'est M. Watterson qui a eu l'idée d'appeler M. Frank Weston Benson. Vous pensez bien, avec un nom aussi prestigieux, le lobbying fut un véritable jeu d'enfant.

– Et vous, Jo, comment saviez-vous ?

– Une discussion avec M. Onckok. Je lui avais posé la même question que les élèves. Comment un professeur de droit aussi brillant que vous était capable de faire des créations pareilles ? C'est à ce moment-là qu'il m'a indiqué que vous aviez été élève de M. Frank Weston Benson. C'est aussi simple que ça.

– Vous voyez, ma chère Susan, dit Frank Weston Benson, à 72 ans je peux encore être émerveillé. La petite chrysalide qui était venue me voir pour organiser des expositions, j'ai su la cultiver et attendre patiemment qu'elle se transforme en un magnifique papillon. Si je peux être fier de mon œuvre aujourd'hui, c'est bien à vous que je le dois. Vous êtes, sans conteste, ma plus belle réussite.

Ma mère piqua un fard comme elle seule en était capable. Elle se jeta dans ses bras.

– Puis-je vous embrasser ? demanda-t-elle les yeux pleins de larmes.

– C'est mon désir le plus cher ! Ma chère Susan, mes chers amis, le poids des ans a la fâcheuse tendance à allonger les distances. Il est temps que je rentre à la maison. Merci pour cette petite cure de jouvence, elle m'a redonné l'envie de peindre. Il se tourna vers ma mère. Venez me voir à Salem, ça me fera plaisir.

Il descendit l'estrade, prit son manteau, son chapeau, sa canne, et remonta tranquillement l'allée principale de l'amphithéâtre. Juste à côté de la porte attendait son chauffeur. Il se retourna une dernière fois, fit un signe de la main et disparut.

Chicago, le retour

Le lendemain, ma mère reçut un appel de M. McHover.

– On a un problème avec l'escalier, dit-il.

– Quel problème ? demanda ma mère.

– Certaines contraintes techniques nous obligent à modifier le style. Je ne suis pas satisfait du travail qui a été fait. Ça fait quinze jours qu'ils sont dessus et ils ne s'en sortent pas. J'aimerais que vous reveniez pour trouver une solution. Cela vous est-il possible ?

– C'est-à-dire que… il y a eu beaucoup d'événements ici et je suis en train d'installer le studio de design. Cela ne peut pas attendre ?

– Je suis vraiment désolé, mais on doit présenter le projet le 22 juillet, dimanche prochain. Ça nous laisse très peu de temps pour tout mettre au point.

– Le 22 ? Je vais voir avec William. Je ne suis pas sûre de pouvoir être là avant la fin de la semaine. Je vous tiens au courant le plus rapidement possible.

Après une conversation avec mon père, il fut décidé que ma mère irait à Chicago le jeudi. Mon père devait s'occuper de la Hot Chestnut Cie. Le lendemain, elle se rendit chez O & A pour faire les dernières vérifications avant son départ.

Pendant les semaines précédentes, elle avait dessiné différents instruments de cuisine, avec un design plus approprié pour les nouvelles cuisinières. Surtout, elle avait dessiné des casseroles plus légères et plus adaptées à la force des femmes. Jusqu'à présent, les modèles de luxe étaient en cuivre étamé, ce qui en faisait des modèles trop lourds à son goût. Elle avait demandé que des prototypes soient réalisés pour les exposer et avoir une première impression des clients. Certains modèles étaient prêts. Ils furent emballés dans une malle pour pouvoir les emporter à Chicago.

Grâce à John Onckok, elle prit l'avion du jeudi matin et arriva en fin de matinée. Il l'attendait à l'arrivée.

– Comment s'est passé votre voyage, lui demanda-t-il ?

– Très bien, quelles sont les nouvelles ?

– Je ne sais par où commencer. À la suite de la visite de Nordstrom et leur projet de commande, nous avons eu la visite d'autres responsables de grands magasins qui ont été tout aussi intéressés. Maintenant, nous sommes à peu près sûrs que Barneys, Macy's, Neiman Marcus et Nordstrom vont passer commande. Bien sûr, ce sont des premiers contacts, mais ils sont véritablement encourageants.

– Mais c'est merveilleux !

– Oui, c'est exactement ce que j'ai dit.

– Et au sujet de la réunion avec l'armée ?

– Restons discrets, je vous en parlerai plus tard. Quand nous serons tranquilles. Pour le moment, je dois vous déposer au bureau de M. McHover avant de filer à l'Exposition.

— Justement, il y a des prototypes d'ustensiles de cuisine que j'ai fait réaliser avant mon départ. Ils sont dans la malle grise. Si cela est possible, pourriez-vous les exposer sur les cuisinières, j'aimerais connaître les commentaires des clients.

— Aucun problème, je m'en occupe personnellement.

Arrivée au bureau de M. McHover, elle fut accueillie par l'équipe de designers. Ils étaient visiblement très contents de la voir. Elle eut à peine le temps de retirer son manteau qu'ils lui avaient déjà mis les photos de la maison sous les yeux, les esquisses qu'elle avait faites, les plans d'exécution et l'une des marches de l'escalier, un prototype. Le tout dans un brouhaha où tous les collaborateurs donnaient leur avis sur les différentes solutions aux problèmes qui leur étaient posés. Elle les regardait s'agiter dans tous les sens en brandissant, pour l'un des dessins, pour l'autre une maquette de carton ou des photos avec des exemples qu'ils avaient récoltés à droite ou à gauche.

— Messieurs, laissez-moi poser mes affaires, je vais regarder ça avec vous. Calmez-vous et faites un peu de silence, je suis à vous dans cinq secondes !

Après quelques instants, elle s'assit au bureau et commença à regarder attentivement les documents. Au bout de plusieurs minutes, elle se tourna vers eux.

— Quel est exactement le problème ?

— Le problème, dit Joachim, c'est que la résistance des marches, sur le premier tiers haut de l'escalier, correspond à nos calculs. En revanche, pour les deux tiers du bas, les marches sont beaucoup trop souples et se déforment. Nous avons fait des essais avec une personne de 80 kg et ce n'est pas possible. La structure est trop légère et sans faire une modification importante du galbe nous n'arrivons pas à la rigidifier suffisamment.

L'escalier était en colimaçon, sortait du plafond et descendait en s'évasant au fur et à mesure. La technique employée était relativement simple. Un tuyau d'acier très résistant était fixé au sol et montait à la verticale. Les marches, elles, étaient fabriquées d'un galbe supérieur plat sur lequel on posait les pieds, la partie inférieure était une pièce d'emboutissage d'acier inox qui se soudait en dessous. Vues de profil, les marches ressemblaient à des hélices d'avion dont la partie supérieure était aplatie. Dans l'extrémité la plus étroite, un autre tube plus large était soudé en position verticale que l'on enfilait sur le tube fixé au sol. Il suffisait d'empiler les marches les unes au-dessus des autres et de les positionner pour que cela se transforme en escalier. Ce design était particulièrement apprécié par le client pour son côté mécanique, tout en étant élégant et léger. Sa sobriété convenait parfaitement au nouveau style de la maison. Malheureusement, si la technique employée était parfaitement adaptée aux marches les plus petites, pour celles de taille moyenne et pour les plus grandes la résistance des métaux ne donnait pas assez de rigidité.

– Je comprends, dit ma mère. En somme, ou nous trouvons une astuce pour rigidifier la marche ou nous sommes obligés de modifier le galbe pour le rendre plus résistant.

C'est exactement le problème, dit Joachim. Voici les différentes esquisses que nous avons faites, mais M. McHover n'est pas du tout content. Je ne le suis pas non plus, d'ailleurs.

– Bon, ce n'est pas grave. Allez, messieurs, au travail. Donnez-moi toutes les idées qui vous sont passées par la tête. J'ai besoin de vous pour la technique car ce n'est pas mon domaine.

Ils s'assirent tous autour de la table et un brainstorming commença. Ils y consacrèrent toute la journée et une partie de la soirée. Vers 21 heures, ma mère était très fatiguée et s'interrompit.

— Désolée messieurs, mais je n'en peux littéralement plus. Nous avons évoqué beaucoup de sujets, énormément d'hypothèses et envisagé beaucoup de solutions. Je ne vous cache pas que pour le moment aucune de ces idées ne me convient. La nuit porte conseil et j'en ai bien besoin. On se retrouve ici demain matin à 9 heures.

John Onckok l'attendait depuis plus d'une heure. Il n'avait pas osé la déranger et s'était installé dans l'entrée des bureaux où il patientait.

— John, cela fait longtemps que vous êtes là ?

— Je viens d'arriver.

— Vous êtes un charmant menteur, dit ma mère en lui souriant.

— Me permettez-vous de vous ramener à hôtel et de vous inviter à dîner ? J'ai quelques petites choses à vous dire.

— Avec plaisir, mais un tout petit dîner. Je n'ai pas très faim et je suis très fatiguée.

— Alors, dépêchons-nous !

Arrivée à l'hôtel, ma mère monta dans sa chambre pour déposer ses affaires et se passer un peu d'eau fraîche sur le visage. Elle redescendit pour rejoindre John Onckok qui l'attendait dans la salle de restaurant.

— Alors, qu'est-ce qu'il y a de si mystérieux ? demanda ma mère.

— Oh, ce n'est pas du tout mystérieux, c'est confidentiel, dit-il en souriant.

Il était évident que M. Onckok ne pouvait pas tout dire à ma mère, et surtout pas les craintes qu'il avait évoquées avec mon père. Mais il tenait quand même à lui donner quelques informations.

— Il se trouve que l'armée, pour différentes raisons, est à la recherche d'entreprises capables de produire rapidement de grandes quantités de matériel. Ils nous ont réunis en fonction de nos spécialités pour faire un état des lieux des entreprises capables de répondre à leurs demandes. En ce qui me concerne, j'étais avec Jo pour la société Onckok. Ils veulent des éléments de structure pour la marine et tout un tas de choses comme des blindages pour les véhicules, etc. Dans le même temps, nous avons été sollicités par la Goodyear-Zepplin pour des profilés aluminium qui serviront à faire de la petite charpente métallique afin de rigidifier les nacelles de leurs ballons dirigeables. Ils ont un problème de poids concernant leur structure actuelle qu'ils veulent à la fois alléger et rigidifier. Comme c'est notre spécialité à la Onckok, ils ont préféré nous interroger en même temps. Ce sont de futurs gros marchés très prometteurs.

— Mais c'est merveilleux. Ont-ils dit quand ils allaient passer des commandes ?

— Non, nous n'en sommes pas là. L'événement qui a déclenché tout ça, c'est que La Garde Nationale vient d'être officialisée Armée de Réserve. Ils ont donc besoin de beaucoup de matériels. Mais les crédits votés pour le moment ne leur permettent pas de passer commande. Je pense que ça ne devrait pas tarder. Avant la fin de l'année prochaine, nous serons fixés.

– Eh bien ! Je suis très contente pour vous.

– Je vous avoue que je m'y attendais un peu. Il y avait des bruits de couloirs depuis quelque temps et je n'ai pas été très surpris lors de la réunion. En revanche, j'avais sous-estimé l'importance des marchés à venir.

– Dites-moi, je saute du coq à l'âne mais avez-vous des retours sur les ustensiles de cuisine ?

– Je voulais vous en parler, car personnellement je les ai trouvés très réussis. Certaines femmes les ont pris en main et nous ont confié qu'elles les trouvaient très légers et très beaux. Ce qui m'amène à autre chose. Il se trouve que lors de notre réunion avec l'armée, ils ont évoqué un besoin pour tout le matériel de cuisson en campagne, batteries de cuisine et même de gamelles pour les soldats. Actuellement, ce matériel est en fer-blanc et a tendance à se déformer et à rouiller. Ils cherchent une piste du côté de l'aluminium. Je n'ai pas encore de contacts, mais ça ne devrait pas tarder. Pour l'O & A, cela pourrait être très intéressant.

– Absolument. Ce serait magnifique pour nous. Oui, enfin l'armée, les armes, en ce moment, je vous avoue que…

Ma mère raconta à M. Onckok l'aventure qui leur était arrivée à Brookline, pendant que le plat leur était servi. John avait fait les choses en grand en commandant du vin français.

– Mais ce n'est pas croyable. Inimaginable, répondit M. Onckok. Et maintenant, c'est fait. Ils sont chez vous et ils s'occupent de la maison.

— Oui, et j'en suis très contente. Ce sont vraiment des gens merveilleux.

— C'est amusant, dit M. Onckok en regardant en l'air.

— Qu'est-ce qui est amusant ?

— Vous, votre mari, enfin je veux dire vous deux. Vous cherchez un gardien pour votre maison et vous tombez sur un héros de guerre, tout à la fois paysan et homme d'armes, affublé d'un jeune couple. Une petite paysanne et un géant norvégien. C'est amusant.

Ma mère allait répondre à M. Onckok après avoir pris une gorgée de vin. Alors qu'elle était en train de boire, elle s'étouffa et recracha la moitié du verre sur la table. M. Onckok souleva sa serviette d'un geste automatique et la regarda en ouvrant grand les yeux.

— Ça ne va pas Susan, vous vous êtes étranglée ?

Ma mère faisait de grands gestes qui signifiaient « non ». D'une main, elle tenait son verre de vin dégoulinant sur la table et de l'autre, sa serviette devant sa bouche. Elle se mit à tousser bruyamment car elle s'était effectivement étranglée. Une fausse route qui lui avait fait recracher le vin. Elle lui fit signe qu'elle allait répondre.

— Vous avez dit « charpente métallique pour rigidifier » ?

— Oui, et alors ?

— Mais c'est cela, c'est évident.

— Qu'est-ce qui est évident ?

— Mais vos poutrelles métalliques, évidemment.

— Excusez-moi Susan, je ne comprends rien à ce que vous me

dites.

— Désolée, mais c'est tout le sujet de l'escalier pour M. McHover.

— Je croyais qu'il était en inox embouti.

— Oui, mais justement, on a un problème…

Ma mère lui expliqua en détail les problèmes qui étaient à résoudre le plus vite possible. John Onckok connaissait parfaitement le projet, il l'avait évoqué avec Jo.

— Et si on faisait la coque inférieure dans un métal plus épais ? dit M. Onckok.

— D'après les techniciens de chez McHover, cela va alourdir la pièce et elle fléchira peut-être un peu moins mais sera très désagréable à descendre ou à monter.

— Oui, ce n'est pas faux. Et si on faisait une petite poutrelle métallique que l'on glisserait à l'intérieur ? dit M. Onckok.

— Oui, la structure serait très rigide. Le problème c'est que cela coûtera très cher. Vous imaginez fabriquer des petites poutrelles. Il n'y a pas de mécanisation suffisamment développée pour les assembler en machine. On serait obligés de tout faire à la main. Je ne suis pas sûr que M. McHover trouve cela à son goût.

— Effectivement, mais je suis sûr qu'il faut chercher dans ce sens.

Puis il y eut un silence, les deux convives réfléchissaient.

— Bonfang, u'pèce demmouhifase eha affaihe. M. Onckok avait prononcé cette phrase la bouche pleine de haricots verts, ce qui la rendait incompréhensible.

— Comment ? dit la mère.

— Pardon, dit M. Onckok en finissant d'avaler et en s'essuyant la bouche. Une pièce d'emboutissage fera l'affaire.

– Une pièce d'emboutissage ? Mais une poutrelle ne serait pas plus efficace ?

– C'est pareil. Il suffit d'emboutir une pièce ajourée comme les poutrelles métalliques.

– Désolée, je ne vois pas ce que vous voulez dire.

– Bon, vous voyez les claustras dans le confessionnal de l'église de Cambridge ?

– Oui, très bien.

– Eh bien ! on fait exactement la même chose avec une plaque d'inox. On la découpe et on la renforce en la pliant sur les bords. Il ne reste plus qu'à la souder à l'intérieur de la marche. Et le tour est joué. Légèreté, hyper résistance et coût modique. Cela me paraît parfait.

– Oh, mon Dieu, vous êtes un génie !

– Moi, je ne sais pas, en revanche, l'équipe de M. McHover… Je me demande bien pourquoi ils n'ont pas pensé à ça. C'est leur métier après tout.

– Ne les blâmez pas, ils ont la tête dedans depuis trop longtemps et ils n'ont plus assez de recul. En tout cas, vous venez de me sauver la vie.

– N'exagérons rien. Et que diriez-vous d'une petite camomille avec le dessert ?

Réunion de crise à la McHover Construction Inc.

Le lendemain, après le petit-déjeuner et un coup de téléphone à mon père, ma mère prit un taxi pour se rendre à la McHover Construction Inc. Elle fut introduite dans le bureau par la secrétaire et trouva toute l'équipe assise autour de la table, présidée par M. McHover. Comme à son habitude, il l'accueillit chaleureusement.

— Susan, je suis très content de vous voir. Je vous en prie, mettez-vous à l'aise et installez-vous !

— Bonjour, M. McHover, dit ma mère en regardant l'assemblée. Elle perçut des regards embarrassés autour d'elle.

— Donc, si j'ai bien compris le rapport que m'ont fait mes collaborateurs, nous n'avons pas beaucoup avancé.

Elle eut un moment d'hésitation en regardant les collaborateurs et plus particulièrement Joachim. Elle lui fit un petit clin d'œil et prit la parole.

— Nous étions tous fatigués hier soir et c'est même moi qui ai demandé que l'on arrête la réunion. En réalité, nous avions la solution sous les yeux mais nous ne l'avons pas vue. Ce matin, je peux vous dire que nous avons la solution.

Un silence se fit. Tout le monde la regardait d'un air surpris et se demandait bien ce qu'ils avaient raté la veille. M. McHover plissa les yeux et la regarda attentivement.

— Bon, dit M. McHover. Et quelle est cette solution ?

— C'est très simple, une poutrelle métallique à l'intérieur de la marche. Enfin, plus exactement un profilé embouti, ajouré et replié qui sera soudé à l'intérieur de la marche pour la rigidifier. Cela ne coûtera pas très cher et permet de ne pas modifier le galbe inférieur de la marche.

Tout en prononçant ces mots, elle étala les croquis qu'elle avait faits avec M. Onckok, la veille au soir. La plupart des collaborateurs autour d'elle, et en particulier Joachim, firent de grands soupirs et se tapèrent le front avec les mains. Certains étaient restés crispés, car effectivement l'idée était géniale. Ils étaient tous en train de se dire que c'était une très bonne nouvelle pour l'escalier, mais une très mauvaise pour leur matricule vis-à-vis de M. McHover.

De nouveau, un silence se fit. Ce n'était plus de la surprise qu'elle voyait dans les regards, mais de la stupéfaction. Et les collaborateurs n'osaient même plus regarder M. McHover. Lui seul continuait à plisser des yeux car il n'était absolument pas dupe. Il savait pertinemment que cette idée ne venait pas de ses employés. Ce que ma mère ne savait pas, c'est qu'il avait exigé une réunion à partir de 7 heures pour se faire expliquer les résultats de la veille. À aucun moment, l'un d'eux n'avait évoqué cette solution. Il se leva, vint à côté de ma mère et regarda attentivement les croquis. Il les examina un bon moment. Personne n'osait parler. Ma mère continuait à scruter les collaborateurs un par un, car elle ne comprenait pas le malaise général.

– Messieurs, dit M. McHover, vous avez une heure pour me faire les plans d'exécution et les contrôles de charges. Susan, voulez-vous bien m'accompagner dans mon bureau ? Le ton était solennel et cassant.

– Avec plaisir, dit ma mère sur un ton glacial.

Après avoir fermé les portes, ils s'assirent autour du bureau dans un silence pesant.

– Susan, je suis impressionné. C'est un travail remarquable. Mais pour l'avenir, je vous conseille de ne pas trop protéger vos collaborateurs comme vous l'avez fait avec les miens. Je suis atterré qu'ils n'aient pas eux-mêmes trouvé cette solution. Cela fait plus de quinze jours qu'ils tournent autour, et vous, en une soirée dans une chambre d'hôtel, vous réussissez là où dix spécialistes sélectionnés dans les meilleures écoles de la région en ont été incapables.

– Mais pas du tout, c'est un travail collectif.

– Ma chère Susan, si vous voulez qu'on travaille ensemble, il va falloir être franc et honnête avec moi. Vous n'avez pas pu réaliser ces croquis hier car le papier que vous avez utilisé porte l'entête du Pick Congress Hotel.

– Ce n'est pas ce que je voulais dire. Et puis calmez-vous un petit peu. Je n'aime pas tellement votre attitude envers vos employés. Ils sont sous pression en permanence et vous ne leur laissez pas le temps de respirer. Comment voulez-vous qu'en moins d'une heure ils vous fassent un travail de cette importance ? Il serait bon que vous envisagiez un management un peu différent. La réunion d'hier m'a épuisée parce qu'ils sont surexcités et angoissés. Ils sont incapables de réfléchir. Ils m'ont plus gênée dans mes réflexions qu'autre chose. En revanche, vous ne pouvez pas mettre en cause leur compétence. Sans le travail collectif d'hier, j'aurais été incapable de comprendre exactement le problème. Et je vais aller plus loin. Cette idée géniale, elle n'est pas de moi. C'est John Onckok qui a trouvé la solution.

Il ne s'attendait pas à une charge pareille. M. McHover resta la bouche ouverte en l'écoutant. Il se reprit et regarda machinalement les objets sur son bureau. Il en avait le souffle coupé, car il n'était pas habitué à ce qu'on lui tienne tête pour si peu.

– Écoutez Charles, reprit ma mère d'une voix beaucoup plus douce, utilisant son prénom pour prendre un certain ascendant sur lui. Dans le cas qui nous intéresse, il y a autant de technique que de créativité. Si la technique se résout par des équations mathématiques, il en est tout autrement pour la création. En ce qui me concerne, il est clair que si vous me demandez de travailler comme vous l'imposez à vos employés, vous n'obtiendrez rien de bien. En ce qui concerne votre équipe, je vous encourage à trouver une solution pour renforcer la cohésion et non la compétition. Ils doivent travailler ensemble dans une ambiance sereine. Cela renforcera la productivité. Ne vous y trompez pas, ils ne doivent pas travailler malgré vous mais avec vous…

M. McHover était piqué au vif et se mit à rougir.

– John m'avait dit que vous étiez une femme étonnante. Il était en dessous de la réalité. Vous comprenez, j'ai une pression énorme sur les épaules. J'ai en tout quatre secteurs à contrôler, et chacun d'entre eux est d'importance égale. Il faut que je trouve des solutions rapidement pour faire avancer cet ensemble. Ce n'est pas facile.

— Je suis d'accord avec vous, mais cette pression vous devez la garder pour vous. Vous devez leur faire confiance et leur déléguer pleinement les tâches en limitant au maximum de les mettre sous pression. Vous aurez de bien meilleurs résultats.

— Mais vous avez l'air très convaincue. Comment faites-vous?

— Chez moi, c'est naturel. J'essaie toujours de donner des objectifs que mes collaborateurs sont capables d'atteindre. Je ne demande pas l'impossible, je demande le meilleur de leur capacité. Et ça fonctionne très bien.

— OK, vous avez gagné. Venez avec moi!

Ils retournèrent dans la salle de travail et reprirent leur place à la table. M. McHover regarda ses collaborateurs. Leurs regards étaient effrayés et ils se demandaient quelles nouvelles embûches les attendaient. Ils s'étaient arrêtés net de travailler et l'on sentait encore l'angoisse planer dans le bureau.

— Messieurs, je viens d'avoir une conversation avec Mme Avallon. Nous allons instaurer de nouvelles règles. En premier lieu, le travail de ce bureau sera supervisé par Joachim. Dorénavant, je ne m'adresse qu'à lui pour vous donner des instructions et c'est lui seul qui me communiquera les résultats. Deuxièmement, nous devons rendre ce projet lundi. Vous connaissez tous le cahier des charges et tous les éléments du dossier. Joachim, nous nous retrouverons ici demain matin.

Il regarda ma mère en espérant son approbation. Elle lui fit un sourire. Il se leva et regarda de nouveau ses collaborateurs.

– Messieurs, faites honneur à la McHover Construction Inc. !

De retour à l'Exposition universelle

M. McHover avait proposé à ma mère de la déposer à l'Exposition universelle pour rejoindre John Onckok. Dans la voiture, ils n'avaient pas beaucoup parlé. M. McHover avait plusieurs questions qui lui brûlaient les lèvres, mais il hésitait à les lui poser.

— Qu'y a-t-il, Charles ? demanda ma mère.

— Vous avez un sacré caractère, lui répondit M. McHover.

— Je ne crois pas, non, mais vous n'aimez pas être contredit. Excusez-moi de ma franchise, mais je ne trouve pas que ce soit une qualité.

— C'est bien ce que je disais, vous avez un sacré caractère.

— Si ça vous amuse de penser ça... Mais revenons plutôt à ce qui vous préoccupe. Qu'y a-t-il ?

— Il y a que... j'ai encore beaucoup de travail à vous donner et j'aimerais avoir un peu de temps pour vous expliquer tout ça. Quand comptez-vous repartir à Boston ?

— En début de semaine, je ne sais pas trop. Ça dépend de ce que je vais voir à l'Exposition. Pourquoi ?

— En premier lieu, j'aurais aimé que vous soyez à mes côtés pendant la présentation de demain. Au cas où... on ne sait jamais. D'autre part, dans les projets que je voudrais vous soumettre, il y a des points de détail que j'aurais voulu vous montrer grandeur nature. On pourrait organiser une petite visite dans la ville, disons demain après-midi. Vous pourriez faire cela ?

– Oui, je peux m'arranger. Mais nous sommes bien d'accord, vous me donnez les éléments et je les travaillerai à Boston. Je ne veux pas laisser William tout seul trop longtemps.

– C'est entendu, si cela vous convient, je passerai vous prendre demain matin vers 11 heures à l'hôtel.

Après l'expédition qui consistait à suivre les méandres surpeuplés des allées de l'Exposition universelle, elle finit par arriver devant la petite boutique de l'O & A. À l'intérieur, John Onckok était assis au bureau et des clients déambulaient en regardant les cuisinières.

– Bonjour, John, j'y suis arrivé, dit ma mère en souriant.

– Bonjour, Susan, à quoi êtes-vous arrivée ?

– Ici, je suis arrivée ici. Il y a une foule énorme et se frayer un passage à travers toute la population est digne d'un safari africain.

– Oui, après une certaine heure, et de surcroît le week-end, il y a énormément de monde. Comment s'est passée votre réunion ?

– Houleuse, c'est l'adjectif qui convient le mieux. Il a fallu que je me fâche avec M. McHover, mais c'est réglé. Et de votre côté, quoi de neuf ?

– Pas grand-chose, beaucoup de monde ici aussi. Le week-end, il y a beaucoup de badauds. Ce n'est pas forcément très intéressant pour les affaires, en revanche, les hôtesses distribuent beaucoup de catalogues et répondent aux questions. C'est intéressant pour le retour des informations.

Tout en discutant avec M. Onckok, ma mère regardait un jeune homme d'une trentaine d'années qui s'intéressait tout particulièrement aux ustensiles de cuisine. Elle fut surprise qu'un homme seul et habillé de façon excentrique s'intéresse à ces produits.

— Puis-je vous aider, je suis Susan Avallon ?

— Enchanté, mon nom est Russel Wright. Vous êtes de la société O & A ?

— Oui, en quelque sorte. Je suis la créatrice des modèles.

— Ah oui, une femme ?

— Je vous félicite pour votre sens de l'observation, dit ma mère d'un ton sarcastique.

— Non, excusez-moi. Ce n'est pas ce que je voulais dire…

— C'est pourtant ce que j'ai entendu.

— D'accord, je suis désolé. Je suis surpris, il y a très peu de femmes dans ce métier.

— De quel métier parlez-vous ?

— Designer !

— Ah, il y a peu de femmes designers ? Et comment le savez-vous ?

— C'est que je suis moi-même designer. Et vous êtes la première femme designer que je rencontre.

— Si vous le dites. Et dans quels domaines travaillez-vous ?

— Eh bien, dans presque tous les domaines. Tout dépend de ce que l'on me demande. Et vous-même, vous ne travaillez que dans les instruments de cuisine et les cuisinières ?

— Non, je fais aussi des objets et de la décoration, dans l'architecture en quelque sorte.

— Ah oui ! Vous êtes vraiment designer.

— Eh bien oui, comment voulez-vous que je vous le dise ?

— Non, excusez-moi de nouveau, mais je suis vraiment surpris. En tout cas, j'aime beaucoup ce que vous faites. À partir d'un modèle usuel et tout à fait ordinaire, votre sensibilité s'exprime complètement dans ce que vous dessinez. Et vous arrivez à créer des objets qu'on aimerait simplement posséder. Votre casserole et votre poêle, par exemple, sont très finement harmonieuses. Je vous avouerais presque que je suis jaloux, j'aurais beaucoup aimé les dessiner moi-même.

— Là, si ce n'est pas un compliment…

— Non ! Je vous assure, je suis sincère. Et croyez-moi, des casseroles et des poêles j'en ai dessiné quelques-unes et les vôtres sont vraiment très réussies. Je devine que c'est vous également qui avez dessiné les cuisinières. Vraiment bravo !

— Eh bien, je vous remercie, dit-elle en rougissant.

— Je suppose que vous ne cherchez pas de travail ? J'ai constitué mon propre bureau de design à New York, et je me disais…

— Désolée, mais non.

— Vous savez, c'est un métier très difficile. Les contrats… ça va, ça vient. En tout cas, si vous avez besoin d'un coup de main, ce sera avec plaisir.

— Non, je vous remercie, j'ai monté mon propre bureau de design à Boston. Et j'ai déjà beaucoup de travail.

— Ah bon, je vous en félicite. Sans vouloir être indiscret, pour qui travaillez-vous ?

– J'ai déjà ce travail avec l'O & A, je travaille également pour la Hot Chestnut Cie, la McHover Construction Inc., et j'ai des projets avec la société Onckok.

– Ah oui, quand même, dit-il les yeux écarquillés, avec la McHover Construction Inc. ! Mais vous n'êtes pas une débutante ? Je n'ai jamais entendu parler de votre travail.

– Cela ne m'étonne pas, j'ai commencé la semaine dernière.

– La semaine dernière, vous voulez me faire croire que vous avez commencé à travailler le design depuis la semaine dernière ?

– Non, ça fait bientôt deux ans que je fais du design. Mais jusqu'à la semaine dernière, je ne savais pas ce que voulait dire ce mot. Je me bornais à dessiner les modèles. Tout cela est un peu compliqué. J'ai véritablement monté le bureau la semaine dernière. Mais permettez-moi de rebondir sur votre proposition. Vous m'avez proposé de me donner un coup de main, est-ce que je pourrais me permettre de vous poser certaines questions délicates ?

– Bien sûr, avec plaisir.

– Voilà, comment fait-on pour estimer son travail et le facturer à un prix raisonnable ? Comment fait-on pour recruter des collaborateurs ? Y a-t-il des secteurs à éviter ou d'autres à privilégier ? Bref, j'ai une bonne centaine de questions à vous poser.

Il éclata de rire et regarda autour de lui.

– Y a-t-il un restaurant quelque part ? On va aller s'y installer et je répondrai à toutes vos questions avec un grand plaisir.

Après avoir prévenu M. Onckok, ils partirent tous les deux en direction du restaurant le plus proche, un steak house de style texan, où ils s'installèrent dans un des petits boxes. Là, ma mère n'arrêta pas de poser des questions et prit des notes au fur et à mesure des réponses. Ils discutaient à bâtons rompus sur les difficultés de la page blanche, les insomnies, l'enthousiasme et l'adrénaline quand enfin ils réalisaient le dessin de leurs rêves. Ils étaient comme deux collégiens en train de comparer leurs prouesses respectives. Ma mère engrangea énormément d'informations pour organiser son bureau. Elle sentait chez son interlocuteur une véritable envie de communiquer avec quelqu'un de son niveau, qui le comprenait.

– Vous savez, Susan, vous permettez que je vous appelle Susan ? Ce métier est parfois très difficile. La création, ça peut devenir un enfer. Quand votre tête est vide, que vous n'arrivez même plus à dessiner un rond, c'est l'alerte. Quand l'alerte arrive, il faut se mettre au vert. Il ne faut pas hésiter à travailler seul. Il m'arrive parfois de prendre le premier train pour me rendre dans un petit hôtel isolé, pour pouvoir travailler tranquille une semaine durant. Bien sûr, chacun sa méthode. Mais croyez-moi, c'est un métier éminemment solitaire, par moments.

– Oui, je vois très bien ce que vous voulez dire. Pour moi, les angoisses surgissent souvent au moment de me coucher. À peine endormie, je remets en question tout mon travail. Des sueurs froides, la gorge sèche, je suis incapable de raisonner. Vous verriez mon pauvre mari dans ces cas-là, je lui fais subir un véritable enfer. Et elle éclata de rire.

– Oui, je vois très bien. Et il rit également. Et les voyages, il ne faut pas sous-estimer les voyages. C'est le pivot de notre travail. Il faut engranger le maximum d'informations. Je suis ici depuis plus d'une semaine maintenant et je suis loin d'en avoir fait le tour. Cette Exposition est très riche. Elle vous permet de voir ce qui a été fait, influence parfois votre esprit, mais vous aide à éviter de copier ou de vous fourvoyer. Le voyage. C'est très important. Tenez, récemment j'ai été en Italie…

Il lui parla d'un nouveau produit fabriqué par Alfonso Bialetti en Italie, une petite cafetière qu'on appelait Moka Express, de forme octogonale, et particulièrement moderne pour son époque. Son fonctionnement était tout à fait original et l'objet était réalisé en aluminium. Elle avait été inventée par Luigi De Ponti, un ingénieur qui avait fait ses études en France, et venait juste de sortir sur le marché. Elle avait un énorme succès en Europe. Il pensait que c'était l'avenir pour les instruments de cuisine. Lui-même était en train de dessiner un service de table qu'il voulait également réaliser en aluminium. Mais les premiers essais d'emboutissage des pièces ne lui convenaient pas, il cherchait un fabricant.

Russel Wright fut l'un des très grands designers américains et a notamment apporté une grande touche de modernité à partir des années 30 et jusque dans les années 60 en matière de vaisselle et d'art de vivre. En 1935, il créa le service à punch Saturne, l'une des pièces d'un service de table révolutionnaire, tant au niveau design qu'au niveau de la matière, car il était réalisé en aluminium. Par la suite, il utilisa le plastique et la plupart des modèles qu'il dessina sont restés célèbres.

– Je connais un fabricant qui pourrait vous aider, dit ma mère.

– Ah oui, à quelle société pensez-vous ?

– La société Onckok. C'est un spécialiste du traitement du métal et particulièrement de toutes les pièces d'emboutissage.

– Je ne connais pas, où sont-ils installés ?

– À Boston. Si cela vous intéresse, je pourrai vous faire rencontrer l'un des associés.

– Mais ce serait merveilleux, quand pourrai-je le rencontrer ?

– Il nous faudrait au moins cinq minutes, dit ma mère en regardant sa montre et en éclatant de rire.

– Cinq minutes ! Vous êtes pleine de ressources. Il est donc sur la foire ?

– Oui, c'est le monsieur que vous avez vu sur le stand de l'O & A. Finissons notre dessert, et je me ferai un plaisir de vous présenter.

– Vous êtes une femme étonnante, dit-il. Vous vous rendez compte que nous serons très prochainement concurrents ? Et vous n'hésitez pas à me faire rencontrer l'un de vos clients. Je suis très honoré de votre confiance.

– C'est vrai, vous avez l'air d'être un homme sincère et je reconnais que je vous fais confiance. Cela étant, ne vous y trompez pas. John Onckok est beaucoup plus qu'un client. Mais c'est une longue histoire.

Ils retournèrent au stand de l'O & A et elle fit les présentations. M. Onckok fut très surpris mais trouva la démarche intéressante. Russel Wright lui exposa son problème et commença à parler du projet. Ma mère les interrompit.

– Vous allez parler boutique, et même si nous sommes en confiance, je ne peux pas m'immiscer dans vos conversations. Je vous laisse, je vais aller faire un tour dans l'Exposition. John, je vous retrouve ici plus tard. Russel, je suis très content de vous avoir rencontré et j'espère vous revoir un de ces jours.

– Surtout, n'hésitez pas, si vous passez à New York venez me voir dans mes bureaux. Vous avez ma carte et si vous avez besoin de quoi que ce soit, appelez-moi. À bientôt !

Ma mère mit immédiatement en application ce que lui avait dit Russel Wright. Elle déambulait dans les allées et regardait partout autour d'elle, les objets, les immeubles, les voitures, n'importe quoi. Elle s'intéressait à tout, touchait les objets, les manipulait pour les découvrir de plus près. Au bout d'un moment, malgré la foule imprévisible qui lui coupait la route ou simplement la bousculait à la faire presque tomber, elle finit par s'amuser en regardant les gens eux-mêmes. Comment regardaient-ils les objets ? Qu'est-ce qui pouvait bien les attirer ? Les couleurs ? Les formes ? Les grosses choses ou les petites ? Elle s'amusa en prenant conscience qu'elle faisait une étude sociologique du comportement de la foule dans une Exposition universelle. Cela l'amusait beaucoup. Après plusieurs heures de marche au milieu de cette foule, elle finit par s'installer à la terrasse d'un vendeur de glace pour se reposer quelques instants.

Elle dégustait sa glace dans un petit pot en carton. Son esprit vagabondait en toute liberté. Une foultitude d'idées lui vint. En regardant autour d'elle, elle avait des envies de découverte. Elle regardait des objets présents dans les vitrines des stands autour d'elle et s'amusait à chercher où était l'erreur. Elle commença à dessiner sur la nappe en papier, retravaillant le modèle tel qu'elle aurait voulu le réaliser. Elle était heureuse et cette plénitude tout à coup l'angoissa. Russel Wright avait raison, elle en prenait seulement conscience. Elle travaillait mieux seule. Comment cela était-il conciliable avec une vie de famille ? Serait-elle obligée de s'exiler ? Tout à coup, son esprit s'embrouilla. Elle eut une angoisse comme celle qu'elle avait le soir avant de se coucher à la veille d'une échéance. Elle se releva subitement et partit rejoindre John Onckok. Elle entra précipitamment sur le stand.

— Russel Wright est parti ? demanda-t-elle à M. Onckok.

— Oui, il y a déjà un moment. Que se passe-t-il Susan, vous êtes toute blanche ?

— Non rien, enfin je ne sais pas. La chaleur sans doute. Ce n'est rien, cela va passer.

— Mais enfin, Susan, je vois bien que ça ne va pas Expliquez-moi…

Ma mère expliqua son angoisse à John Onckok. Elle lui raconta ce que Russel lui avait dit. La solitude du créateur. Elle était effrayée à l'idée de ne pas pouvoir créer quand elle serait à la maison. Elle convenait que c'était une angoisse futile et irrationnelle, mais c'était un fait. M. Onckok éclata de rire.

— Mais Susan, enfin, voyons. C'est tout à fait normal. Tous les créateurs ont besoin d'un moment de calme et de solitude. Vous connaissez beaucoup de grands peintres qui travaillent avec deux cents personnes autour d'eux ? Regardez Frank Weston Benson ! Cela ne veut pas dire pour autant qu'ils vont s'exiler sur une île déserte. Et si Charles McHover vous a suggéré de vous installer à la maison, c'est pour la même raison que Russel Wright. Je ne comprends pas que vous soyez angoissée pour ça. Et de plus, profitez de votre présence pour vous accorder ces moments de solitude! Si vous craignez d'avoir du mal à travailler avec William à côté de vous, appréciez les moments où il n'est pas là. Et ne vous inquiétez pas, William comprendra très bien que vous ayez besoin de calme.

– Vous croyez?

– Non, j'en suis sûr. Avez-vous vu comme il respecte scrupuleusement les horaires que vous lui donnez quand il vient vous chercher à l'usine? Il en est parfaitement conscient. Non, vraiment, ne vous inquiétez plus de ça.

– Vous me rassurez. J'ai vraiment eu peur, vous savez. Je ne sais même pas de quoi. Une angoisse terrible.

– Calmez-vous, il n'y a aucun problème. Allez, prenez vos affaires, nous allons rentrer à l'hôtel. Vous prendrez un bon bain et nous aurons un merveilleux dîner. Il n'y a rien de tel pour se remonter le moral.

22 juillet 1934, 22 h 40

Ma mère a très peu de souvenirs de ce jour-là, le 22 juillet 1934. Elle se souvient de ce trottoir assez bizarre, planté à la verticale comme par enchantement. Les gens marchant à l'horizontale. Certains d'entre eux courant dans tous les sens alors que d'autres étaient à moitié recroquevillés le long des voitures garées là. La chaleur du sol sous sa joue gauche et ce liquide rougeâtre qui se répand. Le crépitement semblable à celui d'une branche de sapin jetée dans l'âtre de la cheminée. Mais c'est surtout ce mal de tête. Un mal de tête insupportable. En fermant les yeux, la douleur s'estompait.

Des images passaient devant ses yeux clos. Des images d'enfants. Des petits enfants de cinq à dix ans, peut-être. Ils étaient tous en pyjama. Ils étaient nombreux. Elle essaya même de les compter. Mais ils étaient beaucoup trop nombreux. Ils auraient pu faire une sacrée bagarre de polochon, mais bizarrement ils ne souriaient pas. Certains d'entre eux avaient un petit sourire en coin, mais leurs yeux étaient très tristes.

Et puis ce mal de tête revint furieusement. On l'appelait. « Susan », « Susan réveillez-vous ». Elle répondit, enfin, elle n'en était pas très sûre, mais en tout cas, c'est ce qu'elle voulait faire. «

Fichez-moi la paix, j'ai très mal à la tête ». Puis de nouveau la douleur s'estompa.

D'autres images apparurent. Une très belle femme lui serrait la main en lui souriant. Elle avait l'air très contente. Elle était ravissante. Très bien habillée, très bien maquillée, un véritable mannequin. Ce qui paraissait bizarre, c'est qu'elle était au milieu du stand de chez Ford où il y aurait dû y avoir la fameuse quatre portes de luxe beige. Mais c'était évident, William venait de l'acheter. Elle ne pouvait plus être là. Ces images étaient si confuses que ma mère se dit qu'elle était en train de rêver.

La douleur revint une nouvelle fois. Un abruti était en train de lui écraser la tête. Cela lui faisait mal. Elle entrouvrit les yeux, mais le liquide rougeâtre avait envahi son visage et elle ne pouvait rien voir. Malgré le mal de tête, elle pestait de ne pas pouvoir reconnaître l'andouille qui lui faisait mal. Elle décida de se replonger dans ses rêves.

Cette fois, c'était Marie. La jolie Marie. Qu'est-ce qu'elle était belle dans sa nouvelle robe ! Mais elle pleurait. Mais pourquoi pleurait-elle ? C'était une bonne question, mais Marie ne répondait pas. Elle la questionna encore plusieurs fois avant d'obtenir une réponse. Mais de façon bizarre, c'est le père Andrew qui répondit.

– Mais elle pleure parce que vous ne voulez pas vous réveiller, lui dit le père Andrew.

– Ah bon, quelle importance ?

– Au contraire, c'est important. Il faut que vous ouvriez les yeux.

– Moi je veux bien, mais ça me fait très mal à la tête quand j'ouvre les yeux. Ici, au moins, ça va. Je peux discuter tranquillement.

— Mais Susan, je ne suis pas là.

— Ah oui, c'est vrai, vous êtes parti à Rome. Mais alors, où suis-je ?

Le père Andrew disparut. Elle ne comprenait rien. Que se passait-il réellement ? Elle essayait bien de se réveiller, mais elle était tellement

bien ici, malgré les appels qu'elle entendait de moins en moins « Susan !... Susan !... Susan ! »

L'histoire continue…

Remerciements

J'ai mis un « s » à remerciements, non pas parce qu'il y a plusieurs personnes que je souhaite remercier, mais parce que chacune mérite un nombre incalculable de remerciements. Je vous remercie donc de m'avoir encouragé dans ce projet, de m'avoir soutenu tout au long de ce drôle de parcours, de vos commentaires, de vos critiques, de votre patience, de votre impatience, de votre enthousiasme. Maintenant, vous l'avez entre les mains et il vous est dédié. Je ne sais pas de qui est cette phrase, mais elle illustre parfaitement ce que je pense : « Angels exist but sometimes they don't have wings and are called friends » (Les anges existent, mais parfois ils n'ont pas d'ailes et sont appelés   amis).

Merci à ma femme, à mes enfants et à toute la famille.

L'écriture est une chose merveilleuse. Cela ouvre la porte de l'imagination à l'infini. J'espère que vous aurez au moins autant de plaisir à découvrir cette aventure que j'en ai eu à l'écrire…

Imprimer par Createspace

Dépôt légal : juillet 2016